唐诗与宋词

莫砺锋 著

Tang Shi and Song Ci

Mo Lifeng

南京大学出版社

图书在版编目(CIP)数据

唐诗与宋词 / 莫砺锋著. -- 南京 : 南京大学出版社, 2016.5(2017.6 重印)
(南京大学孔子新汉学 / 洪银兴主编)
ISBN 978-7-305-13869-0

Ⅰ. ①唐… Ⅱ. ①莫… Ⅲ. ①唐诗—诗歌研究②宋词—诗词研究 Ⅳ. ①I207.2

中国版本图书馆 CIP 数据核字(2014)第 193666 号

出版发行 南京大学出版社
社　　址 南京市汉口路 22 号　　邮　编 210093
出 版 人 金鑫荣

丛 书 名 南京大学孔子新汉学
书　　名 唐诗与宋词
著　　者 莫砺锋
责任编辑 马蓝婕

照　　排 南京南琳图文制作有限公司
印　　刷 南京爱德印刷有限公司
开　　本 787×960 1/16 印张 18.25 字数 226 千
版　　次 2016 年 5 月第 1 版 2017 年 6 月第 3 次印刷
ISBN 978-7-305-13869-0
定　　价 80.00 元

网址：http://www.njupco.com
官方微博：http://weibo.com/njupco
官方微信号：njupress
销售咨询热线：(025) 83594756

总　序

洪银兴

一般我们所说的“汉学”（Sinology），是指外国学者对有关中国文学、历史、哲学、政治、经济、社会等各个方面进行研究的一门学问 / 学科。最初“汉学”研究的对象主要是中国古代的文学、史学、哲学、音韵学等，“二战”后，现代中国受到汉学研究者越来越多的关注和重视，于是近代以来的中国特别是当代中国，也就成了“汉学”中日益重要的研究内容。如果说对于古代中国的研究叫“古代汉学”或“传统汉学”的话，那么对于近代以来的中国尤其是对当代中国的研究就叫“现代汉学”——它还有一个名字叫“中国学”（China Studies）。本丛书所称的“新汉学”从一定意义上说也就是当代中国学。出版本丛书的目的是让海内外读者更深层次地了解当代中国的文化。

从历史上看，“汉学”的发展经历了从“传统汉学”独大到“传统汉学”

与“现代汉学”并重的转变——这样的转变实际表明世界对中国的关注，从只注重“古代中国”转而为既对“古代中国”保持着浓烈的兴趣，又对“现代/当代中国”充满了急需了解的渴望。应当说，这种转变既是中国自身的发展和变化所致，也是“汉学”顺应历史潮流的结果，因为一个完整的中国，原本就是“古代中国”和“现代/当代中国”的有机结合，片面地注重“古代中国”或“现代/当代中国”研究，都只能导致对中国认识的局部化和碎片化。

历史上的“汉学”因为是外国人研究中国（中国人和中国文化）的学问/学科，因此中国立场、中国视野和中国“声音”，在“汉学”中一直是缺席的。历史发展到今天，在文化交流日益强调文化互动和彼此尊重的当代社会，“汉学”这种由外国人（含海外华裔）单方面研究中国的状况，似乎也可以有所调整。让中国人研究中国的成果加入“汉学”的范畴，使“汉学”成为一门既有外国“观照”，也有中国“自视”的双向互动的学问/学科，从而在“对话”中达至理解，在“互看”中消除盲区，彻底消除对中国认识的局部化和碎片化，实现对中国完整的、有机的和全面的认识，或许是“汉学”能够更加展现学术活力的未来的发展方向。

当然，考虑到“汉学”有其历史形成的特定指称（专指外国人研究中国），因此不妨把中国人面向世界研究中国称为“新汉学”。孔子学院总部（国家汉办）在新的历史条件下根据文化交流的新特点，提出了“孔子新汉学计划”（Confucius China Study Plan），其指导思想就是要“振兴汉学、发展新时代的汉学”。为了响应和配合孔子学院的“孔子新汉学计划”，南京大学出版社依托中国南京大学这个人文社会科学的重镇，规划出版以海外中国研究者、来华外国留学生、对“汉学”/“中国研究”有兴趣的读者为阅读对象的“南京大学孔子新汉学”丛书。这套丛书以反映人文社科领域有关汉学研究的经典学术成果及最新学术动向为主旨，致力于推动中国

"新汉学"与海外汉学的对话与沟通，既有对传统中国文化丰富内涵的历史回眸和深度阐释，也有对当代中国社会各个方面的广泛介绍和精辟分析，可为海内外读者特别是外国读者提供一个认识传统中国、了解当代中国的学术窗口。

中国文化的先驱孔子曾经说过"君子和而不同"，将"和而不同"的这种君子精神，用以作为一种立场更加多元、视野更加广阔、"声音"更加多样、包容性更大更广的优质"汉学" / "新汉学"标准，也未尝不可。我相信南京大学出版社推出的这套 "南京大学孔子新汉学"丛书，将会以"和而不同"的精神为追求，为"汉学"的推广、"新汉学"的兴起以及"孔子新汉学计划"的实施，做出积极的贡献！

2015 年 8 月

目　次

Table of Contents

引　言

一、以人为本的中华文化

相传古希腊的德尔斐神庙上镌刻着一句箴言：“认识你自己！”然而在事实上，古希腊人经常把崇拜的目光对着天庭，倒是生活在遥远东方的中华民族才时刻关注着自身。从总体上说，中华文明从一开始就是一种以人本精神为基石的人类文明，中华民族是世界上最早认识到人类自身的创造力量的民族。众所周知，火是人类最早掌握的自然力。古希腊人认为火种是普罗米修斯从天庭盗来馈赠给人类的，而中华的先民却认为这是他们中的一员——燧人氏自己发明的。这典型地反映出中华文化与古代西方文化的精神差异：西方人把希望寄托于天上的神灵，中华的先民却对自身的力量充满了信心。在中国古代的神话体系中，女娲补天、后羿射日、大禹治水等神话传说其实都是人间的英雄和氏族的首领的伟大业绩的文学表述。女娲等人的神格其实就是崇高伟大的人格的升华，他们与希腊神话中那些高居天庭俯视人间，有时还任意惩罚人类的诸神是完全不同的。中国古代神话中的有巢氏、燧人氏、神农氏等人物分别发明了筑室居住、钻木取火及农业生产，而黄帝及其周围的传说人物更被看作中国古代各种生产技术及文化知识的发明者（如嫘祖发明蚕桑，仓颉发明文字，伶伦制定乐律等）。中国的神话人物主要不是作为人类的异己力量出现，而是人类自身力量的凝聚和升华。神话人物的主要活动场所是人间，他们的主要事迹是除害安民、发明创造，实即人类早期生产活动的艺术夸张。

既然中华的先民们确信文化是他们自己创造的，这种文化就必然以人为其核心。追求人格的完善，追求人伦的幸福，追求人与自然的和谐，便成为中华文化的核心价值取向。在中华文化中，人不是匍匐在诸神脚下的可怜虫，更不是生来就负有原罪的天国弃儿。相反，人是宇宙万物的中心，是衡量万物价值的尺度，人的道德准则并非来自神的诫命，而是源于人的本性。人的智慧也并非来自神的启示，而是源于人的内心。这种思维定势为中华文化打下了深刻的民族烙印，那就是以人为本的精神。先秦的诸子百家虽然议论蜂起，势若水火，但它们都以人为思考的主要对象。它们的智慧都是人生的智慧，它们的关怀对象都是现实的人生。由此而导致的结果是：当其他民族对天上神灵的至高权威顶礼膜拜时，中华的先民却把人间的圣贤当作崇敬、仿效的对象；当其他民族把人生的最高目标设定为进入天国以求永生时，中华的先民却以“立德、立功、立言”等生前的建树以实现生命的不朽；当其他民族从宗教感情中获取灵魂的净化剂或愉悦感时，中华的先民却从日常人伦中追求仁爱心和幸福感；当其他民族把全部智慧都投入形而上学的沉思冥想时，中华的先民却认为解决人间的实际问题才是思想家的当务之急。也就是说，中华民族的一切价值追求都是在现实人生中实现的，他们从来不以虚幻的彼岸为归宿，也从来不把哲理性的沉思视为实现人生超越的途径。一句话，中华先民的理想国就在人间，他们注意的重点即在他们自身，他们的肯定、热爱、敬畏也都施于其同类，而不是俄林波斯圣山上的神祇或柏拉图所说的“哲学王”。一个鲜明的例证是，中国古代的文艺作品都与人间的现实生活息息相关：仰韶文化的大量彩陶器具上所绘的鱼鸟图案，无论是意味着图腾崇拜、生殖崇拜还是祈祷狩猎有获，都反映着人们在实际生活中的诉求。至于在河姆渡文化、大汶口文化中都有发现的陶鬶，或呈猪形，或呈狗形，更是先民畜牧生产的直接表现。最早的古代歌谣也都是人间的产物，例如记载在甲骨上的一段上古卜辞：“癸卯卜，今日雨。其自西来雨？其自东来雨？其自北来雨？其自南来雨？”它生动地表达了人们对雨水的期待，倾注着以农为本的古代先民的喜怒哀乐。至于在思想界，则从孔子开始就确立了“不语怪、力、乱、神”（《论语·述而》）的原则。孔子还教导弟子说：“未能事人，焉能事鬼？”“未知生，焉知死？”（《论语·先进》）对于鬼神及彼岸世界等既无法证实，又无法证伪的命题采取存而不论的态度，既是机敏睿智，更是实事求是，因为先民们思考的对象就是人间，就是现世，以人为本就是中华文化的核心精神。

二、诗意洋溢的人生态度

对于中华文化的上述特征，信仰宗教的西方人定会感到诧异：如果没有神光的照射，这样的人生不是太平凡、太卑微了吗？沉迷于哲学冥想的西方人也会感到诧异：如果没有植根于概念、范畴、逻辑的形而上学的沉思，这样的人生不是太浅薄、太无味了吗？其实，中华文化与西方文化本是长期互相隔绝并独立发展的两种异质文化，它们之间存在着差异，但并无高低之分。中华先民具有独特的人生态度和生活方式，他们不需经过宗教的繁复仪式便能把平凡、卑微的现实人生进行升华，使之进入崇高、美丽的境界；他们不需要经过形而上学的繁复思考便能领悟人生的真谛。中华文明历经的数千年发展过程已经证实了这种可能性，十九、二十世纪的西方现代思想也从反面证实了这种可能性。尼采喊出“上帝死了”，显然包含着对基督教神学长期遮蔽人性的批判。海德格尔则认为必须扫除西方自柏拉图以来的整部形而上学史的迷雾，才能揭示存在的真正本质。这样说来，从源初开始便很少受到宗教神学和形而上学思考的双重遮蔽，未必不是中华民族在领悟人生真谛时的独特优势。

那么，中华先民们究竟是如何感受人生、领悟人生真谛的呢？让我们以春秋战国时代最重要的两位思想家孔子、庄子为例。孔子自述其志说：“饭疏食，饮水，曲肱而枕之，乐亦在其中矣。不义而富且贵，于我如浮云。”（《论语·述而》）孔子还曾让弟子们各言其志，曾点说：“暮春者，春服既成，冠者五六人，童子六七人，浴乎沂，风乎舞雩，咏而归。”孔子喟然叹曰：“吾与点也！”（《论语·先进》）孔子为了实现其政治理想，栖栖惶惶，席不暇暖。在政治活动彻底失败后，又以韦编三绝的精神从事学术教育工作，真正做到了“发愤忘食，乐而忘忧，不知老之将至”，正是这种积极有为的人生态度使他对生命感到充实、自信，从而在对真与善的追求中获得了审美的愉悦感，并升华进入诗的境界，这就是为后儒叹慕不已的“孔颜乐处”。

孔子如此，庄子又何必不然？庄子虽是以浪漫的态度对待人生的，他所追求的是超越现实环境的绝对自由，但在追求人生的精神境界而鄙薄物质享受这一点上则与儒家殊途同归。《庄子·让王》中以寓言笔法描写了两位孔门高足的生活状态：“原宪居鲁，环堵之室，茨以生草，蓬户不完，桑以为枢，而瓮牖二室，褐以为塞，上漏下湿，匡坐而弦歌。”“曾子居卫，缊袍无表，颜色肿哙，手足胼胝。三日不举火，十年不制衣，正冠而缨绝，捉衿而肘见，纳履而踵决。曳屣而歌商颂，声满天地，若出金石。”这种安贫乐道的生活态度是儒、道两家共有的，庄子对原宪、曾参生活的描写可谓合理的虚构。庄子在上文之后还有几句评说：“天子不得臣，诸侯不得友。故养志者忘形，养形者忘利，致道者忘心矣。”正是在这种潇洒、浪漫的人生态度的基础上，庄子才能在自由的精神世界中展翅翱翔。

儒、道两家相反相成，构成了中华民族的基本人生思想，他们对人生的诗意把握足以代表中华民族的文化心理特征。儒、道两家对人生的态度，徐复观、林语堂等学者或称之为艺术的或审美的人生观，但我觉得不如称之为诗意的人生观更为确切。因为那种执着而又潇洒的生活态度，那种基于自身道德完善的愉悦感，那种对朴素单纯之美的领悟，那种融真善美为一体的价值追求，除了“诗”这个词以外简直无以名之！

那么，为什么中华文化得天独厚地具备追求诗意人生的内在可能性呢？换句话说，为什么中华文化能成为抒情诗茁壮生长的丰沃土壤呢？我们不妨以西方文化作为参照物来作一些考察。柏拉图是古希腊最为权威的思想家，至少在十五世纪以前，柏拉图的理论对欧洲的诗歌思想有着决定性的影响。由于柏拉图认为人类社会只是“理式世界”的摹本，所以把人间生活作为描写对象的诗人是应被逐出“理想国”的。他告诫说：“你心里要有把握，除掉颂神的和赞美好人的诗歌以外，不准一切诗歌闯入国境，如果让步，准许甜言蜜语的抒情诗或史诗进来，你的国家的皇帝就是快感和痛感，而不是法律和古今公认的最好的道理了。”（《理想国》卷十）在古希腊的文化体系中，柏拉图的观点是完全合理的：既然世界的主宰是天上的诸神，既然人类是匍匐在诸神脚下的渺小生灵，那么以人类生活及其思想感情为内容的诗歌还能有什么价值呢？ 而且既然人类的一切力量都来自神的恩赐，那么诗人的灵感又何能例外呢？ 柏拉图说：“神对于诗人们像对于占卜家和预言家一样，夺去他们的平常理智，用他们作代言人，正因为要使听众知道，诗人并非借自己的力量在无知无觉中说出那些珍贵的辞句，而是由神凭附着来向人说话。”（《伊安篇》）所以，尽管在古希腊并非没有抒情诗，九位缪斯中位列第二的欧忒尔佩即是司抒情诗的，但是缪斯毕竟是女神而不是凡人，她们甚至禁止人类与她们竞赛诗艺。 所以古希腊人重视的是歌颂神灵的史诗，而不是以日常生活为内容的抒情诗。我们从古希腊的文化中经常看到对诸神和英雄的歌颂，却很少发现对平凡生活的诗化处理。 柏拉图虽然想象着会有“神力凭附”赐给诗人以灵感，但是现实世界里怎能有人像扶乩似的写出好诗来？ 所以在古代西方文化中，诗的主体(诗人)与诗的客体(内容)是分离的，而且不在同一个层次上，这几乎从理论上釜底抽薪地消除了一切抒情诗存在的合理性。 这从反面证明，与古希腊文化南辕北辙的中华文化才是抒情诗最合适的发生背景。 在中华文化中，诗歌的主体是人，诗歌描写的客体也是人，所以诗歌创作是自然而然的情感流露，就像《诗大序》所描绘的那样：“诗者，志之所之也。 在心为志，发言为诗。 情动于中而形于言，言之不足，故嗟叹之。 嗟叹之不足，故永歌之。 永歌之不足，不知手之舞之，足之蹈之也。”这个过程无须乞灵于神祇的参与，也不会导致迷失自我心智的迷狂状态。 它从人出发，又以人为归宿。 它既符合理性，也符合诗歌的本来性质。 于是，以抒情为基本功能的诗歌成为中华文化中最耀眼的一道光彩，而赤县神州注定要成为中华先民诗意生存的乐土。

三、抒情与超越：中国古典诗歌的两大本质

如上所述，在中华先民的生活中，对诗意的追求就是最显著的民族特征。正是在这种文化土壤中，“诗言志”成为中国诗歌的开山纲领。“诗言志”首见于《尚书·尧典》，虽说它不一定真是产生于尧舜时代，但它在先秦时代早已深入人心，且绝非仅为儒家一派所独自信奉。《庄子·天下》云“诗以道志”，《荀子·儒效》云“诗言是其志也”，皆为明证。后人或以为“诗言志”与“诗缘情”是不同的诗学观念，其实在最初，“志”与“情”的内涵是基本一致的。《左传·昭公二十五年》记载子产之言：“民有好、恶、喜、怒、哀、乐，生于六气。是故审则宜类，以制六志。”孔颖达《正义》说：“此六志，《礼记》谓之六情。在己为情，情动为志，情、志一也。”既然“志”就是“情”，“言志”也就是后人所说的“抒情”。到了屈原，便径以“抒情”为作诗旨趣。《九章·惜诵》云：“惜诵以致愍兮，发愤以抒情。”又云：“情沈抑而不达兮，又蔽而莫之白。心郁邑余侘傺兮，又莫察余之中情。”他用“情”字来概括自己的全部精神活动和心理状态，正与前文所说的“志”可以互训。由此可见，中华先民对诗歌的性质有着非常一致、非常明确的认识：诗歌是抒写人类的内心世界的一种文本，与人生无关的内容在诗国中是没有立足之地的。

从表面上看，古人极其重视诗的实用价值，正如闻一多所说：“诗似乎也没有在第二个国度里，像它在这里发挥过的那样大的社会功能。在我们这里，一出世，它就是宗教，是政治，是教育，是社交，它是全面的生活。”（《神话与诗》）一部《诗经》，几乎成了古代士大夫必读的生活教科书。《左传》、《国语》等史书中记载着大量的“赋诗”事例，大多是在祭祀、朝聘、宴饮等场合中吟诵《诗经》来宛转地

表意达志。正因诗歌具有如此巨大的实用价值，孔子才会剀切周至地以学诗来教育弟子。也正是在这种价值观的指导下，《诗经》才得以跻身于儒学经典之列。然而只要我们把关注的重点回归到作品自身，只要我们仔细考察那些作品的发生背景，那么只能得出如下结论：一部《诗经》，除了少数祈福禳灾的祭歌与歌功颂德的颂词之外，其余的都是“诗言志”的产品，而《诗经》的这种性质也就奠定了整个中国诗歌史的发展方向，正如清人袁枚所说：“自三百篇至今日，凡诗之传者，都是性灵，不关堆垛。”（《随园诗话》卷五）无论是出于民间还是贵族之手，也无论所言之志有关家国大事还是燕婉之私，浓郁的抒情色彩都是《诗经》最显著的优点，也是它流传千古、深入人心的根本原因。“岂曰无衣？与子同袍。王于兴师，修我戈矛，与子同仇。”（《秦风·无衣》）这是出征前的战士互相鼓励士气的军歌。“昔我往矣，杨柳依依。今我来思，雨雪霏霏。行道迟迟，载渴载饥。我心伤悲，莫知我哀。”（《小雅·采薇》）这是远道而归的戍边士兵自诉苦辛的哀歌。“野有蔓草，零露漙兮。有美一人，清扬婉兮。邂逅相遇，适我愿兮。”（《郑风·野有蔓草》）这是青年男女邂逅相遇一见钟情的喜悦。“蒹葭苍苍，白露为霜。所谓伊人，在水一方。溯洄从之，道阻且长。溯游从之，宛在水中央。”（《秦风·蒹葭》）这是思念意中人但觅而不得的怅惋。这些直抒胸臆、毫无虚饰的诗，犁然有当于人心，感动着千古以来的无数读者。

由《诗经》开创的这种传统深刻地影响着整个中国诗歌史，虽然后代的诗歌九流百派，千汇万状，但抒情总是其最根本的主流。南朝的钟嵘在《诗品序》中说：“若乃春风春鸟，秋月秋蝉，夏云暑雨，冬月祁寒，斯四候之感诸诗者也。嘉会寄诗以亲，离群托诗以怨。至于楚臣去境，汉妾辞宫，或骨横朔野，或魂逐飞蓬；或负戈外戍，杀气雄边；塞客衣单，孀闺泪尽；又士有解佩出朝，一去忘返；女有扬蛾入宠，再盼倾国：凡斯种种，感荡心灵，非陈诗何以展其义，非长歌何以骋其情？”此语经常被人引用，堪称诗学名言，因为它形象地说出了诗歌的抒情本质：诗产生于情感，好诗则产生于浓郁的情感。这样的诗歌理所当然会具有像《诗经》一样强烈的感染力。

此外，中华的先民对诗歌还有更深刻、更重要的认识。汉儒在《诗大序》中说：“故正得失，动天地，感鬼神，莫近于诗。先王以是经夫妇，成孝敬，厚人伦，美教化，移风俗。”如果说后面几句还是注重于诗歌的社会教化作用，那么前面几句显然有超越实用功能的含意。钟嵘在《诗品序》中说：“气之动物，物之感人，故摇荡性情，形诸舞咏。欲以照烛三才，晖丽万有。灵祇待之以致飨，幽微藉之以昭告。动天地，感鬼神，莫近于诗。”语虽本于《诗大序》，但显然更增强了超越的意味。那么，在中华先民看来，诗歌有什么超越实用的功能或价值呢？

首先，诗歌是人们认识世界的有效方式。中华先民的思维方式具有鲜明的民族特征，他们崇尚一种观物取象、立象尽意的思路，擅长于借助具体的形象来把握事物的抽象意义。《周易》的卦象、汉字的象形都是这种思维方式的体现。与西方文化相比，中华文化具有偏重于直觉思维和形象思维的特征。先民们在追求真理时，往往不重视局部的细致分析，而重视综合的整体把握；往往不是站在所究事物之外做理智的研究，而是投身于事物之中进行感性体验。如果说古希腊的智者追求的是逻辑分析的严密性，中华的圣贤却是以主客体当下冥合的直觉感悟为智慧的极致。在《庄子·田子方》中，孔子赞扬温伯雪子说：“若夫人者，目击而道存矣，亦不可以容声矣。”成玄英疏云：“夫体悟之人，目裁动而元道存焉。无劳更事辞费，容其声说也。”显然，这种思维方式与诗歌的运思非常相似。试看孔门师生之间的两段对话："子贡曰：'贫而无谄，富而无骄，何如？'子曰：'可也，未若贫而乐，富而好礼者也。'子贡曰：'《诗》云：如切如磋，如琢如磨。其斯之谓与？'子曰：'赐也，始可与言《诗》已矣，告诸往而知来者。'"（《论语·学而》）"子夏问曰：'巧笑倩兮，美目盼兮，素以为绚兮。何谓也？'子曰：'绘事后素。'曰：'礼后乎？'子曰：'起予者商也！始可与言《诗》已矣。'"（《论语·八佾》）谢良佐评曰："子贡因论学而知《诗》，子夏因论《诗》而知学，故皆可与言《诗》。"他们分明是运用诗歌作为思考以及讨论学问的手段，因为诗歌更有利于通过具体情境的描述来领悟普遍的抽象道理。

其次，诗歌是人们表达意旨的有效方式。中华先民早就认识到，事物的规律即"道"是精微玄妙的，是难以言传的。在这一点上，儒、道两家的观点如出一辙。《周易·系辞》载："子曰：'书不尽言，言不尽意。'然则，圣人之意，其不可见乎？子曰：'圣人立象以尽意，设卦以尽情伪，系辞焉以尽其信。'"《庄子·秋水》中说："可以言论者，物之精也。可以意致者，物之精也。"《庄子·天道》中又说："世之所贵道者，书也。书不过语，语有贵也。语之所贵者，意也。意有所随，意之所随者，不可言传也。"正因如此，孔子经常用诗歌般的语言来表达思想："岁寒，然后知松柏之后凋也。""子在川上曰：'逝者如斯夫！不舍昼夜。'"（《论语·子罕》）这些语录蕴涵着深刻的道理，正得益于立象尽意的方式。道家更是如此，一部《庄子》，全文优美如诗，例如："昔者庄周梦为蝴蝶，栩栩然蝴蝶也。自喻适志与，不知周也。俄而觉，则蘧蘧然周也。不知周之梦为蝴蝶与，蝴蝶之梦为周与？"（《齐物论》）又如："泉涸，鱼相与处于陆。相呴以湿，相濡以沫，不如相忘于江湖。"（《大宗师》）其中包蕴的人生哲理，既深刻精警，又生动易懂，分明是得益于诗化的表达方式。

从表面上看，中华先民的思维方式及表达方式在逻辑性和明晰程度上都不如古希腊哲学，这是中华文化的严重缺点。其实不然。西方现代哲学已经证明，人类永远无法用明晰的分析语言来说明深奥的真理，也永远无法通过逻辑性的形而上学思考来把握人生的真谛。在这方面，早熟的中华文化倒具有得天独厚的优势，因为它掌握了更好的思维方式和表达方式，那便是诗歌。清人叶燮说："诗之至处，妙在含蓄无垠，其寄托在可言不可言之间，其指归在可解不可解之会。言在此而意在彼，泯端倪而离形象，绝议论而穷思维，引人于冥漠恍惚之境，所以为至也。"他又说："可言之理，人人能言之，又安在诗人之言之？可征之事，人人能述之，又安在诗人之述之？必有不可言之理，不可述之事，遇之于默会意象之表，而理与事无不灿然于前者也。"（《原诗》卷二）的确如此，因为诗歌的性质是文学的而非逻辑的，诗歌的思维方式是直觉的而非分析的，诗歌的语言是模糊多义的而非明晰单一的，诗歌的效果是整体的而非局部的，诗歌的意义是意在言外而非意随言尽的，所以它更能担当起思考并理解人生真谛的重任。西方文化要等到二十世纪的德国哲学家海德格尔通过阅读荷尔德林的诗歌才领悟到诗性语言的重要性，而中华先民却早已在人生实践中独得圣解。据《史记》记载，伯夷、叔齐在首阳山上即将饿死时，作歌曰："登彼西山兮，采其薇矣。以暴易暴兮，不知其非矣。神农虞夏，忽焉没兮，我安适归矣？于嗟徂兮，命之衰矣！"孔子临终时，作歌曰："太山坏乎，梁柱摧乎，哲人萎乎！"除了诗歌以外，还有什么语言形态可以更简洁、更完整地表达他们对命运的深沉慨叹和对人生的深刻体认？如果没有长留天地之间的光辉诗篇，行吟泽畔的三闾大夫和漂泊江湖的少陵野老何以在千秋万代的人民心中获得永生?

四、唐诗与宋词:最有阅读价值的中华经典

综上所述，中华的先民早就创造了富有诗意的生存方式，华夏大地在整体上就是诗意生存的乐土。诗意生存是中华文化中最为耀眼的精华，这份丰厚文化遗产的继承权首先是属于全体当代中国人的。但是毋庸讳言，我们已经在物欲腾涌、人心狂躁的现实中沉溺太久，已经失去了像先民那样沉着、从容地领悟人生真谛的能力，对他们的诗意生存方式也已恍若隔世。那么，我们应该如何来继承这份宝贵遗产呢?

得益于汉字超强的表达功能和稳固性质，中华先民的事迹及心迹相当完好地保存在古代典籍中。由于先民的思维在整体上具备诗性智慧的特征，所以经、史、子、集各类书籍中都保留着先民诗意生存的印迹，都应进入我们的阅读范围。但是最重要的阅读对象当然是古典诗歌，是从《诗经》、《楚辞》开始的一部中国古代诗歌史。因为古诗是古人心声的真实记录，是展现先民的人生态度的可靠文本，正如叶燮所说："诗是心声，不可违心而出，亦不能违心而出。功名之士，决不能为泉石淡泊之音。轻浮之子，必不能为敦庞大雅之响。故陶潜多素心之语，李白有遗世之句，杜甫兴广厦万间之愿，苏轼师四海弟昆之言。凡如此类，皆应声而出，其心如日月，其诗如日月之光，随其光之所至，即日月见焉。故每诗以人见，人又以诗见。"（《原诗》卷三）读诗就是读人，阅读那些长篇短什，古人的音容笑貌如在目前，这是我们了解先民心态的最佳途径。读者或许会有怀疑：难道古诗中没有虚情假意或浮夸伪饰吗？当然有，但是那不会影响我们的阅读。金代的元好问曾讥评晋代诗人潘岳："心画心声总失真，文章宁复见为人？高情千古闲居赋，争信安仁拜路尘。"（《论诗三十首》之六）的

确，潘岳其人热衷名利，谄事权贵，竟至于远远地望见权臣贾谧的车马即“望尘而拜”。可是他在《闲居赋》中却自称“览止足之分，庶浮云之志”，这样的作品，怎能取信于人！与潘岳类似的诗人在古典诗歌史上并不罕见，例如唐代的沈佺期、宋之问，宋代的孙觌、方回，明代的严嵩、阮大铖，皆是显例。但是此类诗人尽管颇有才华，作品的艺术水准也不弱，毕竟流品太低。除非用作学术研究的史料，他们不会进入现代人的阅读视野，更不是笔者要向读者推荐的阅读对象。至于那些一流的诗人，则绝对不会出现这种情况。古人著述，本以“修辞立其诚”为原则（《周易 · 乾》），并明确反对“巧言乱德”（《论语 · 卫灵公》），更不要说是以言志为首要目标的诗歌写作了。清人沈德潜说：“有第一等襟抱，第一等学识，斯有第一等真诗。”（《说诗晬语》卷上）薛雪也说：“具得胸襟，人品必高。人品既高，其一謦一欬，一挥一洒，必有过人处。”（《一瓢诗话》）而本书要向读者推荐的正是那些具有第一等襟抱的诗人，他们的作品必然是第一等真诗。他们敞开心扉与后代读者赤诚相对，我们完全可以从诗歌中感受诗人们真实的心跳和脉搏。

中国古代的诗歌作品浩如烟海，我们的阅读应该从何入手呢？毫无疑义，《诗经》与《楚辞》是中国诗歌的两大源头。《诗经》是中国最早的诗歌总集，共收入诗歌 305 篇，根据音乐的类别分成三个部分：《国风》160 篇，是从十五个地区采集的民间歌谣；《大雅》、《小雅》共 105 篇，主要是宫廷宴饮的乐歌；《周颂》、《鲁颂》、《商颂》共 40 篇，是各国宗庙祭祀的乐歌。《诗经》的内容非常丰富，反映了五六百年间的广阔的社会生活，其中又以《国风》的文学价值为最高，那些作品在整体上体现了“饥者歌其食，劳者歌其事”的写实倾向，表现了干预人生、反映社会的批判意识，对民生疾苦等社会现实尤为关切。

《诗经》的主要艺术手法是“赋、比、兴”，即直接的叙述、比喻以及从意义或声音等方面的类比来引起诗歌，这些手法对后代诗歌产生了深远的影响。《楚辞》的主要作者是屈原，他是战国时代楚国的贵族，因报国无门而自沉于汨罗江，屈原的作品有《离骚》、《九歌》、《九章》、《天问》等。《离骚》是长篇的政治抒情诗，它叙述了诗人忠而被谤的遭遇，表明了决不与邪恶势力同流合污的决心，诉说了对理想境界的执着追求。《离骚》中奇特的想象和瑰丽的语言产生了巨大的艺术魅力，其强烈的爱国情操和耀眼的人格光辉尤其激动人心。《楚辞》的其他作者宋玉、贾谊等人都继承了屈原的传统，楚辞成了一种源远流长的独特文体。《诗经》与《楚辞》历来合称“风骚”，两千多年来一直被历代诗人视为学习的典范。但是由于《诗经》与《楚辞》的年代过于遥远，无论是内容还是文字都比较难于读懂，所以本书暂时搁置《诗经》、《楚辞》，而以唐诗、宋词为介绍的重点。

唐代是中国古典诗歌的巅峰时期，五七言的各种诗体都在此时达到了繁盛的阶段。唐诗成就的杰出代表是李白和杜甫。李白热情地讴歌现实世界中一切美好的事物，而对其中不合理的现象毫无顾忌地投之以轻蔑。李白诗中所蕴含的追求解放、追求自由，虽然受到现实的限制却一心要征服现实的态度，是中华民族反抗黑暗势力与庸俗风习的强大精神力量的体现。所以李白诗歌虽以浪漫想象为主要外貌特征，但其实仍含有深刻的现实意义。李白诗风热情奔放，善于运用想象、夸张等手法，语言风格清丽自然。与李白齐名的杜甫在青年时代也受到盛唐诗坛的浪漫氛围的深刻影响，但是安史之乱前夕的黑暗现实使他从盛唐浪漫诗人群体中游离出来了。他以清醒的洞察力和积极的入世精神来进行诗歌创作，为安史之乱前后的唐帝国由盛转衰的时代描绘了生动的历史画卷，对“朱门酒肉臭，路有冻死骨”的黑暗现实进行了入木三分的揭露和批判，杜诗因而被后人称为“诗史”。杜诗中充满着忧国忧民的忧患意识和热爱天地万物的仁爱精神，是儒家思想中积极因素的艺术表现，也是中华民族文化性格的形象凸现。在艺术风格上，李白诗挥洒如意、飘逸奔放，杜甫诗千锤百炼、沉郁顿挫，为后代诗歌的审美风尚树立了两个双峰并峙的典范。

词这种特殊的诗体产生于初盛唐，到宋代发展成一代文学之胜，宋词成为文学史上与唐诗交相辉映的名词。宋词名家辈出，流派众多，成就最高的词人有苏轼和辛弃疾。苏轼在词史上首先打破了晚唐以来词专写男欢女爱的艳情的局限，对革新词风作出了巨大的贡献。他不但大量写作抒情述志、咏史怀古等题材，而且在描写女性的传统题材中一扫脂粉香泽，从而完成了词从音乐歌词向抒情诗的转变。苏轼的另一贡献是在以柔声曼调为主的传统词乐中增添了高昂雄壮的因素，并使词的语言风格出现了豪放、飘逸的新因素。到了南宋，时代的动荡引起了词坛风气的巨大变化，以辛弃疾为首的爱国词人把爱国主义的主题变成当时词坛的主旋律，他们继承了苏轼词中始露端倪的豪放词风，并以慷慨激昂和沉郁悲凉两种倾向充实了豪放风格。苏、辛常被看作豪放词人，但是他们也擅长写婉约风格的词作。从总体上看，宋词的特征是题材走向上注重个人抒情而不是反映社会现实，其风格则倾向于委婉含蓄、深情绵邈，这种美学特征也反映了中华民族传统审美思想的一个侧面。

除了李、杜、苏、辛以外，本书还将对其他唐代诗人和宋代词人进行粗略的介绍。这些诗人和词人，其遭遇和行迹各不相同，其诗歌创作也各自成家，但他们都以高远的人生追求超越了所处的实际环境，他们的诗歌都蕴涵着丰盈的精神力量。孔子说“诗可以兴”，朱熹在《四书章句集注》中确切地解“兴”为“感发志意”，王夫之则在《俟解》中对“兴”的作用有更详尽的解说：“兴者，性之生乎气者也。拖沓委顺，当世之然而然，不然而不然，终日劳而不能度越于禄位、田宅、妻子之中，数米计薪，日以挫其志气。仰视天而不知其高，俯视地而不知其厚，虽觉如梦，虽视如盲，虽勤动其四体而心不灵，惟不兴故也。圣人以诗教以荡涤其浊心，震其暮气，纳之于豪杰而后期之以圣贤，此救人道于乱世之大权也。”读诗，阅读本书所介绍的诗人和词人的好作品，不但能使我们对中国古典诗歌的成就获得基本的认识，而且会使我们从浑浑噩噩的昏沉心境中蓦然醒悟，从紫陌红尘的庸俗环境中猛然挣脱，进而朝着诗意生存的方向大步迈进。

如果您想用较为简捷的方法了解中华传统文化的精神本质，如果您想真切准确地理解中华民族代代相传的人生态度，如果您想单刀直入地深入中国人的心灵世界，那就请走进唐诗宋词的宝山吧，那可是一座重岩叠嶂、水深林茂的大山，您一定不会空手而归的。

第一章　唐诗概述

一、唐诗的艺术渊源

中国有一句俗话：“熟读唐诗三百首，不会作诗也会吟。”意思是熟读了三百首唐诗，就能具备基本的写诗能力，可见国人对唐诗的推崇。千百年来，人们总是把一个朝代的名称——“唐”，和一种文学的体裁——“诗”，紧密地结合在一起，组成了一个约定俗成的专有名词——“唐诗”。在后人心目中，“唐诗”这个名词自身就标志着登峰造极的诗歌成就。那么，唐诗为什么能在如此长久的年代里一直得到人们的推崇？唐诗中的名篇名句千百年来家喻户晓，感动着一代又一代的读者，其中的奥秘究竟在哪里？唐朝又为什么能成为中国诗歌史上最繁荣的时代？

在中国文学史上，广义的“诗”是包括四言诗、楚辞体以及词和散曲在内的，我们现在所说的是狭义的“诗”，就是以五言诗和七言诗为主，也包括一些杂言诗在内的诗歌。唐诗为何以五言和七言为主要的句式？这是由中国诗歌自身的发展规律所决定的。中国的诗歌以方块的汉字为书写形式，汉字是一种表意注音的音节文字，每一个汉字代表语言里的一个音节。《诗经》中的诗句绝大部分是四言句，由于古代诗歌一般以两个音节为一个节拍，所以四言句基本上是由两个节拍构成的，它们最常见的节奏结构就是二、二。久而久之，这种句式难免产生单调的缺点。到了汉代，五言诗终于应运而生了。五言诗虽然每句诗只增加了一个字，却是由三个节拍构成的，其常见的节奏结构是二、二、一或二、一、二。显然，与四言句相比，五言句不但多出一个节拍，而且其中既有双音节的节拍，也有单音节的节拍，那个单音节的节拍（也有人视它为半个节拍）在句中的位置也可以变化，它在句式上要比四言句灵活多了。在五言诗的基础上，又发展出七言句，它的节拍数增加到四个，其常见的节奏结构是二、二、二、一或二、二、一、二，不但较大地增加了意义的容量，而且在句式上也更加活泼多变了。从汉魏到南北朝，五言诗和七言诗的地位越来越重要，而四言诗则逐渐衰微。到了唐代，虽然偶尔有人写作四言诗，但五言和七言已经成为诗歌的主要句式。所以唐诗以五七言为主要句式，是由古典诗歌自身的发展规律所决定的，是水到渠成的自然结果，是不以任何诗人的主观意志为转移的客观现实。大诗人李白虽然声称："兴寄深微，五言不如四言，七言又其靡也。"（《本事诗》卷三）但他的诗集中几乎全是五七言诗，只在少量的杂言诗中有一些四言诗句，可见任何诗人都无法改变唐诗以五七言为主要句式的大趋势。从唐代开始，五七言成为中国古典诗歌最主要的句式，历宋、元、明、清诸代而无改变，直到现代，人们写作古体诗歌时仍然如此。唐诗正好处于五七言诗在形式上趋于成熟的历史阶段，可谓独得先机。

唐诗在形式上更大的历史机遇体现于诗歌的格律。中国诗歌的格律经历了从无到有，从草创到成熟的漫长历史时期，唐代适逢格律定型的关键时节。汉语有不同的声调，就是语音的高低、升降和长短。古代汉语有四种声调，就是平声、上声、去声和入声。古代汉语的四种声调与现代汉语的四种声调是不同的，由于唐诗只与古代汉语的声调有关，所以我们只论古汉语的四声。古人早就知道四声的区分了，但是探索如何利用汉字的不同声调来使诗歌具备声情之美，却耗费了数百年的时间。从汉魏到南朝，无数诗人在暗中摸索，才逐步建立起诗歌在声调上的格律。中国人的思维向有二元化的特征，他们习惯将万事万物分成阴、阳两类来进行思考。古代的诗歌写作中也有这种情形。古人早就将汉字的四种声调归纳为平、仄两类，平声为平，上、去、入三声为仄，“仄”就是不平的意思。王力先生指出：“凭什么来分平仄两大类呢？因为平声是没有升降的，较长的，而其他三声是有升降的，较短的。”（《诗词格律》）这样一来，四声的问题转化为两声的问题，非平即仄，非仄即平，于是就有可能在诗歌写作中交错运用两类声调，从而达到声调铿锵的效果。当然，我们在事后从理论上来分析，古诗的平仄格律是相当简单的，但古代诗人摸索这种规律的过程却是漫长而艰苦的。在汉末诗人的《古诗十九首》中，还很难找到声调上完全合律的句子。到了魏代的曹植，才写出了“孤魂翔故域，灵柩寄京师”（《寄白马王彪》）和“始出严霜结，今来白露晞”（《情诗》）等音调和谐的诗句，可见他已经在摸索如何在诗句中交错运用平仄声调以求声情并茂，但仅是偶一为之。稍后，有较多的文士开始关心这个问题。例如西晋时吴人陆云在张华家里遇见洛阳名士荀隐，张华让他们自我介绍且“勿作常语”，于是陆云自称“云间陆士龙”，荀隐则自称“日下荀鸣鹤”（《世说新语·排调》），如果把这两句话看作五言诗，那么它们的声调也是十分和谐的。到了南朝，以沈约为代表的诗人遂从理论上探讨这个问题，提出了“声病”之说。所谓“声病”，便是诗歌中必须讲求声调之和谐，否则便是有病。沈约提出了八种应该回避的弊病，其基本精神是不能让声调相同或同韵的字连续出现在一句或两句诗中，这事实上就是从反面来思考应该如何在诗歌写作中安排声调之平仄。注意“声病”的诗歌被称为“新变体”，《南史·庾肩吾传》中说：“齐永明中，……文章始用四声，以为新变。”这种精神在当时的文论中也有所体现，例如陆机在《文赋》中说“暨音声之迭代，若五色之相宣”，刘勰则在《文心雕龙·声律》中指出“双声隔字而每舛，叠韵杂句而必睽”。可以说，到了南朝，关于诗歌格律的意识已经呼之欲出了。所以南朝后期的一些诗人，便能写出平仄基本合律的五言诗。例如庾信的《重别周尚书》：“阳关万里道，不见一人归。惟有河边雁，秋来南向飞。”全诗的平仄基本合律，可算一首合格的五言绝句。到了初唐，诗人们对沈约的“声病”说进行换位思考，即不再从反面来关注要回避什么，而是从正面来思考应该如何写，诗歌的平仄格律就正式建立起来了。由此可见，唐代诗人正是在前代诗人几百年辛勤探索的基础上建立了平仄格律，而平仄格律正是五七言诗格律中最重要的内容，唐诗在艺术上取得高度的成就，可说是适逢其时。

五七言诗的格律中还有对仗。汉字的性质使它能组成非常工整的对偶，就是对仗。在远古时代的典籍中，便已有对仗出现，例如《尚书·大禹谟》中的“满招损，谦受益”，又如《周易》中的“云从龙，风从虎”，便是对仗。这种显而易见的修辞手段，古代诗人当然不会弃之不顾。于是早在汉魏六朝的诗歌中，对仗便得到普遍的运用。如谢灵运的《登池上楼》全诗十一联，其中竟有十联对仗工整。又如谢朓的名句“余霞散成绮，澄江静如练”（《晚登三山还望京邑》），“天际识归舟，云中辨江树”（《之宣城郡出新林浦向板桥》），都以对仗精工著称。以至于刘勰的《文心雕龙》中专设《丽辞》一篇，不但论述了对仗的必要性：“夫心生文辞，运载百虑，高下相须，自然成对。”而且把对仗分成“言对”、“事对”、“正对”、“反对”等四类详加分析。汉魏六朝诗人在对仗方面已经达到较高的水准，这就为唐代诗人提供了宝贵而丰富的经验，从初唐开始，诗人们运用对仗手段已经驾轻就熟。到了盛唐的杜甫、晚唐的李商隐等人，对仗的手法变化无穷，已经超越格律的要求而成为精益求精的艺术追求了。

所以说，唐诗在艺术上臻于极境，是在前代诗歌丰富积累的基础上更上一层楼的结果。换句话说，五七言古诗经历了从汉至隋的漫长发展过程，理应出现艺术高峰了。而唐诗正在此时应运而生，它的发展机遇是后代诗歌望尘莫及的。

二、唐诗的社会背景

文学艺术的繁荣离不开必要的社会条件，唐诗也是如此。从汉末以来长达四百年的分裂、混乱的局面终于结束，华夏大地上终于迎来了繁盛、统一的大唐帝国。国力强盛，经济富足，百姓安居乐业，士人意气风发，这是唐诗繁荣的肥沃土壤，也是唐诗超越前代诗歌的有利条件。比如山水诗早在六朝就已相当繁盛，但是谢灵运等山水诗人吟咏的只是江南一带的明山秀水，他们不能亲历黄河、泰山等雄伟的山川，他们笔下的山水诗无法达到雄伟豪壮的境界。唐代就不同了，国家统一，疆域辽阔，李白可以咏叹“黄河之水天上来”（《将进酒》）的奇观，杜甫可以面对泰山而发出“会当凌绝顶，一览众山小”（《望岳》）的壮语。更不用说岑参亲至西域，目睹雪山、热海等异域风光了。所以唐代的山水诗，无论是境界之阔大，还是风格之奇伟，都远远超越了前代诗人的同类作品。大唐帝国的社会背景对唐诗繁荣的这种促进作用是一目了然的，不用多说。需要多说几句的倒是另一种情况，那就是唐代格外重视诗歌、崇尚诗人的社会风气。在唐代，社会上最崇尚、最受尊敬的是什么人？就是诗人，或者说首先是诗人。我们从两个角度来看一看这个问题。

我们先看社会上层，也就是从统治阶级这个角度来进行考察。唐朝实行科举制度，科举制度在后来受到很多批评，到了《聊斋志异》、《儒林外史》的时代，大家都批评科举制度。但是应该说，科举制度是中国古人非常高明的一种政治设计，所以当欧洲人开始知道中国很早就有科举制度时，他们非常惊讶，一千年以前中国就有文官考试制度！国家选拔人才是通过考试，这是多么先进的制度！唐代的科举有好多种类，名目繁多，其中最主要的是两类，一类叫作明经科，还有一类叫作进士科。当时人们最重视的，也是朝廷最重视的，首先是进士科，而不是明经科。当时流传着这样两句俗话，一句叫作“三十老明经”，还有一句叫作“五十少进士”。“三十老明经”，就是说假如有一个人参加明经科的考试，落榜以后明年再考，一直考到三十岁，他终于考上了。人家就说，哎呀，这个人没出息，这么老了，才考上一个明经。另外一个人考进士，进士科当然很难考，他考不上就明年再考，一路考下去，到五十岁时终于考上了。人家就说，这个人真了不起，才五十岁就考上进士了！由于大家重视进士，所以更多的人才往进士科这边挤。那么，唐朝的进士科考些什么？有一项主要内容就是考诗赋，考生要写一首诗，还要写一篇赋，其中诗又是特别重要。也就是说，在唐朝一个人能不能考上进士，最关键的因素是你这首诗写得怎么样。这样一来，当时全社会的读书人，只要你想参加进士科的考试，你一定要非常努力地来学习写诗，练习写诗的技巧，因为只有诗写得好，你才能考上。所以说，对于唐代全社会重视诗歌，大家都努力练习写诗的社会风气，科举制度有一个极大的推动作用。

对诗歌创作产生更大推进作用的，是与进士考试直接相关的一种社会风气，叫作“行卷”。“卷”就是古人写的作品，古人把作品写在一张很长的纸上，然后卷成一卷，在中间用带子系好，这就叫作“卷”。“行”就是“行贿”的“行”，就是送的意思，行卷就是赠送写在卷上的作品。为什么要行卷呢？原来唐朝的进士考试，跟宋以后不一样，从宋朝开始，进士考试已有严密的制度，已经采用了糊名、誊录等制度。宋代进士考试的试卷上的名字是糊起来的，官府甚至专门雇人把考卷誊抄一遍，所以考官阅卷的时候，只看到誊抄过的卷子，从笔迹也看不出是谁写的，你要想包庇谁都不可能。唐朝不是这样的，唐朝不但没有糊名、誊录的制度，而且是否有人推荐也很重要。如果有人推荐，比如宰相、公主这些有地位的人，向考官推荐，说某某某诗歌写得很好，你今年一定要录取他，这种推荐很起作用。这样一来，唐朝的考生除了到考场上写诗以外，他还要在平时做一个工作，就是行卷。所谓行卷，就是把自己平时写的作品送给别人看。有的考生直接送给考官，也有人送给那些宰相、公主等达官贵人。相传王维考进士以前，有人带他到一个公主家里去弹琵琶，王维擅长音乐，就弹一曲琵琶给公主听。公主一听琵琶弹得好，说这个小伙子了不起。带王维去的人就说，他诗还写得好呢。公主一听，把他的诗要来一看，发现那些作品都是自己早已读过的，就马上向考官推荐，王维就此金榜题名了。唐朝的这种习俗，助长了行卷之风。广大的考生在参加考试以前，先要把自己的作品到处赠送。这样的习俗，当然对诗歌写作是一个非常大的促进。大家都要努力写诗，要写得好，否则你就不可能考上进士。

除了科举制度以外，还有一个重要原因。唐朝的最高统治者，帝王将相，都非常喜欢诗歌，朝廷里经常举行诗歌大奖赛，当场来比赛写诗。文献上有明确的记载，在唐中宗的时候，在武则天的时候，都发生过这样的事情。有一年唐中宗要举行诗歌大奖赛，在长安的昆明池前面，搭了一个彩楼，皇帝、皇后以及评委，都待在彩楼上面，百官都站在楼下面。官员们每人写一首诗来参赛，写好了诗，把卷子交上去。过了一会儿，评好了，凡是没有得奖的，没有被选中的，就把你的作品从彩楼上扔下去。《唐诗纪事》中记载得很精彩，说过了一会儿，那些纸片像雪片一样飘落下来，下面站着的官员纷纷去捡。一看这张是你的，那张是我的，大家各自捡起来放进怀中。最后只剩两个人的作品没有落下来，一个是沈佺期，另一个是宋之问，就是这两个人的作品还在楼上参评，进入最后一轮了。沈佺期、宋之问是齐名的两个诗人，并称“沈宋”，他两个人进入了最后一轮。又过了一会儿，又一张纸片飞下来了，大家抢着跑过去，一看，是沈佺期的，这说明什么呢？就是宋之问得奖了，宋之问获得了第一名。选完以后，主持评选的上官婉儿出来宣布评奖的理由。她要说明为什么在沈佺期和宋之问的两首诗中，最后要选宋之问的。原来两首诗的前面部分写得差不多，水平不分上下，但是结尾有差距，沈佺期说：“微臣衰朽质，羞睹豫章材。”宋之问说：“不愁明月尽，自有夜珠来。”上官婉儿就说，沈佺期的结尾“词气已竭”，而宋之问的结尾“犹陟健举”，所以宋之问的诗更好。沈佺期听了也心服，自己的诗确实比不上对方，不敢再争议。《隋唐嘉话》中也记载着类似的事件：有一次武则天在洛阳的龙门举行诗歌大奖赛，有一个叫东方虬的诗人首先交卷，武则天下令赏给他一领锦袍。还没等东方虬坐定，宋之问也交卷了，他的那首诗写得非常出色，武则天马上命令东方虬把锦袍让给宋之问，让宋当场穿在身上。一件锦袍未必值多少钱，但是武则天那时候已经称帝，她是皇帝，皇帝赏给一件锦袍，就非常荣耀。这说明什么？说明唐代的统治者重视诗歌。既然帝王重视诗歌，这对于全社会的风气，对于整个社会上的诗歌写作，当然会产生非常有力的激励作用。

唐代社会的上层如此，中下层又如何呢？让我们来看看民间的情况如何。结果也是一样的，《集异记》中记载着一个“旗亭画壁”的故事。所谓“旗亭”就是酒店、酒亭，古代的酒店外面挂一面旗，就是一块布，上面写着“某某酒家”，所以酒亭就叫旗亭。“画壁”就是在墙壁上画上记号。这个故事是这样的：盛唐时候有三个很有名的诗人，一个叫王昌龄，第二个叫高适，第三个叫王之涣。有一天三个诗人在长安相遇了，他们走进一家酒店去喝酒，一边就谈谈诗。过了一会儿，突然有一群伶人和歌女走进来，在酒店的另外一个角落坐下了。三个诗人就说，我们都是比较有名的诗人，但没有分出高低，今天我们来看一看，待会儿她们唱谁的作品更多，就算优胜。果然，过了一会儿，第一个歌女站起来唱道：“寒雨连江夜入吴，平明送客楚山孤。洛阳亲友如相问，一片冰心在玉壶。”这是王昌龄的《芙蓉楼送辛渐》，是选进《唐诗三百首》的名篇。王昌龄一听非常高兴，就伸出手，在他背后的墙壁上画上一道记号，说：“一首绝句。”又过一会儿，第二个歌女又站起来唱道：“开箧泪沾臆，见君前日书。夜台何寂寞，犹是子云居。”这首诗是高适的，当然，实际上这四句诗不是一首独立的绝句，而是《哭单父梁九少府》这首五言古诗中的一段，原诗有二十四句，这是开头的四句。这四句的意义基本自足，可以独立成篇，把它们抽出来单独作为一首绝句也行，所以歌女拿出来唱。高适一听也很高兴，也在墙上画一道，说：“一首绝句。”又过了一会儿，第三个歌女站起来唱："奉帚平明金殿开，且将团扇共徘徊。玉颜不及寒鸦色，犹带昭阳日影来。"又是王昌龄的诗，题目是《长信秋词》，也是选到《唐诗三百首》里的名篇。王昌龄就更加高兴，转过身去画一道，说："两首绝句。"这时王之涣脸上就挂不住了，他们两人一个是一首，一个是两首，自己却一首也没有。王之涣就说："你们不要高兴得太早，她们都是潦倒的乐官，唱的都是下里巴人的东西！"他又指着那个最美丽的歌女说："待会儿她来唱，要是不唱我的诗，我终身不敢再跟你们抗衡。要是唱我的诗，你们应当拜我为师！"又过了一会儿，第四个歌女，也就是王之涣说的长得最美的那个歌女站起来了，她开口唱道："黄河远上白云间，一片孤城万仞山。羌笛何须怨杨柳，春风不度玉门关。"这是谁的诗？王之涣的，是王之涣的《凉州词》，也是选到《唐诗三百首》中的名篇。王之涣大喜，说："你们两个乡巴佬，我难道是乱说的吗？"三人齐声大笑。伶官和歌女们就跑过来问，三位先生你们笑什么呢？三位诗人就把真相告诉他们。歌女争相下拜，说："我们有眼不识神仙！"这个故事说明什么呢？说明在盛唐的时候，社会上最流行的歌曲，受到人民群众普遍欣赏的作品，就是诗歌。只要诗写得好，你就会获得巨大的名声，就会受到民众的普遍喜爱。

这种风气从盛唐一直延续到中唐、晚唐，并没有多大的改变。比如中唐诗人白居易，他的诗才很高，但他又是一个通俗的诗人，相传连不认识字的老太太对白居易的诗都是一听就懂的。容易懂的作品就容易被人接受，所以白居易的诗在社会上被接受的程度非常高，雅俗共赏。有一年，白居易从长安被贬官到江州。从诗歌史的角度来说，这次贬谪对他是大有好处的，白居易到了江州以后，才写出了千古名篇《琵琶行》。白居易被贬到江州以后，写了一封信给他的好朋友元稹，信中说：我这次从长安走到江州，走了三四千里路，一路上经过了许多小旅店，还有乡下的学校、寺庙，还坐了客船，到处都看到题着我的诗。也就是说，到处都有人把白居易的诗题在墙壁上、柱子上。他还说我一路上遇到的人，无论是士人还是百姓，以及僧侣、寡妇、少女，口中往往在吟诵我的诗。这说明白居易的诗被很多读者所接受，大家都读，大家都喜欢。白居易还有一个最狂热的崇拜者，堪称超级发烧友，据《酉阳杂俎》记载，晚唐人葛清浑身上下都刺着白居易的诗句，还配着图画，共计三十多首，弄得体无完肤。葛清把身上所刺的白诗都暗记在心，有人问他某句白诗在何处，他随时就能指给你看，连刺在背上的都记得一清二楚，所以人们把他称为“白舍人行诗图”。

中唐诗人李涉虽然没有白居易那么大的诗名，但也拥有粉丝。有一次，李涉路过一个叫井栏沙的小地方，这个地方在今天安徽省安庆市的西南方，有一个小镇叫皖口镇，井栏沙就在那个地方，是长江边上的一个小村庄。李涉有一首诗，题目是《井栏沙宿遇夜客》，说的就是他路经井栏沙的遭遇。诗中说：“暮雨潇潇江上村，绿林豪客夜知闻。他时不用逃名姓，世上如今半是君。”江边上的村庄本来就很荒凉，黄昏时候又下着细雨，就更加荒凉了。突然有一个人挡住去路，原来是一个绿林好汉来了。强盗挡住去路，当然会说：“来者何人，留下买路钱！”李涉的书童就上前说：“这是李涉先生。”强盗一听说是李涉，是个有名的诗人，就说：“久闻大名，既然你是李涉，我就不要你的买路钱了，你写一首诗送给我吧！”李涉就写了这首诗送给那位强盗。三四两句的意思是：以后我也不用隐姓埋名了，因为现在的世界上，有一半人都跟你一样。也就是天下不太平，强盗很多，到处都会遇到，我已经无所谓了。当然还有另一种解释，就是说将来你也不用隐瞒姓名，不要因为当过强盗怕人家知道，现在世界上强盗多得很！

李涉写了这首诗送给强盗，强盗一看，非常高兴，非但没有索取买路钱，反而赠送了不少财物给李涉。这个例子说明什么呢？说明在唐代，整个社会，上上下下，都崇尚诗歌，都懂得诗歌的价值，都尊敬诗人，这种风气已经普及到强盗这个层次了。从皇帝到强盗都喜欢诗歌，我们就可以下这个结论，唐代社会从上到下都有崇尚诗歌的风气。这就是唐诗繁荣最重要的社会背景。在这样的背景下，当然大家都会来写诗，最有才华的人都把他们的聪明才智用在诗歌写作上。我们完全可以说，唐诗要想不好也难！

三、唐诗的发展历程

在文学史上，唐代和随后的五代向被视作一个时代，所以诗歌史上的唐代长达三百多年（618—960）。唐诗的发展过程大致上可分四期，即初唐、盛唐、中唐、晚唐。初唐诗风虽是从六朝诗歌演变而来的，但由于长期南北割裂而形成的风格各异的南朝诗风与北朝诗风开始互相融合、互相补充，也由于统一的强大帝国必然孕育全新的文化，经过王勃、卢照邻等初唐四杰以及陈子昂的相继努力，曾经风行一时的六朝诗风渐渐消退，诗歌主题冲破宫廷的束缚走向广阔的江山朔漠，诗歌风格则由纤柔卑靡变为明快清新，而且完成了对诗歌形式的建设，创造了以五七言律诗为代表的近体诗，使五七言诗的各种诗体得以确立。初唐诗的成就为盛唐诗的出现奠定了基础。

盛唐是指唐玄宗开元、天宝时期的五十年，唐诗在此期间出现了全面繁荣的高潮。由于国家繁荣，社会安定，诗人们可以由多种途径实现人生的追求。有些诗人以侠少的面目出现，成为热情的进取者，希望通过从军立功等道路施展抱负。另有一些诗人则以隐士的面目出现，成为恬静的退守者，希望幽居山林以获得生活与心灵的宁静。当然，也有一些诗人身兼上述两种身份，或因时变化。这两种人生态度是盛唐诗题材取向的基础，从而形成了以王维、孟浩然为首的山水田园诗派和以高适、岑参为首的边塞诗派。王、孟等诗人以清新秀丽的语言描绘了幽美的山水景色和宁静的田园生活，诗人的心灵沉浸在美丽自然的怀抱之中，滤去了现实中的名利杂念，从而构成了静穆空灵的境界。王维诗中的辋川田园，孟浩然诗中的襄阳山水，实际上都已升华为一种审美意境。高、岑等人的主要作品则以唐帝国的边境战争为表现对象。诗人们描绘了塞外大漠的奇异风光，塑造了边关健儿的英雄形象，同时也表达了保卫祖国、建立功勋的人生理想。盛唐边塞诗的思想倾向与情感内蕴都比较复杂，诗人们既歌颂反抗侵略的自卫战争，又谴责意在拓展疆土的开边战争，同时还控诉了战争对人民和平生活的干扰和破坏。边塞诗交织着英雄气概与儿女心肠，交织着激昂慷慨的豪气与缠绵宛转的柔情。相对而言，边塞诗更鲜明地体现了盛唐积极进取的时代精神。

富于浪漫气息和理想色彩的精神面貌在诗歌中的体现就是盛唐气象，盛唐气象最杰出的代表首推李白。李白以复杂的思想、丰富的情感和多元的人生追求涵盖了王、孟与高、岑两大诗派的内容取向，又以惊人的天才融会、超越了他们的艺术造诣，从而成为盛唐诗坛上最耀眼的明星。李白热情地讴歌现实世界中一切美好的事物，而对其中不合理的现象则毫无顾忌地投之以轻蔑。这种追求解放，追求自由，虽然受到现实的限制却一心要征服现实的态度，乃是中华民族反抗黑暗势力与庸俗风习的一股强大精神力量的典型体现。所以，以浪漫想象为主要外貌特征的李白诗歌事实上蕴涵着深刻的现实意义，想落天外的精神漫游仍以对人世的热爱为归宿。笑傲王侯、桀骜不驯的“诗仙”李白受到中国人民的热爱，原因就在于此。与李白齐名的伟大诗人杜甫，在青年时代也受到盛唐诗坛浪漫氛围的深刻影响，但他很快就从那个浪漫主义诗人群体中游离出来了。杜甫以清醒的洞察力和积极的入世精神，深刻而全面地反映现实生活。杜诗为安史之乱前后唐帝国由盛转衰的那个时代提供了生动的历史画卷，对“朱门酒肉臭，路有冻死骨”的黑暗现实进行了入木三分的揭露与批判，因而被后人誉为“诗史”。当然杜诗的意义绝不仅仅在于记录历史，更在于记录了动荡时代的疾风骤雨在诗人心中激起的跳荡思绪和情感波澜。杜诗中充满着忧国忧民的忧患意识和热爱天地万物的仁爱精神，是儒家思想中积极因素的艺术表现。在艺术风格上，李白诗飘逸奔放，杜甫诗沉郁顿挫，既具有鲜明的个性特征，又具有丰富的内涵，从而对后代诗歌的审美趣向产生了深远的影响。

中唐也是一个百花齐放的诗歌高潮时期，就艺术个性之鲜明及风格流派之众多而言，中唐诗坛甚至比盛唐诗坛更加丰富多彩。中唐诗坛有两个主要流派，一个以白居易为首，元稹、张籍、王建、李绅等人为羽翼，他们主要继承了杜甫正视现实、抨击黑暗的精神，强化了诗歌的讽谏美刺功能；在艺术上则以语言通俗流畅、风格平易近人为特征。另一个流派以韩愈为首，孟郊、贾岛、李贺、卢仝等人为羽翼，他们主要继承了杜甫在艺术上刻意求新、勇于创造的精神，特别致力于在杜诗中稍露端倪、尚未开拓的艺术境界。韩派诗人善于刻画平凡、琐屑乃至苦涩的生活和雄奇险怪乃至幽僻阴森的景象，艺术特征是语言戛戛独造，风格或雄奇，或幽艳，或怪诞。此外如柳宗元、刘禹锡等诗人，则以独特的艺术风格而自成一家。

晚唐诗坛上最著名的诗人要推杜牧和李商隐。杜牧的诗风受杜甫、韩愈影响较大，风格上以清新峭拔为特征，诗体则擅长七绝。李商隐则以七律著称，李诗以精致的结构、瑰丽的语言、沉郁的风格为艺术特征，其内容则以抒身世之感、写家国之哀为主，这都与杜甫诗风一脉相承。比杜牧、李商隐稍晚的晚唐诗人中如罗隐、韩偓、皮日休、韦庄等也各有特色（韩偓、韦庄等人的生活和创作都延伸至五代），但其成就已远不能与前辈相比。从总体上看，晚唐诗歌的美学特征类似于秋花、夕阳，唐诗到此时也就进入尾声了。

四、唐诗的影响

唐诗是中国古典诗歌史上不可逾越的高峰，也是后代诗人学习和模仿的永久典范。在古典诗歌史上，惟一能与唐诗成就相提并论的一代诗歌首推宋诗，唐诗和宋诗之异同引起后代学界旷日持久的讨论，宗唐还是宗宋甚至成为后代诗坛宗派门户的标志。这就给人一种错觉，仿佛宋诗与唐诗毫无共同之处。事实上，宋诗就是唐诗发展演变的自然结果，宋诗的许多特征，都可在杜甫、韩愈的诗中找到滥觞。例如，诗歌在题材和语言上趋于通俗化，描写平凡、琐细的日常生活，并采用俗字俚语，这种趋势是从杜甫开始的，中唐韩愈、白居易、孟郊、贾岛及晚唐皮日休、罗隐等人又有所发展，而宋代诗人则沿其流而扬其波。又如在诗歌中发议论，也是从杜甫、韩愈开始，在晚唐杜牧、李商隐的诗中已屡见不鲜，入宋以后则发展成为诗坛的普遍风气。宋代诗人正是充分吸取了唐诗的营养，才创造出一代诗风。宋诗的成就，正是唐诗巨大影响的一个标志。

仰望唐诗，犹如一座巨大的山峰，宋代诗人可以从中发现无穷的宝藏，作为学习的典范。但这座山峰同时也给宋人造成了沉重的心理压力，他们必须另辟蹊径，才能走出唐诗的阴影。宋人对唐诗的最初态度，是学习和模仿。从宋初到北宋中叶，人们先后选择白居易、贾岛、李商隐、韩愈、李白、杜甫作为典范，反映出对唐诗的崇拜心理。

即使等到宋人树立起开创一代新诗风的信心的时候，他们的努力其实仍是以唐诗为隐在的超越目标。然而极盛之后，难以为继。宋诗的创新具有很大的难度。以题材为例，唐诗表现社会生活几乎达到了巨细无遗的程度，这样宋人就很难发现未经开发的新领域。他们所能做的，是在唐人开采过的矿井里继续向深处挖掘。宋诗在题材方面较成功的开拓，便是向日常生活倾斜。琐事细物，都成了宋人笔下的诗料。这种特征使宋诗具有平易近人的优点，但毕竟缺乏唐诗那种源于浪漫精神的奇情壮采。在艺术上，宋诗的任何创新都以唐诗为参照对象。宋人惨淡经营的目的，便是在唐诗美学境界之外另辟新境。宋代许多诗人的风格特征，都是相对于唐诗而言的生新。比如梅尧臣的平淡，王安石的精致，苏轼的畅达，黄庭坚的瘦硬，陈师道的朴拙，杨万里的活泼，都可视为对唐诗风格的陌生化的结果，这仍然是唐诗巨大艺术魅力的有力证明。

在历朝历代的五七言诗中，成就最接近唐诗的是宋诗。虽然宋诗的总体成就比较接近唐诗，但是宋代的诗人仍然非常推崇唐诗，北宋三大诗人之一的王安石就说过："世间好语言，已被老杜道尽。世间俗语言，已被乐天道尽。"（《陈辅之诗话》）王安石认为，世上典雅的好诗句都被杜甫写完了，而通俗一点的好诗句都被白居易写完了。这是宋代诗人对于唐诗巨大艺术成就深表服膺的由衷之言。让我们看一个实例。北宋初年的著名诗人王禹偁，有一年被贬到商州做一个叫作"团练副使"的闲官。他的心情当然相当郁闷，他的生活也过得相当清贫。王禹偁家里有一个小院子，他在院子里种了一棵桃树、一棵杏树，到了春天，桃杏都开花了。一天清晨，王禹偁起来一看，刮了一夜的大风把桃树、杏树上的几枝很大的树枝刮断了，但是树枝的根部还连在树干上面，折断的树枝上依然是繁花怒放。王禹偁看了诗兴大发，就写了一首《春居杂兴》：“两株桃杏映篱斜，妆点商州副使家。何事春风容不得，和莺吹折数枝花。”孤立地看，这是一首很不错的作品。第一，他写的景色是比较难得一见的；第二，这首诗的构思也相当出色，他不说春风是无意识的，它偶然吹断了树枝，他偏说春风有意欺负我，容不得我拥有一片春光，这种构思比较奇特。但是，过了几天以后，王禹偁的儿子王嘉祐，跑来对父亲说：“父亲大人，你前几天写的这首诗，好像是从杜甫的诗里偷来的！”王禹偁说这怎么可能呢，我完全是自己独立创作的呀。他儿子就拿出一本杜甫的诗集来，翻到那一页，给他看。王禹偁拿过来一看，原来是杜甫在成都草堂时写的一首诗，题目叫《绝句漫兴》。这首杜诗是这样写的：“手种桃李非无主，野老墙低还是家。恰似春风相欺得，夜来吹折数枝花。”就是我家里的桃树、李树是我亲手种的，这不是没有主人的野生花木。我虽然是个乡下老头，家里很寒碜，围墙很低矮，但这毕竟是我的家，别人不能随意来侵犯我。但是春风居然来欺负我，刮了一夜的大风，把我家树上繁花盛开的几根树枝吹折了。这两首诗非常相像，它们的内容、构思、句法，都非常接近。问题是王禹偁并没有抄袭啊，他是亲眼看到了这个景色，自己独立思考写出来的诗啊。所以当王禹偁的儿子说，你的诗是从杜甫诗里偷来的，王禹偁不但没有生气，他反而大喜。他喜什么呢？他说：哎呀，我的诗写得这么好了，都接近杜甫的水平了！虽然王禹偁为此感到高兴，但是从这个例子里我们看到了什么？就是刚才所引的王安石说的话：“世间好语言，已被老杜道尽。”当然，唐朝的伟大诗人不仅仅是一个杜甫，不仅仅是一个白居易，还有李白，还有王维，还有韩愈，还有李商隐，有很多优秀的诗人，他们写出了那么多的好诗。我们确实可以说，唐代的诗人已经把古代生活中所能看到的景象，所能感受到的喜怒哀乐，差不多都写过了，而且都写得非常好，留给后代诗人的空间已经非常狭小了。所以王安石才会有这种叹息，言下之意是我们还怎么写诗呢？

到了现代，鲁迅也说过类似的意思。鲁迅给友人杨霁云写了一封信，信中说："我以为一切好诗，到唐已做完。此后倘非翻出如来掌心之齐天大圣，大可不必动手。"事实上即使是齐天大圣孙悟空，一个跟头能翻几千里，也跳不出如来佛的手掌心。也就是说，要想在五七言诗的写作上胜过唐人，几乎是不可能的事情。闻一多说得好："一般人爱说'唐诗'，我却要讲'诗唐'，诗唐者，诗的唐朝也。"（《诗的唐朝》）诗歌是大唐帝国最显著的文化特征，唐代就是一个诗歌的朝代，是中国诗歌史上最为繁荣昌盛的盛世，唐诗是难以逾越的诗国巅峰。

第二章　李　白

一、诗国天空中的耀眼彗星

李白其人，是中国古典诗歌史上的一个谜。他像一颗彗星突然划过诗国的长空，光彩夺目，不可逼视。他像一个从天而降的谪仙人，萍踪飘忽，踪迹难寻。李白写诗多为情绪化的宣泄，想落天外，似真似幻，迷离恍惚。所以李白的生平留下了许多疑问，比如说李白的身世如何？他的出生地是哪里？他的婚姻情况如何？他一生进过几次长安？他何时将一双儿女安置在东鲁？他流放夜郎是半途遇赦吗？凡此等等，几乎每个问题都使学者聚讼纷纭，莫衷一是。① 本书只能把学界认同程度较高的说法介绍给读者。

① 详见郁贤皓《近百年来李白生平研究述评》，载《李白与唐代文史考论》，南京师范大学出版社2008年版，第675—688页。

综合各种史料和历代学者的考证，李白的身世大概如下：其先世在隋末因罪流放到中亚的条支都督府，武后长安元年（701），李白出生在碎叶城。那个地方当时属于大唐帝国的安西都护府管辖，是个多民族杂居的地方，现在名叫托克马克，在吉尔吉斯斯坦境内。李白五岁那年，其父带着全家返回内地，在绵州昌隆县（今四川江油）居住。李白的父亲不知叫什么名字，史书上称他为“李客”，就是姓李的客人，可见李家是流寓之人，蜀中并不是李白真正的故乡。但是李白五岁就到了江油，二十四岁才离开，江油被称为“李白故里”，还是当之无愧的。

显然，李白的家庭既不是官宦世族，也不是耕读之家。有人认为他父亲是个富商，从李白青年时富有钱财来看，这不失为合理的推测。正因如此，李白没有像杜甫那样接受儒家思想的严格教育，他在《赠张相镐》中自称其学习过程是“五岁诵六甲，十岁观百家”，六甲就是古人计数所用的六十甲子之类的知识，百家是诸子百家的各类杂书。李白当然也熟读儒家经典，但是他涉猎的范围相当广泛，其知识结构和思想渊源比较复杂。他不但深信道教，还受到西域胡族文化的影响。李白在蜀中生活了二十来年，除了读书学习之外，也广交朋友，并游览蜀中山川。峨眉山、青城山等蜀中名山，都留下了李白的游踪，也留下了李白的诗篇。蜀中乃多民族杂居之地，民风勇武，李白也沾染了南蛮文化及豪侠习气。二十四岁那年，李白仗剑出蜀，经三峡东下，从此离开蜀地，再也没有回去过。

李白出蜀以后，就在吴楚等地漫游，《上安州裴长史书》中自述：“南穷苍梧，东涉溟海。”李白漫游，一方面游览名山大川和通都大邑，另一方面则广事交游，结交名流。他生活豪纵，挥金如土，尤喜接济落魄的士人，也主动结识地方长官。大约三年以后，李白来到安陆，隐于寿山。安陆是古代云梦泽的所在地，李白早从乡人司马相如的《子虚赋》中闻知其名，遂来寻访。不久，李白入赘当地的豪门许家，其妻是高宗朝宰相许圉师的孙女。婚后的李白仍然四处漫游，但基本定居于安陆，正如《秋于敬亭送从侄耑游庐山序》中的自述："酒隐安陆，蹉跎十年。"开元十八年（730）前后，李白前往长安，一住数年。他曾在终南山隐居，并前往玄宗之妹玉真公主的别馆访问。他也曾在长安结识名士贺知章、崔宗之，以及一些达官贵人。但是李白的长安之行并没有引起朝廷的注意，于是他又往四方漫游。其间曾一度在嵩山隐居，与道士元丹丘结为好友。

开元末年，许氏夫人去世，留下一对儿女：女名平阳，子名伯禽。李白原是以赘婿的身份在许家生活，丧妻之后，不宜再居许家，于是携带儿女移家东鲁。由于儿女幼小，李白又常年飘荡在外，为了有人照料孩子，他曾与一位姓刘的女子以及一位不知姓氏的女子先后同居，生活颇为潦倒。到了天宝元年（742），由于玉真公主等人的荐举，玄宗终于下诏征李白入京。诏书送抵南陵（今山东曲阜城南），李白扬眉吐气，放声大笑，作《南陵别儿童入京》以表欢欣：

> 白酒新熟山中归，黄鸡啄黍秋正肥。呼童烹鸡酌白酒，儿女嬉笑牵人衣。高歌取醉欲自慰，起舞落日争光辉。游说万乘苦不早，著鞭跨马涉远道。会稽愚妇轻买臣，余亦辞家西入秦。仰天大笑出门去，我辈岂是蓬蒿人！

李白终于如愿入朝了！他终于有机会实现曾在《代寿山答孟少府移文书》中表示的"奋其智能，愿为辅弼，使寰区大定，海县清一"的宏伟理想了！可惜事与愿违。李白入京之初，确实受到唐玄宗极为隆重的接待，一时声华煊赫，荣耀无比。然而玄宗诏李白入朝，不过是想借其诗才来点缀升平，他并不想在政治上对李白委以重任。李白入朝后担任翰林供奉，只是一个文学侍从之臣，除了偶尔起草国书之外，他的任务就是替玄宗写诗。有一次宫中演奏音乐，玄宗为了记其盛况夸耀后世，立命召李白前来，李白当场以《宫中行乐词》为题作五言律诗十首。还有一次，宫中牡丹盛开，玄宗和杨贵妃一起赏花，命李龟年率梨园弟子唱歌。刚要开唱，玄宗忽然说："赏名花，对妃子，焉用旧乐辞焉！"于是立召李白前来写新歌词，李白酒醉刚醒，就挥翰写了传诵一时的《清平调》三首。假如换了一个贪图富贵的平庸诗人，能得到皇帝如此的恩宠，能成为皇帝赏识的御用诗人，肯定会心满意足，自庆三生有幸。然而李白却深深地失望了。他的理想是登辅弼之位，行治国平天下之事，岂是当一个御用诗人而已！所以时隔不久，李白就从奉诏入朝之初的兴奋得意中清醒过来了。他开始冷眼观察盛世外表下的种种黑暗现状，他开始以沉湎酒乡来掩盖内心的失望和牢骚。在《古风五十九首》之二十四中，他揭露长安城中宦官及斗鸡之徒嚣张奢侈之丑态：

大车扬飞尘，亭午暗阡陌。中贵多黄金，连云开甲宅。路逢斗鸡者，冠盖何辉赫。鼻息干虹蜺，行人皆怵惕。世无洗耳翁，谁知尧与跖！

在《古风五十九首》之十五中，他悲叹贤才被弃的社会悲剧：

燕昭延郭隗，遂筑黄金台。剧辛方赵至，邹衍复齐来。奈何青云士，弃我如尘埃。珠玉买歌笑，糟糠养贤才。方知黄鹤举，千里独徘徊。

杜甫在《饮中八仙歌》中描写李白在长安的醉态是："李白斗酒诗百篇，长安市上酒家眠。天子呼来不上船，自称臣是酒中仙。"如此狂傲不驯，分明是满腹牢骚的外露。李阳冰的《草堂集序》则说李白在长安"浪迹纵酒，以自昏秽"，又说"朝列赋谪仙之歌凡数百首，多言公之不得意"，连朝中列官都明白李白的"不得意"，何况李白本人？

盖世高才容易受到众人的嫉妒，目中无人的狂傲举止更会受到小人的忌恨，李白很快成为朝中权贵的眼中钉。翰林学士张垍妒忌李白的过人才华，宦官首领高力士记恨李白让他脱靴的耻辱，纷纷向玄宗进谗言。李白的好友任华在《杂言寄李白》中说："权臣妒盛名，群犬多吠声。"可见当时谗毁李白的小人，也不知有多少。李白再也无法在朝廷里待下去了，天宝三载（744）春天，李白上书玄宗，请求还山。玄宗对李白的狂傲也不耐烦了，就赐给李白一些钱财，准其归山。李白怀着失意和牢骚离开长安，他的政治理想破灭了。他在《书情赠蔡舍人雄》中说："白璧竟何辜，青蝇遂成冤。"对于李白的政治生涯来说，长安三年当然是一个悲剧。但是对于诗坛和诗史而言，李白被放还山真是一件天大的好事。李白离开了朝廷，重新回到民间，从此他不需要浪费其绝代才华来写《清平调》之类的无聊颂诗了，他转而歌咏壮阔的人生和壮丽的河山。从此李白不需要再与虚情假意的权贵们作无聊的应酬了，他转而结交杜甫、高适等诗人，并与桃花潭边的村民汪伦、五松山下的农妇荀媪无拘无束地交往。一句话，李白离开了狭小的宫廷，回到了广阔的民间。那才是李白施展绝代才华的宽广天地！

离开长安以后，李白又恢复了四处漫游的自由生活。天宝三载初夏，李白在洛阳遇见杜甫。李白比杜甫年长十一岁，但两人一见如故，结为忘年之交。他们结伴同游，北渡黄河，往王屋山寻访道士华盖君。是年秋天，二人与高适同游汴州（今河南开封），在街头的酒垆里痛饮，又同登吹台，眺远怀古。次年秋，李、杜在鲁郡（今山东兖州）重逢，杜甫作《赠李白》：“秋来相顾尚飘蓬，未就丹砂愧葛洪。痛饮狂歌空度日，飞扬跋扈为谁雄！”当时杜甫尚处于裘马清狂的青年时代，他与李白都是意气风发的豪士。李、杜像暂时相聚的浮萍一样，不久就各奔东西了。分别之后，李白作《沙丘城下寄杜甫》说：“我来竟何事，高卧沙丘城。城边有古树，日夕连秋声。鲁酒不可醉，齐歌空复情。思君若汶水，浩荡寄南征。”此后两人再也无缘相会，但他们的友谊终生不渝，成为诗歌史上的一段佳话。

李白在各地游历多时，又回到汴州，入赘宗家，其妻是武周朝宰相宗楚客的孙女。婚后李白与宗氏夫人的感情很好，但毕竟是入赘贵门，诸多不便，所以他仍然经常出游，他的一双儿女也仍然寄养在东鲁。天宝十四载（755）十一月，安史之乱爆发。叛军势如破竹，很快打到洛阳一带。此时李白正在汴州，就携带宗氏仓皇逃难。他先是西奔入秦，次年春天又转向东南，逃往江南。李白的《扶风豪士歌》中展现了兵荒马乱的景象：“洛阳三月飞胡沙，洛阳城中人怨嗟。天津流水波赤血，白骨相撑如乱麻。我亦东奔向吴国，浮云四塞道路赊。”逃到江南以后，李白又流寓多地，最后来到庐山，暂隐于屏风叠。至德元载（756）年底，永王李璘率舟师顺江东下，路过庐山时派人上山礼聘李白。李白正为报国无路而忧虑，就视此为建功立业的好机会，即刻下山，兴高采烈地登舟而去。没想到李璘虽是奉玄宗之命率军平叛的，但此时其兄肃宗早已登基，且下令李璘归觐于蜀。李璘拒不从命，肃宗便视为叛逆，调动军队围歼之。李璘的军队刚走到丹阳（今江苏镇江）一带，就遇到朝廷所遣军队的阻击，军无斗志，一触即溃。天真的李白本图建立奇功，没想到反而落了个附逆的罪名，他匆匆逃到彭泽，随即自首，被拘于寻阳狱中。虽然得到崔涣、宋若思等大员的援救，李白仍受到长流夜郎（今贵州正安）的严重处罚。乾元元年（758）春天，李白在寻阳辞别匆匆赶来的宗氏夫人，启程前往夜郎。次年三月，李白刚走过三峡，适遇朝廷大赦，他即刻顺流东下，作《早发白帝城》说："朝辞白帝彩云间，千里江陵一日还。两岸猿声啼不住，轻舟已过万重山！"

回到江南以后，李白暂居宣城。他虽然屡经挫折，但壮志未灭。上元二年（761），听说大将李光弼出镇临淮，李白还想前往从军，行至半途因病折回。其后李白贫病交加，乃往当涂投靠正任当涂令的族叔李阳冰。临终前，李白将自己的手稿托付给李阳冰，请他编集。宝应元年（762）十一月，李白卒于当涂。一颗光芒照人的彗星从长空中永远消逝了。正如杜甫《梦李白》中所云："千秋万岁名，寂寞身后事！"李白身后颇为凄凉，因家贫，只得暂葬龙山东麓。直到四十五年以后，李白故人范伦之子范传正出任当地长官，访得李白的两个孙女，得知李白的遗愿，便将其墓迁往李白生前喜爱的"谢家青山"。此外，在距此不远的采石矶畔，也留下一座李白的衣冠冢，当是后人因民间有李白醉后入江捉月而死的传闻而修建的。从此，青山之麓的李白墓和采石江边的李白衣冠冢，都成为后人凭吊李白的历史遗址。青山永存，江水不竭，李白将与他热爱的壮丽山川一道永世长存。

二、意气风发的进取精神

李白其人，自许极高。在政治上，他以辅弼之材自居，动辄自比张良、诸葛亮、谢安。在文化上，他以斯文宗主自居，时时自比孔子。即使他想隐居了，也曾在《代寿山答孟少府移文书》中自诩是

“巢由以来，一人而已”。在李白看来，建功立业像探囊取物一般容易，名垂青史是他必然的宿命。所以他终生保持着旺盛的进取精神，从未因遭受挫折而消退雄心。从青年时代的仗剑出蜀，到残暮之年的投军自效，李白始终是意气风发的雄豪之士，叹老嗟卑的习气是与李白绝缘的。

李白最大的人生理想是什么？他自己说得很清楚：“奋其智能，愿为辅弼，使寰区大定，海县清一。”这与杜甫的“致君尧舜上，再使风俗淳”基本一致，正是帝制时代的读书人共同的人生理想，就是安邦定国，治国平天下。在唐代，读书人要想进入仕途，最通常的道路便是参加科举。但是李白自负才华，不愿意走循规蹈矩的科举之路。他希望顷刻之间就实现其政治理想，用范传正《唐左拾遗翰林学士李公新墓碑》中的话说，便是“常欲一鸣惊人，一飞冲天。其渐陆迁乔，皆不能也”。不应科举而想入仕，李白采取了两种方法，一是干谒求名，二是隐居求名。早在蜀中的时候，李白就曾求见苏颋。苏颋是朝中名臣，当时正任益州长史。李白自述求见苏颋的过程是“于路中投刺”，也就是在路上向苏颋递上名片，显然这是主动上前以事干谒。苏颋对李白大为赞赏，说他“天才英丽，下笔不休”。李白对此事非常得意，后来把苏颋的话写进《与安州裴长史书》中，还说“四海明识，具知此谈”，这清楚地说明李白干谒名人贵人的目的，就是显扬自己的名声。李白三十四岁那年，在襄阳晋谒荆州长史韩朝宗，写下了著名的《与韩荆州书》，开头便说：“白闻天下谈士相聚而言曰：‘生不用封万户侯，但愿一识韩荆州。’何令人之景慕，一至于此耶！”由此在汉语中增添了“识荆”这个词汇，成为后人结识他人的专用词语。李白在《与韩荆州书》中还自称“遍干诸侯”、“历抵卿相”，可见李白并不讳言自己曾广事干谒，在他看来，这是实现理想的一条途径，是光明正大的行为。

李白采取的另一种方法是隐居求名。李白在蜀中就开始了隐逸生活，曾与一个叫“东岩子”的人一起隐居于岷山之阳，当时的广汉太守还曾闻名前往求见。出蜀以后，李白更是有意识地隐居求名。他在《代寿山答孟少府移文书》中自称“逸人”，径以隐士自居。但就在同一封书信中，他又声称要“奋其智能，愿为辅弼”。在他看来，隐居与做官不但并无矛盾，而且前者正是后者的必要准备。于是李白曾与元丹丘一起隐居在嵩山，又曾与韩准、孔巢父等六人隐居在山东的徂徕山，号称“竹溪六逸”。但是他从未真正甘心在山林里清心寡欲地当一辈子隐士，他只是希望像东晋的谢安那样暂隐东山，一旦朝廷有事，就出山入朝，建功立业。李白在诗歌中反复咏及谢安，决非偶然。他在《送裴十八图南归嵩山》中说：“谢公终一起，相与济苍生。”隐居得名，然后出山，就是李白理想中的隐居模式。像李白那样一心想着要使寰区大定、海县清一的人，像李白那样热血沸腾、生命力格外旺盛的人，怎么可能做一个终老林泉、忘怀世事的隐士呢?

李白为自己设计的人生道路在当时有可能付诸实施吗?回答是肯定的。无论在政治上还是文化上，唐代都是一个相当多元化的时代。科举制度虽已确立，但朝廷用人不拘一格。唐太宗贞观年间，一介布衣马周代中郎将常何上条奏事，深得太宗赏识，当即召见，从此步入仕途，次年就任监察御史，后来官至中书令。天宝末年，布衣张镐因杨国忠推荐，释褐拜左拾遗，后来官至宰相。而李白投书求谒的韩朝宗也曾推荐崔宗之、严协律等人，都顺利地进入了仕途。所以李白广事干谒，决非徒劳之举。至于隐居求名，也是当时进入仕途的一条捷径。“终南捷径”这个成语的产生时间，就在李白出生前后。当时有名卢藏用者，初举进士，不调，就隐居终南山。他表面上隐居在山中，眼睛却始终盯着朝廷的动静，人称“随驾隐士”。不久卢藏用应诏入朝，从此在官场里度过一生。据刘肃《大唐新语》记载，卢藏用曾对道士司马承祯说终南山中“大有佳处”，司马讽刺他说：“以仆所观，乃仕宦捷径耳。”“终南捷径”这个成语，后人常用来讽刺心怀魏阙的假隐士。但在唐代，它并没有多大的讽刺意义。其实讽刺卢藏用的司马承祯本人也是个出入朝廷的显赫道士，据李白《大鹏赋序》所云，李白刚出蜀时就在江陵见过司马承祯，司马还赞扬他有“仙风道骨”，说不定李白曾从司马那里听说过“终南捷径”的故事并从中得到启发。

那么，上述两类行为会不会影响李白的清誉呢？不会。因为李白的目标不是入仕所带来的荣华富贵，而是实现其宏伟的人生理想。正因如此，李白才会不厌其烦地广事干谒。也正因如此，李白才会不断地转移隐居的地点。李白入仕的道路如此曲折，入朝后的遭遇又如此令他失望，但他的雄心壮志并没有随之消减。即使被玄宗放还归山以后，李白仍然孜孜不倦地寻找着建立功业的机会。安史之乱爆发后，眼看着河山破碎，人民遭殃，李白心头燃起了从军平叛的希望之火。永王李璘起军时曾广征名士，当时萧颖士、孔巢父等人皆逃避不应，宗氏夫人也规劝李白不要应聘，但李白仍然应聘入幕，原因就是他好不容易盼来了一个立功报国的机会，岂肯轻易放过？这与其说反映出李白在政治上不够敏感，不如说体现了他有异常强烈的进取精神。李白入幕后作《在水军宴赠幕府诸侍御》说：“卷身编蓬下，冥机四十年。宁知草间人，腰下有龙泉？浮云在一决，誓欲清幽燕。愿与四座公，静谈金匮篇。齐心戴朝恩，不惜微躯捐。所冀旄头灭，功成追鲁连！”他是多么希望亲赴平叛前线，建立鲁仲连那样的不朽功绩啊！

李白的进取精神还体现在敢于直面黑暗的现实，非但不逃避，反而勇起抗争。天宝六载（747），也就是李白离开长安三年以后，大唐帝国的政治生活中发生了严重的事件，口蜜腹剑的奸相李林甫为了维持其权位，一方面诱导唐玄宗沉溺享乐，另一方面不择手段地排斥贤良。北海太守李邕和刑部尚书裴敦复，都是有正义感的官员，公称士林领袖。李林甫为了打击士气，就用杀鸡儆猴的手法，对李邕和裴敦复痛下毒手。李邕和裴敦复惨遭杖毙，这个事件在当时的影响非常大，它摧残了整个士大夫阶层的士气，一时朝议噤若寒蝉。李白却在《答王十二寒夜独酌有怀》中发出了公开的抗议：

> 昨夜吴中雪，子猷佳兴发。万里浮云卷碧山，青天中道流孤月。孤月沧浪河汉清，北斗错落长庚明。怀余对酒夜霜白，玉床金井冰峥嵘。人生飘忽百年内，且须酣畅万古情。君不能狸膏金距学斗鸡，坐令鼻息吹虹蜺。君不能学哥舒横行青海夜带刀，西屠石堡取紫袍。吟诗作赋北窗里，万言不值一杯水。世人闻此皆掉头，有如东风射马耳。鱼目亦笑我，谓与明月同。骅骝拳跼不能食，蹇驴得志鸣春风。折杨皇华合流俗，晋君听琴枉清角。巴人谁肯和阳春，楚地犹来贱奇璞。黄金散尽交不成，白首为儒身被轻。一谈一笑失颜色，苍蝇贝锦喧谤声。曾参岂是杀人者，谗言三及慈母惊。与君论心握君手，荣辱于余亦何有？孔圣犹闻伤凤麟，董龙更是何鸡狗。一生傲岸苦不谐，恩疏媒劳志多乖。严陵高揖汉天子，何必长剑拄颐事玉阶。达亦不足贵，穷亦不足悲。韩信羞将绛灌比，祢衡耻逐屠沽儿。君不见李北海，英风豪气今何在？君不见裴尚书，土坟三尺蒿棘居。少年早欲五湖去，见此弥将钟鼎疏。

这首诗是在黑暗、压抑的时代氛围中写成的，所谓“寒夜独酌”，既是说时令的严寒，也暗指政治气候的严酷。此时李白早已被权贵们排挤出朝廷，现在又看到他敬仰的李邕和裴敦复惨遭杀害，从而对日趋黑暗的朝政彻底绝望。他清楚地认识到像自己这样傲骨嶙峋的正直之士，与黑暗的政治现实如水火不相容，所以他决心抛弃功名富贵，去实现早就树立的隐逸理想。“少年早欲五湖去，见此弥将钟鼎疏！”这是李白与黑暗政治拒绝合作的公开宣言。按理说，这样的诗很容易写得低沉压抑，因为诗人心中非常苦闷。但是李白毕竟是李白，即使在这首诗中，他依然豪气如虹，激情似火。他以无比轻蔑的语气批判黑暗势力，表示决不与他们同流合污。他以无比自豪的气概宣布自己的理想，决心远离污浊的尘世，回归纯朴清静的自然。本来是退出政治的内心独白，却写成了声讨黑暗势力的檄文。本来是痛苦心情的宣泄，却变成了豪迈情怀的颂歌。全诗激情喷涌，具有排山倒海的气势，淋漓尽致地展示了一个高傲不屈、坚定不移的诗人形象。显然，这样的诗带给读者的决不是消沉、萎靡，而是激昂、奋发，因为批判社会、抨击黑暗本就是进取精神的一种体现。

李白虽以政治家自居，事实上却以文学家垂名青史。在诗歌写作上，李白也体现出强烈的进取之心。在李白看来，诗歌写作不是吟风弄月的消遣，而是具有重大文化意义的人生事业。他曾在《古风五十九首》之一中慨叹诗歌史的渐趋委靡，并希望由自己来担当振兴诗道的历史重任：

大雅久不作，吾衰竟谁陈？王风委蔓草，战国多荆榛。龙虎相啖食，兵戈逮狂秦。正声何微茫，哀怨起骚人。扬马激颓波，开流荡无垠。废兴虽万变，宪章亦已沦。自从建安来，绮丽不足珍。圣代复元古，垂衣贵清真。群才属休明，乘运共跃鳞。文质相炳焕，众星罗秋旻。我志在删述，垂辉映千春。希圣如有立，绝笔于获麟。

据孟棨《本事诗·高逸第三》记载，李白还说过：“梁陈以来，艳薄斯极，沈休文又尚以声律。将复古道，非我而谁与？”李白一生中无论境遇是顺是逆，也无论心情是佳是恶，从未中断诗文创作，终于登上古典诗歌史的巅峰地位，正是其强烈进取精神的生动体现。李白临终前作《临终歌》自叹生平：“大鹏飞兮振八裔，中天摧兮力不济。余风激兮万世，游扶桑兮挂左袂。后人得之传此，仲尼亡兮谁为出涕？”李白清楚地认识到，他的一生像孔子一样，虽然在政治上壮志未酬，但在文化上则作出了巨大的贡献，他的进取精神将随着其不朽诗篇垂之永远。

李白的人生道路并非一帆风顺，而是充满着坎坷和挫折，但他从不灰心丧气，从不妄自菲薄。“天生我材必有用！”李白就是怀着这样的坚定信念走完人生道路的。人生在世，难免会遇到坎坷和挫折，意志不够坚定的人往往因此而失去信念。李白则不然。李白写过三首《行路难》，其二中悲叹说：“大道如青天，我独不得出！”可见其境遇是多么不顺利。然而他的完整想法则见于其一：

金樽清酒斗十千，玉盘珍羞值万钱。停杯投箸不能食，拔剑四顾心茫然。欲渡黄河冰塞川，将登太行雪满山。闲来垂钓碧溪上，忽复乘舟梦日边。行路难，行路难！多歧路，今安在？长风破浪会有时，直挂云帆济沧海。

面对着美酒珍肴却无心享用，实因命途多舛之缘故。黄河冰塞，太行雪满，舟行、陆行皆无可能。故诗人不由得连声惊呼“行路难”！然而他忽又转念，想到古代的吕尚、伊尹也曾落拓不偶，但一旦风云际会，随即功成名就。又想到南朝宗悫“愿乘长风破万里浪”的名言，便安慰自己，此生一定会有乘风破浪、横渡沧海的一天！由此看来，李白诗歌的意义不止于鼓励读者努力奋斗，争取建功立业，还在于即使人生道路多般不顺，也要保持人生的信念。换句话说，我们在任何境遇下都不应丧失志气和希望，在人生的任何阶段都应该保持意气风发、勇往直前的精神状态。在这个意义上，李白的诗歌是永远激励我们前进的“励志诗”。

三、平交王侯的人格尊严

李白天性狂傲，在任何权贵面前也决不低下高贵的头颅。据《唐才子传》记载，李白曾醉中骑驴误入华阴县的县衙，县宰喝问来者何人，李白具供状说：“曾令龙巾拭吐，御手调羹，贵妃捧砚，力士脱靴。”这四句话有实有虚，李阳冰《草堂集序》中明言玄宗初见李白，曾“以七宝床赐食，御手调羹以饭之”。即使稍有夸饰，亦离事实不远。中唐人段成式的《酉阳杂俎》则记载说：“李白名播海内，玄宗于便殿召见。神气高朗，轩轩然若霞举，上不觉亡万乘之尊，因命纳履。白遂展足与高力士，曰：‘去靴！’力士失势，遽为脱之。”即使是出于当时的传闻，也是事出有因。至于“龙巾拭吐”，则是“御手调羹”引起的合理联想。“贵妃捧砚”虽不大可能，但李白确曾应召当场作诗歌咏杨贵妃之美貌，杨妃站在一旁观看他挥毫落笔，也是情理中事。

上述行为生动地体现了李白不向权贵低头的狂傲性格。让高力士这个太监脱靴，今人或许以为没什么大不了。其实不然。要知道高力士不是一般的太监，他鞍前马后地跟随玄宗几十年，深受宠信。当李白入朝时，高力士已实封冠军大将军、渤海郡公，权倾一时，炙手可热。当时皇宫里的王子、公主们称他为阿翁，驸马辈称他为爷，连太子李亨都称他为二兄。奸相李林甫凶险狠毒，也对高力士敬畏三分。但是李白却当着唐玄宗的面伸出脚来，让高力士把靴脱了！高力士一时被李白的气势慑服，仓皇失措，只好为李白脱了靴。这真是一件大快人心的事，难怪唐人对此反复记载，大事渲染。直到宋代，苏轼还在《书丹元子所示李太白真》中不胜景慕地说："平生不识高将军，手污吾足乃敢嗔！"李白为什么有胆量让高力士脱靴？原来他天性狂放，平交王侯是他的固有姿态。他在《少年行》中声称："府县尽为门下客，王侯皆是平交人。"他还在《答王十二寒夜独酌有怀》中斥骂那些佞幸小人说："董龙更是何鸡狗！"董龙是前秦皇帝的宠臣董荣的小名，官至尚书，权倾一时，但生性正直的王堕直斥"董龙是何鸡狗"。高力士太监一个，在李白眼中不过是个奴才而已。在皇帝面前让奴才脱一次靴，又有何妨！

李白平交王侯的底气来自哪里？就来自他对权贵与富贵的无比蔑视。李白虽然在政治上勇于进取，但他与那些名利之徒有着根本的区别，就是目的不同。试以卢藏用为例。卢藏用进入仕途后，先是依附权贵太平公主，差点被唐玄宗杀掉。后来又弄权贪赃，声名狼藉。可见卢藏用走终南捷径的道路，不但手段不正，其目的也不可告人。李白则不然。李白进入仕途的目的不是富贵荣华，而是施展政治抱负。他曾再三表白这番心思，在《代寿山答孟少府移文书》中，李白表示其理想是："事君之道成，荣亲之义毕，然后与陶朱、留侯，浮五湖，戏沧洲，不足为难矣。"可见李白出山之前就制定了功成身退、隐遁江湖的人生规划，功名富贵并不是他的终极目标。李白入翰林供奉后作《翰林读书言怀呈集贤诸学士》说："功成谢人间，从此一投钓。"可见他进入朝廷后并未受到荣华富贵的蛊惑。李白对鲁仲连、张良等历史人物再三表示敬意，正是着眼于他们功成身退的表现。例如《古风五十九首》其十专咏战国义士鲁仲连：

> 齐有倜傥生，鲁连特高妙。明月出海底，一朝开光耀。却秦振英声，后世仰末照。意轻千金赠，顾向平原笑。吾亦澹荡人，拂衣可同调。

鲁仲连为赵国解秦兵之围，大功告成后却拒绝平原君千金之赠，李白对这位古代义士倾慕之极，还声明他与鲁仲连是志同道合的人。李白仰慕的另一个人物是汉初的张良，张良曾辅佐刘邦，创建汉朝，但功成之后不肯受赏，放弃高官厚禄而去学长生。李白还曾咏过晋朝的谢安，他在《登金陵冶城西谢安墩》中说："功成拂衣去，归入武陵源。"其实谢安并无功成归隐之事，这不过是表明李白本人的心迹而已。

正因如此，在世人眼中最有价值的东西，在李白看来却是一钱不值。李白既蔑视富贵，也蔑视权贵。富贵与权贵本是互相依存的一对怪胎，李白对它们投以无比轻蔑的目光。李白年青时就有挥金如土的豪爽举动，正如《醉后赠从甥高镇》所云："黄金逐手快意尽，昨日破产今日贫。"这当然与他家庭富裕有关，但更重要的是他视金钱如粪土的价值观。他还在《将进酒》中声称："天生我材必有用，千金散尽还复来。"李白又不是商人，怎么可能"千金散尽还复来"？事实上李白并没有陶朱公那样的致富天赋，他不过是表示对财富的轻蔑罢了。李白又在《江上吟》中郑重宣布自己追求的人生价值：

> 木兰之枻沙棠舟，玉箫金管坐两头。美酒尊中置千斛，载妓随波

任去留。仙人有待乘黄鹤，海客无心随白鸥。屈平辞赋悬日月，楚王台榭空山丘。兴酣落笔摇五岳，诗成笑傲凌沧洲。功名富贵若长在，汉水亦应西北流！

王侯将相的权势荣华迟早会灰飞烟灭，优美的文学作品才能与日月争辉。再说一路奔向东南的汉水怎么可能朝着西北倒流呢，可见功名富贵只是转瞬即逝的事物，根本没有久远的价值。蔑视富贵的人一定能傲视权贵，孟子把这个道理说得非常清楚："说大人则藐之，勿视其巍巍然。堂高数仞，榱题数尺，我得志，弗为也。食前方丈，侍妾百人，我得志，弗为也。般乐饮酒，驱骋田猎，后车千乘，我得志，弗为也。在彼者，皆我所不为也。在我者，皆古之制也。我何畏彼哉！"李白堪称孟子所倡导的大丈夫精神的身体力行者。帝王将相所以骄横可畏，无非因为他们掌握着财富和权力，李白既已视富贵荣华如粪土，又有什么必要在权贵面前卑躬屈膝？无怪他谒见地方长官以求荐举只行长揖之礼，《忆襄阳旧游赠马少府巨》中说："高冠佩雄剑，长揖韩荆州。"他以隐士的身份出见地方长官也只是一揖而已，《送韩准裴政孔巢父还山》："出山揖牧伯，长啸轻衣簪。"也无怪他能在《梦游天姥吟留别》中公然宣称："安能摧眉折腰事权贵，使我不得开心颜！"

李白虽然傲上，但绝不倨下。由于人生经历的不同，李白没有写过像杜甫的《三吏》、《三别》那样关注民生疾苦的名篇。但当他在江南丹阳偶然看到纤夫冒着酷暑拖船过坝的艰辛时，即在《丁都护歌》中写下了"心摧泪如雨"和"掩泪悲千古"的沉痛诗句。安史之乱爆发后，李白也关心兵荒马乱、生灵涂炭的现实，在《古风》中描写过"俯视洛阳川，茫茫走胡兵。流血涂野草，豺狼尽冠缨"的人间惨状。更重要的是，李白对劳苦大众抱有亲切的态度，与他们平等地交往。宣城有个善于酿酒的老翁死了，李白作《哭宣城善酿纪叟》："纪叟黄泉里，还应酿老春。夜台无晓日，沽酒与何人？"铜官冶（今安徽铜陵）五松山下一个农妇用一盘菰米饭款待李白，李白作《宿五松山下荀媪家》以示谢："跪进雕胡饭，月光明素盘。令人惭漂母，三谢不能餐。"泾县村民汪伦与前来游览的李白结为好友，李白临走前写了千古名篇《赠汪伦》："李白乘舟将欲行，忽闻岸上踏歌声。桃花潭水深千尺，不及汪伦送我情。"在中国古典诗歌史上，除了纪叟、荀媪和汪伦以外，还有几个平头百姓的姓名被写进过诗歌？几乎没有。这是李白的独特之处。要知道，当李白写这些诗的时候，他可是曾在金銮殿上当着皇帝、贵妃之面挥毫泼墨的大诗人啊。

李白天才横溢，自视甚高，但这并不妨碍他与别人结下深厚的友谊。李白年青时与友人吴指南同游湖南，吴不幸病死于洞庭湖边，李白炎月伏尸，泣尽继血，还按照南方习俗，剔骨葬友。李白与许多同时代的诗人相交甚深，曾在襄阳见过隐居不仕的诗人孟浩然，在《赠孟浩然》中对他深表敬佩："吾爱孟夫子，风流天下闻。红颜弃轩冕，白首卧松云。醉月频中圣，迷花不事君。高山安可仰，徒此揖清芬。"他作《黄鹤楼送孟浩然之广陵》送别东下扬州的友人："故人西辞黄鹤楼，烟花三月下扬州。孤帆远影碧空尽，惟见长江天际流。"诗人的目光随着友人直至天边，他对友人的思念之情与长江之水一样滔滔不绝，字里行间包蕴着多么深挚的情意！李白在江东听到王昌龄贬谪蛮荒的消息，作《闻王昌龄左迁龙标遥有此寄》："杨花落尽子规啼，闻道龙标过五溪。我寄愁心与明月，随风直到夜郎西。"他对沦为阶下囚的好友之命运深感忧虑，一颗愁心竟像明月一样随风飘至远方，潇洒浪漫的艺术想象携带着何等深厚的情意！李白诗中写到王公贵人时总是语含讥讽，而吟及布衣之交时却总是渗透着深情厚谊，李白对平民百姓和布衣之士的尊重，是他维护自身人格尊严的另一种体现方式，因为李白本人就是一位布衣之士。

李白虽曾荣任翰林供奉，但前后不足三年，他的一生主要是以一介布衣的身份参加社会活动的。他在《与韩荆州书》中自称“陇西布衣”，唐玄宗接见他时也说“卿是布衣”，李白在《赠崔司户昆季》中回忆自己待诏翰林的经历还说“布衣侍丹墀”，可见“布衣”就是李白的公开身份。然而这是一个多么狂傲的布衣！清初的遗民中有所谓“海内四大布衣”之说，李白真是历史上最著名的“大布衣”。他蔑视权贵，平交王侯，在《玉壶吟》中宣称“揄扬九重万乘主，谑浪赤墀青琐贤”，竟然要与皇帝、大臣平起平坐，随意谈笑。杜甫的《饮中八仙歌》中说他“天子呼来不上船，自称臣是酒中仙”，看来并没有多少夸张。李白即使向人投书求荐，也不肯牺牲尊严。他写《上安州裴长史书》，历数自己的道德与才学，希望对方援之以手，结尾时却说：“何王公大人之门，不可以弹长剑乎？”韩朝宗以奖掖识拔后进闻名于时，李白作《与韩荆州书》以自荐云：“而君侯何惜阶前盈尺之地，不使白扬眉吐气、激昂青云耶？”词气昂扬，何尝有半点低首下心的可怜状？即使到了暮年，李白被系于寻阳狱中，作《系寻阳上崔相涣》向崔涣求援：“毛遂不堕井，曾参宁杀人？虚言误公子，投杼惑慈亲。白璧双明月，方知一玉真。”又何尝有半点摇尾乞怜之态？李白的狂傲，其本质是一种放大的自尊，是布衣之士为维护自身人格尊严采取的自卫手段。李白在作品里宣示自身的人格尊严，具有广泛的社会意义和深远的历史意义。中国古代社会一向注重群体价值，而缺少对个体价值的尊重。君君臣臣的封建制度和等级观念抹杀了思考个体尊严的可能性，更不用说提倡和维护它了。平交王侯的李白堪称维护平民人格尊严的典范。后人为什么爱读李白那些豪气干云的诗篇？李白使高力士脱靴的传说为什么流传千古？ 其深层的原因是大家从心底里敬佩李白的嶙峋傲骨。 我们作为现代公民，尤其应该像李白一样，不要总是以“小百姓”自居，我们应该做“大布衣”。 如果你在盛气凌人的高官、富商面前有点底气不足、自惭形秽的话，就赶紧打开李白的诗集，读读《梁甫吟》：

君不见朝歌屠叟辞棘津，八十西来钓渭滨。宁羞白发照清水，逢时吐气思经纶。广张三千六百钓，风期暗与文王亲。大贤虎变愚不测，当年颇似寻常人。君不见高阳酒徒起草中，长揖山东隆准公。入门不拜骋雄辩，两女辍洗来趋风。东下齐城七十二，指挥楚汉如旋蓬。狂客落魄尚如此，何况壮士当群雄！

四、冲决羁绊的自由意志

李白的思想无拘无束，自由自在，绝不局限于某家某派。 有人说李白反儒，其实李白是尊崇儒家的，因为他那治国平天下的理想正是儒学的核心内容。 对于儒学的祖师孔子，李白十分敬佩，将他看作自己的人生楷模。 他在《书怀赠南陵常赞府》中说：“君看我才能，何似鲁仲尼？ 大圣犹不遇，小儒安足悲？”认为自己的才能颇似孔子，并认为孔子的遭遇可以给怀才不遇的自己带来安慰。 他在《古风》中谈到自己的文学事业时说：“我志在删述，垂辉映千春。 希圣如有立，绝笔于获麟。”也是用孔子整理经典的事迹激励自己，希望能像孔子那样以不朽著作来映照千秋。 当然，即使是这样的诗句，把自己与孔子相提并论，在旁人看来就不免狂妄，何况李白还有更为大胆的表示，他在《庐山谣寄卢侍御虚舟》中声称：“我本楚狂人，凤歌笑孔丘。”在孔子已被尊为文宣王的时代，这样的句子是惊世骇俗的。李白对儒家的真实态度是尊崇但不迷信，他作《嘲鲁儒》嘲讽那些但知章句之学的儒生：“鲁叟谈五经，白发死章句。问以经济策，茫如坠烟雾。”在《行行且游猎篇》中，他甚至认为：“儒生不及游侠人，白首垂帷复何益？”

李白对道家的崇尚不逊于儒家。道家睥睨万物、高蹈尘外的超越态度，以及批判礼法、摆脱传统的解放精神都非常符合李白的性格，所以李白自幼熟读老、庄之书，诗中常见隐括《庄子》之语，比如《答长安崔少府叔封游终南翠微寺太宗皇帝金沙泉见寄》云：“河伯见海若，傲然夸秋水。小物昧远图，宁知通方士？”又如《古风》云：“北溟有巨鱼，身长数千里。仰喷三山雪，横吞百川水。凭陵随海运，烜赫因风起。吾观摩天飞，九万方未已。”更重要的是，道家重视自然，以及认为祸福相倚，故应和光同尘等思想，对李白的人生态度有深刻的影响。《行路难》云：“有耳莫洗颍川水，有口莫食首阳蕨。含光混世贵无名，何用孤高比云月？”这几乎就是老庄思想的韵语复述。李白与道教也结缘很深，据其《大鹏赋序》所云，他年青时得见著名道士司马承祯，听到对方称自己有“仙风道骨”，李白深为得意。他还曾在齐州请道士高如贵为自己亲授道箓，从此列名道籍，成为一名正式的道士。李白对道教的炼丹、服药等追求长生的手段也深信不疑，他热衷于学道求仙，甚至在《下途归石门旧居》中幻想白日飞升：“何当脱屣谢时去，壶中别有日月天”，他也曾在《登峨眉山》中希冀此梦：“傥逢骑羊子，携手凌白日！”

除了儒、道之外，李白对纵横家、神仙家、佛教等思想也都有所汲取。这说明李白决不盲从任何权威，他追求自由的思想和独立的意志，他的思想来源极其复杂。此外，李白热切地希望立功报国，他的爱国之心与屈原一脉相承。他热爱自由，故向往神仙家遗世独立、超越时空局限的理想境界。他豪荡不羁，故认同破坏既有秩序、蔑视现世权威的游侠精神。清人龚自珍在《最录李白集》中说：“庄、屈实二，不可以并。并之以为心，自白始。儒、仙、侠实三，不可以合。合之以为气，又自白始也。”这几句话说得非常准确。可以说，在整个中国古代，像李白那样思想解放、精神自由的诗人是绝无仅有的。李白的诗歌热情洋溢，风格豪放，像滔滔黄河般倾泻奔流，正是其精神世界的自然表露。与杜甫经常歌咏凤凰不同，李白常常自比大鹏鸟，例如《上李邕》中说：“大鹏一日同风起，扶摇直上九万里。假令风歇时下来，犹能簸却沧溟水。”大鹏鸟本是《庄子》中自由精神的象征，李白就是诗国中独来独往的大鹏鸟。

李白的生活形态非常复杂，他展现在世人面前的自我形象也具有多面性。李白是一心报国的志士，也是唾弃富贵的隐士。李白是豪情万丈的侠客，也是风流倜傥的文士。《南陵别儿童入京》中的李白振臂高呼：“仰天大笑出门去，我辈岂是蓬蒿人！”《山中问答》中的李白却微笑不语：“问余何事栖碧山，笑而不答心自闲。桃花流水杳然去，别有天地非人间。”《侠客行》中的李白豪气冲天：“十步杀一人，千里不留行。”《山中与幽人对酌》中的李白则心静如水：“我醉欲眠卿且去，明朝有意抱琴来。”李白的生活总是不安定的，他很少长期定居在某个地方。李白非常喜欢孩子，但那对年幼的儿女长期寄养在东鲁，身为父亲的他却依然四处游历。有一年他在金陵思儿心切，作《寄东鲁二稚子》：“楼东一株桃，枝叶拂青烟。此树我所种，别来向三年。桃今与楼齐，我行尚未旋。娇女字平阳，折花倚桃边。折花不见我，泪下如流泉。小儿名伯禽，与姊亦齐肩。双行桃树下，抚背复谁怜？念此失次第，肝肠日忧煎。”李白与宗氏夫人伉俪情深，但结婚后也是别多聚少，故《秋浦寄内》中说："我自入秋浦，三年北信疏。红颜愁落尽，白发不能除。有客自梁苑，手携五色鱼。开鱼得锦字，归问我何如。江山虽道阻，意合不为殊。"李白既无官职在身，又不事产业，他有什么必要抛妻别子，独自漂泊呢？原来他有一颗躁动不安的心灵，他无法使自己安静下来，他只能永无休止地四处漫游，上下求索。李白是永远在天地之间四处流浪的一个漂泊者。

李白的一生，几乎大半时间都在漫游之中。李白热爱祖国的大好河山和自然风物，他以敏锐的审美眼光对这些美好事物予以热情的歌颂。所以李白的漫游总是伴随着吟咏，凡是他游览过的名山大川，都成为其诗歌中的优美意象。李白不以山水诗人著称，但他的山水诗成就并不亚于王维、孟浩然。一来李白游踪广泛，他又特别钟情于壮丽奇伟的名山大川，所以李白的山水诗意境更加开阔，风格更加雄伟。二来李白胸襟阔大，情感热烈，他用满腔热情去拥抱山川风物，他的山水诗的抒情意味格外浓烈。李白笔下的自然景物几乎都染上了他个人的情感色彩，是其他诗人的山水诗所少有的。滔滔奔流的黄河，是李白最喜欢的一个自然意象。《将进酒》云："君不见黄河之水天上来，奔流到海不复回。"《公无渡河》云："黄河西来决昆仑，咆哮万里触龙门。"《赠裴十四》则云："黄河落天走东海，万里写入胸怀间。"这是在说黄河，还是诗人勇往直前、气吞斗牛的气概？青天上的一轮明月，也是李白格外喜爱的物象。《月下独酌》云："花间一壶酒，独酌无相亲。举杯邀明月，对影成三人。"这轮明月像细心体贴的友人，静静地听着诗人倾诉心中的寂寞。《峨眉山月歌》云："峨眉山月半轮秋，影入平羌江水流。夜发清溪向三峡，思君不见下渝州。"《峨眉山月歌送蜀僧晏入中京》亦云："我在巴东三峡时，西看明月忆峨眉。月出峨眉照沧海，与人万里长相随。"这两首峨眉山月歌，都写得深情绵邈。明月与诗人或是万里相随，或是万里相望，她不是诗人的亲密伴侣又是什么？月亮虽然是运行不止的天体，但她移动得很慢，所以古人咏月总是说她在天上“徘徊”，例如曹植《七哀诗》中的名句“明月照高楼，流光正徘徊”。李白的《月下独酌》中也有“我歌月徘徊”的句子，但更引人注目的是他常将月亮写成动态的意象，比如《关山月》：“明月出天山，苍茫云海间。长风几万里，吹度玉门关。”又如《把酒问月》：“人攀明月不可得，月行却与人相随。”这分明是李白的情感特征影响了笔下的明月意象，故使本来偏于阴柔美的月亮带上了几分阳刚的气质。

李白写了许多山水名篇，它们神思飞扬，词采壮丽，那一幅幅烟云明灭、变幻莫测的神奇山水是诗人用惊人的想象力展现出来的。与其说这是人间的真山实水，倒不如说它们是李白心中的理想境界。先看《蜀道难》：

> 噫吁嚱，危乎高哉！蜀道之难难于上青天。蚕丛及鱼凫，开国何茫然。尔来四万八千岁，不与秦塞通人烟。西当太白有鸟道，可以横绝峨眉巅。地崩山摧壮士死，然后天梯石栈相钩连。上有六龙回日之高标，下有冲波逆折之回川。黄鹤之飞尚不得过，猿猱欲度愁攀缘。青泥何盘盘，百步九折萦岩峦。扪参历井仰胁息，以手抚膺坐长叹。问君西游何时还，畏途巉岩不可攀。但见悲鸟号古木，雄飞雌从绕林间。又闻子规啼夜月，愁空山。蜀道之难难于上青天，使人听此凋朱颜。连峰去天不盈尺，枯松倒挂倚绝壁。飞湍瀑流争喧豗，砯崖转石万壑雷。其险也若此，嗟尔远道之人胡为乎来哉？剑阁峥嵘而崔嵬，一夫当关，万夫莫开。所守或匪亲，化为狼与豺。朝避猛虎，夕避长蛇，磨牙吮血，杀人如麻。锦城虽云乐，不如早还家。蜀道之难

难于上青天，侧身西望长咨嗟！

《蜀道难》的主题引得千古的读者议论纷纷，至今没有公认的解说。原因就是李白在这首诗里投射了太多的个人情绪，他不是客观地描写山水，否则的话，一首山水诗怎么会这样扑朔迷离？为何山水诗要运用许多夸张、想象的手法，甚至穿插进许多神话场景？所以《蜀道难》中展现的不仅是千里蜀道的壮美山川，而且是李白悲壮历落的主观情志。“蜀道之难难于上青天，使人听此凋朱颜！”“蜀道之难难于上青天，侧身西望长咨嗟！”这哪是普通的山水诗所能具有的强烈情绪！

再看《梦游天姥吟留别》：

海客谈瀛洲，烟涛微茫信难求。越人语天姥，云霓明灭或可睹。天姥连天向天横，势拔五岳掩赤城。天台四万八千丈，对此欲倒东南倾。我欲因之梦吴越，一夜飞度镜湖月。湖月照我影，送我至剡溪。谢公宿处今尚在，渌水荡漾清猿啼。脚著谢公屐，身登青云梯。半壁见海日，空中闻天鸡。千岩万转路不定，迷花倚石忽已暝。熊咆龙吟殷岩泉，栗深林兮惊层巅。云青青兮欲雨，水澹澹兮生烟。列缺霹雳，丘峦崩摧。洞天石扉，訇然中开。青冥浩荡不见底，日月照耀金银台。霓为衣兮风为马，云之君兮纷纷而来下。虎鼓瑟兮鸾回车，仙之人兮列如麻。忽魂悸以魄动，恍惊起而长嗟。惟觉时之枕席，失向来之烟霞。世间行乐亦如此，古来万事东流水。别君去兮何时还？且放白鹿青崖间，须行即骑访名山。安能摧眉折腰事权贵，使我不得开心颜！

似真似幻，恍惚迷离，自然间何处有如此景象？神仙群现，熊虎毕至，这到底是在天上还是在人间？“安能摧眉折腰事权贵，使我不得开心颜！”这又哪是一般的诗人面对青山绿水会产生的满腹牢骚！像《蜀道难》和《梦游天姥吟留别》这样的山水诗，不但展现出神奇壮伟的景色，而且倾泻着诗人的情思，展现着诗人的胸怀，奇伟雄壮的山川风物和超凡脱俗的精神气概融为一体。这是王维、孟浩然的山水诗中从未有过的奇特境界，这是李白对山水诗的莫大贡献。

李白虽然遍访名山大川，仍嫌游踪不广。既然现实世界的空间有限，李白就腾身青云，神游天外。他在《古风》中说：“西上莲花山，迢迢见明星。素手把芙蓉，虚步蹑太清。霓裳曳广带，飘拂升天行。邀我登云台，高揖卫叔卿。恍恍与之去，驾鸿凌紫冥。”莲花峰是华山绝顶，李白登上极顶意犹未足，干脆飞升上天。如此不辞辛劳地上下求索，是为了览天下之美景，还是想弃尘世而登天界？请看《庐山谣寄卢侍御虚舟》：

> 我本楚狂人，凤歌笑孔丘。手持绿玉杖，朝别黄鹤楼。五岳寻仙不辞远，一生好入名山游。庐山秀出南斗旁，屏风九叠云锦张，影落明湖青黛光。金阙前开二峰长，银河倒挂三石梁。香炉瀑布遥相望，回崖沓嶂凌苍苍。翠影红霞映朝日，鸟飞不到吴天长。登高壮观天地间，大江茫茫去不还。黄云万里动风色，白波九道流雪山。好为庐山谣，兴因庐山发。闲窥石镜清我心，谢公行处苍苔没。早服还丹无世情，琴心三叠道初成。遥见仙人彩云里，手把芙蓉朝玉京。先期汗漫九垓上，愿接卢敖游太清。

这是一首山水诗吗？答案为似是而非。“楚狂人”指曾以“凤兮凤兮，何德之衰”之歌嘲讽孔子的隐士接舆，他与长沮、桀溺一样，都是

“避世之士”。可见李白漫游名山，并不是寻常的观赏风景，而是兼有逃避尘俗的意义。名山大川，都是隔断尘世喧嚣的清幽世界，都是脱离名缰利锁的自由家园，所以庄子说：“山林与，皋壤与，使我欣欣然而乐与！”李白好游名山，也是出于同样的原因。无怪他“登高壮观天地间”仍不满足，还把仰慕的目光对准云间仙人，还想腾身青云，漫游于九重天外。对李白来说，游山也好，求仙也好，都是摆脱尘俗纠缠的有效手段，都是对自由境界的不懈追求。虽然李白的游踪遍布神州大地的名山大川，但就其本质而言，那是一种上下求索的精神漫游。

李白的一生，潇洒倜傥，无拘无束，飘飘然有神仙之概。他在长安初识贺知章，后者就称其为“天上谪仙人”。李白很喜欢这个称呼，曾在《对酒忆贺监》中有深情的回忆：“四明有狂客，风流贺季真。长安一相见，呼我谪仙人。”李白还有两个广为人知的称号，一是诗仙，二是酒仙。杜甫《饮中八仙歌》中说：“李白斗酒诗百篇，长安市上酒家眠。天子呼来不上船，自称臣是酒中仙。”晚唐郑谷《读李白集》中说：“何事文星与酒星，一时钟在李先生。”“诗仙”容易理解，李白锦心绣口，出口成章，诗风又飘逸奔放、潇洒绝俗，非仙而何？那么“酒仙”呢？必要条件当然是豪饮。李白曾在《襄阳歌》中自称“百年三万六千日，一日须饮三百杯”，即使语带夸张，也可见酒量惊人。在同一首诗中，李白甚至幻想“此江若变作春酒，垒曲便筑糟丘台”。据《苕溪渔隐丛话》前集卷六记载，宋人王安石批评李白诗“十首九首说妇人与酒”，其实李白写女性题材的诗并不多见，写酒的当然很多。据统计，总量不足千篇的李白诗中，“酒”字有 115 个，写到饮酒题材的诗则有 322 篇，确实数量惊人。更重要的是，李白对酒一往情深。《将进酒》云：“人生得意须尽欢，莫使金尊空对月。”

《襄阳歌》云：“舒州杓，力士铛，李白与尔同死生。”他竟然愿意与酒器同生共死！李白为什么嗜酒如狂呢？他在《将进酒》中说：“五花马，千金裘，呼儿将出换美酒，与尔同销万古愁！”如果仅仅是饮酒浇愁，那么这样的醉鬼到处可见，并无特别的价值。李白的可贵之处在于，他的饮酒是一种包含精神追求的文化活动，并且常与写诗紧密结合。正像杜甫所说，“李白斗酒诗百篇”，饮酒使李白热血沸腾，心潮汹涌，处于一种亢奋、昂扬的精神状态，那正是他写诗的最佳时机。酒醉激发了李白的批判意识和反抗精神，使他增添了控诉黑暗现实的勇气，也助长了抒写磊落胸怀的豪情。正是在酣醉的状态下，李白伸出脚去让高力士脱靴。也正是在酣醉的状态下，李白奋笔直书，痛骂“董龙更是何鸡狗”。醉后的李白思绪激荡，想落天外，灵感如潮，妙趣横生。要不是把酒对月，李白怎会在《把酒问月》中想入非非地诘问“白兔捣药秋复春，嫦娥孤栖与谁邻”？要不是酩酊大醉，李白怎能在《宣州谢朓楼饯别校书叔云》中声称“俱怀逸兴壮思飞，欲上青天揽明月”？尼采说古希腊的酒神专管音乐艺术，日神才掌管诗歌。李白的例子说明中国古代的酒神与诗神是两位一体，不可分离的。我们为什么要读李白的饮酒诗？当然不是要像他一样终日酣醉，而是从中获取强烈的精神感染和深刻的思想启迪。因为那些诗歌创造了超凡脱俗的神奇境界，包蕴着上天入地的探索精神，多读此类诗歌，可以鼓舞我们的人生意志，提升我们的人生境界，可以使我们在日常行为中保持意气风发而消除萎靡不振，在人生境界上追求崇高雄伟而唾弃卑微庸俗，在思想意识上坚持自由解放而拒绝作茧自缚，这是李白留给我们的巨大精神财富。请读他的《将进酒》，这可是千古最妙的祝酒辞：

君不见黄河之水天上来，奔流到海不复回。君不见高堂明镜悲白发，朝如青丝暮成雪。人生得意须尽欢，莫使金尊空对月。天生我材必有用，千金散尽还复来。烹羊宰牛且为乐，会须一饮三百杯。岑夫子，丹丘生，将进酒，杯莫停。与君歌一曲，请君为我倾耳听。钟鼓馔玉不足贵，但愿长醉不愿醒。古来圣贤皆寂寞，惟有饮者留其名。陈王昔时宴平乐，斗酒十千恣欢谑。主人何为言少钱？径须沽取对君酌。五花马，千金裘，呼儿将出换美酒，与尔同销万古愁！

第三章　杜　甫

一、动荡时代中的苦难人生

杜甫生于唐睿宗延和元年（712），卒于唐代宗大历五年（770）。其祖父杜审言是武则天时代的著名诗人，官至膳部员外郎、修文馆直学士。其父杜闲，曾任兖州司马、奉天令。青年时代的杜甫过着无忧无虑的生活，他读万卷书，也行万里路，曾漫游吴越，也曾放荡齐赵。虽然他二十四岁时曾应试落第，但这个挫折并未影响其情绪，他乐观潇洒，对人生充满信心。他在《望岳》诗中期盼着攀登绝顶、俯视群山的一天：

岱宗夫如何？齐鲁青未了。造化钟神秀，阴阳割昏晓。荡胸生层云，决眦入归鸟。会当凌绝顶，一览众山小！

仿佛是命运的有意安排，天宝五载（746），也就是唐玄宗已经册立杨贵妃且日益昏聩荒淫，李林甫已经排斥异己而独揽朝政的时候，杜甫来到长安。也仿佛是命运的有意安排，在那个以诗赋取士的时代，杜甫偏偏科场蹭蹬。无奈之下，杜甫多次向达官贵人献诗，又向朝廷献赋，希望得到赏识，然皆如泥牛入海，毫无消息。其父杜闲去世以后，杜甫的生活日益困顿，靠着“卖药都市，寄食友朋”勉强度日。请看他在《奉赠韦左丞丈二十二韵》中的辛酸倾诉：

纨袴不饿死，儒冠多误身。丈人试静听，贱子请具陈。甫昔少年日，早充观国宾。读书破万卷，下笔如有神。赋料扬雄敌，诗看子建亲。李邕求识面，王翰愿卜邻。自谓颇挺出，立登要路津。致君尧舜上，再使风俗淳。此意竟萧条，行歌非隐沦。骑驴十三载，旅食京华春。朝扣富儿门，暮随肥马尘。残杯与冷炙，到处潜悲辛。主上顷见征，欻然欲求伸。青冥却垂翅，蹭蹬无纵鳞。甚愧丈人厚，甚知丈人真。每于百僚上，猥诵佳句新。窃效贡公喜，难甘原宪贫。焉能心怏怏，只是走踆踆。今欲东入海，即将西去秦。尚怜终南山，回首清渭滨。常拟报一饭，况怀辞大臣。白鸥没浩荡，万里谁能训？

走投无路、衣食无着的窘迫情状，读之令人心酸。这不但是杜甫一己的痛苦经历，也是千古才士逢时不偶的共同悲剧。“纨袴不饿死，儒冠多误身”既是对社会不公正现象的尖锐揭露，也是对产生此种现象的不合理制度的严正批判。正是在这种境遇下，杜甫开始对掩藏在盛世光华下的社会隐患进行清醒的观察和思考，开始对大唐帝国即将到来的灾难产生了敏锐的预感。天宝十一载（752）的一个秋日，杜甫与高适、薛据、岑参、储光羲等诗人一起登上长安城南的慈恩寺塔。对于这次登览，五位诗人都赋诗纪之。杜甫的一首是《同诸公登慈恩寺塔》：

> 高标跨苍穹，烈风无时休。自非旷士怀，登兹翻百忧。方知象教力，足可追冥搜。仰穿龙蛇窟，始出枝撑幽。七星在北户，河汉声西流。羲和鞭白日，少昊行清秋。秦山忽破碎，泾渭不可求。俯视但一气，焉能辨皇州？回首叫虞舜，苍梧云正愁。惜哉瑶池饮，日晏昆仑丘。黄鹄去不息，哀鸣何所投？君看随阳雁，各有稻粱谋。

除薛据之外，四位诗人的作品都传至现代。但是高适等三人的作品主要是描绘佛寺浮图的崇丽，并颂扬佛教义理的精微，只有杜诗除了高塔远景之外还看到了尘昏满目的社会景象，除了个人命运蹭蹬之外还感受到国家命运的深重危机。杜甫就在这种境遇中挣扎了十个年头，直到天宝十四载（755）十月，才被任为河西县尉。杜甫不愿为五斗米而折腰，改任右卫率府兵曹参军，是个从八品下的小官。杜甫得官后即往奉先县探看寄养在那里的妻儿，此时安禄山已经起兵造反，渔阳鼙鼓已经动地而来了！

安史叛军不久就攻陷洛阳，逼近潼关。杜甫带着家人混杂在难民群中仓皇逃难。天宝十五载（756），杜甫把家人安顿在鄜州（今陕西富县）的羌村，然后只身前往灵武，去投奔刚在那里登基的唐肃宗，中途被叛军俘获，押往沦陷的长安。次年春，杜甫冒着生命危险逃出长安，穿过官军与叛军对峙的战场，逃往朝廷临时所在地凤翔。他在《喜达行在所三首》之一中有极其生动的描写："西忆岐阳信，无人遂却回。眼穿当落日，心死著寒灰。雾树行相引，连山望忽开。所亲惊老瘦，辛苦贼中来！"朝廷念其忠诚，授予左拾遗之职。当年年底，杜甫随朝廷返回长安。因性格忠鲠，直言进谏，杜甫触怒了肃宗，在凤翔时便被疏远，回到长安后又贬为华州（今陕西华县）司功参军。乾元元年（758）关中大饥，杜甫乃弃官，携家逃往秦州（今甘肃天水），继又南逃至成都。成都虽然远离战火纷飞的中原，但地近边陲，边警不断，地方军阀的叛乱、割据也时有发生。宝应元年（762）秋，杜甫因徐知道之乱而流寓梓州（今四川三台），至广德二年（764）春又往阆州（今四川阆中），然后返回成都。次年，对杜甫照顾颇周的地方军政长官严武去世，杜甫随即携家出蜀。他好不容易在成都郊外经营了一座草堂，却总共居住了不到四年，又要重新登上漂泊之途，难怪他在《去蜀》中不胜感慨地说："五载客蜀郡，一年居梓州。如何关塞阻，转作潇湘游？"

离蜀以后，杜甫先是乘舟沿岷江南下，经嘉州（今四川乐山）稍作盘桓，然后沿长江东下，经戎州（今四川宜宾）、渝州（今重庆）等地，至云安（今重庆云阳）因病滞留半年，于永泰二年（766）到达夔州（今重庆奉节）。他在夔州得到都督柏茂琳的照应，在白帝城下居住了两年。杜甫在夔州生活得较为安定，但毕竟是寄人篱下，正如南宋陆游《东屯高斋记》中所说："如九尺丈夫俯首小屋下，思一吐气而不可得。"此时的杜甫老病交加，眼看着旧交凋零，国家的复兴则遥遥无期，百感交集，写了大量回忆往事的诗。

大历三年（768），杜甫离开夔州，出峡东下。抵达江陵后逗留了半年，又移居公安，岁末到达岳阳。次年，杜甫过洞庭湖，沿湘江南下，先至潭州（今湖南长沙），复往衡州（今湖南衡阳），全家老少都生活在舟中。大历五年（770）夏，杜甫欲往郴州投靠亲戚，舟至耒阳遇阻于江水暴涨，五日不得食，后得耒阳令送来酒肉，方免饿死。因阻水无法南行，乃回棹北归。入冬，杜甫病倒在湘江上的一叶扁舟中，弥留之际作绝笔诗《风疾舟中伏枕书怀三十六韵奉呈湖南亲友》，对疮痍满目的人间表示了最后的哀痛：“战血流依旧，军声动至今！”

因家贫无力归葬，杜甫的灵柩旅殡于岳阳，四十余年后才由其孙杜嗣业归葬故乡偃师的首阳山下。《梦李白》中的“千秋万岁名，寂寞身后事”两句诗，本是杜甫对李白命运的不平之鸣，竟然成为李、杜二人共同命运的确切写照！

杜甫的一生，适逢从开元盛世到安史之乱的大转折时代，也就是大唐帝国由盛转衰的关键时期。唐玄宗统治的前期，即开元年间，一共二十九年。那时的唐玄宗励精图治，又有姚崇、宋璟等贤臣的辅弼，政治清明，国家富强，史称开元盛世。唐玄宗统治的后期，也就是天宝年间，一共十五年。早从开元末年开始，唐玄宗逐渐萌发了骄奢淫逸之心，贪图享受，不理国事。李林甫、杨国忠等奸臣乘机弄权，政治日趋黑暗，国势逐渐衰弱，终于酿成安史之乱的大祸。直到八年之后，安史之乱才算基本平定，但是大唐帝国从此就一蹶不振了。这两个时期总长约五十年，就是从唐玄宗开元元年（713）到唐代宗广德元年（763），与杜甫的生活年代基本重合。杜甫在青少年时代亲身经历了开元盛世，成年以后则目睹了政治黑暗、民不聊生的社会现实，又亲身经历了兵荒马乱、生灵涂炭的艰难时世，他在《忆昔》中回忆说：

> 忆昔开元全盛日，小邑犹藏万家室。稻米流脂粟米白，公私仓廪俱丰实。九州道路无豺虎，远行不劳吉日出。齐纨鲁缟车班班，男耕女桑不相失。宫中圣人奏云门，天下朋友皆胶漆。百余年间未灾变，叔孙礼乐萧何律。岂闻一绢直万钱，有田种谷今流血。洛阳宫殿烧焚尽，宗庙新除狐兔穴。伤心不忍问耆旧，复恐初从乱离说。小臣鲁钝无所能，朝廷记识蒙禄秩。周宣中兴望我皇，洒泪江汉身衰疾。

正因杜甫经历了开元盛世，看到过人民安居乐业的景象，他才对儒家的政治理想深信不疑，并始终希望实现这个理想。正因杜甫经历了安史之乱前后的动荡社会，他才对封建社会种种不合理的弊端看得更为清楚，才能写出具有强烈批判精神的写实诗歌。优秀的诗人都是社会的晴雨表，他们能比常人更敏锐地感受到时代的脉搏。时代的急风骤雨在杜甫心头引起了巨大的情感波澜，杜诗中充满了哀伤愤怨、激昂慷慨。杜诗沉郁顿挫的风格特征，其本质正是内心抑扬起伏的情感波澜。古语说：艰难困苦，玉汝于成。用这句话来解释杜甫与其时代的关系，是再确切不过了。

杜甫的一生，在诗歌史上适逢从盛唐到中唐的转折时代。人们公认天宝末年是唐诗的转折点，其前为盛唐，其后为中唐。清人叶燮和今人闻一多甚至认为天宝末年也是整个古典诗歌史的一个分水岭。天宝末年杜甫四十五岁，几乎就是他三十年诗歌创作生涯的中点。杜甫上与李白等人同属盛唐诗人群体，下为元白等中唐诗人的先驱。从汉魏六朝到盛唐，诗歌创作的实绩已有丰富的积累，从题材内容到艺术形式，都达到了百花齐放的繁盛局面。杜甫在此时崛起于诗坛，以集大成的姿态对前代诗人留下的遗产进行全面的继承，并予以发扬光大，从而在题材内容上为唐诗开辟了新的发展方向。盛唐诗人各有题材特点，如王、孟多咏山水田园，高、岑多写边塞生活。李白主要是抒写其内心情思，对社会生活的反映不够全面。杜甫则不然，他全面继承了前代诗歌所有的题材走向，从朝政国事到百姓生计，从山川云物到草木虫鱼，几乎涵盖了包括社会与自然的整个外部世界，并与自身的内心情思结合无间，所以明人胡应麟在《诗薮》内编卷四中评为“地负海涵，包罗万汇”。如果说盛唐诗歌以描写具有浪漫色彩的理想境界为主，那么杜甫的诗开始转向以反映社会现实为主，风格也从高华飘逸转向朴实深沉。所以从整个唐诗发展史的角度来看，杜甫正是由盛唐转向中唐的关键人物。宋人秦观在《韩愈论》中颂扬杜甫是诗史上的“集大成者”，集大成的意义既在于总结前代，也在于开启后代。

所以说，杜甫所处的时代在政治史和文学史两个维度上都是大转折的关键时刻，是一个呼唤伟大诗人的时代，杜甫就是应运而生的伟大诗人。

二、胸怀天下的人生信念

唐代是一个思想相当解放的时代，儒、道、佛三家思想都受到朝廷的重视和支持，思想界呈现百花齐放的纷繁局面。盛唐诗人的思想既复杂，又活跃，王维信佛，李白好道，皆为显例。杜甫则与众不同。杜甫在青年时代一度醉心于道教，对仙丹灵芝及长生仙界颇感兴趣，那只是世界观尚未确立时的浪漫幻想。杜甫壮年以后对佛教产生了好感，是由于屡遭挫折心生苦闷，想从佛教得到一点慰藉，并非真想遁入空门。杜诗《别李秘书始兴寺所居》是一个有趣的例子：“重闻西方止观经，老身古寺风泠泠。妻儿待米且归去，他日杖藜来细听。”要先解决家人的衣食，然后才去听高僧说经，可见对人间的挚爱是杜甫皈依佛门的不可逾越的障碍。这与王维《叹白发》中的“一生几许伤心事，不向空门何处销”有明显的差别。所以就其主要思想倾向而言，清人刘熙载《艺概》中的论断非常准确：“少陵一生却只在儒家界内。”

杜甫出生在一个以儒学为传统的家庭里。他非常崇敬其十三代祖杜预，念念不忘。杜预是西晋的名臣、名儒，不但功业彪炳，而且曾为儒家经典《左传》作注，其注本被后人收入《十三经注疏》，可称是儒家的理想人物。杜甫从小接受了严格的儒家思想教育，终生服膺儒学。杜甫诗中共有四十四个“儒”字（内有一处是“侏儒”应予剔除），其中有一半是他的自称。杜甫经常自称“儒生”、“老儒”，甚至是“腐儒”。杜甫偶尔也发发牢骚，曾在《奉赠韦左丞丈二十二韵》中说过“纨袴不饿死，儒冠多误身”，《醉时歌》中甚至说：“儒术于我何有哉，孔丘盗跖俱尘埃！”但那只是在极端悲愤的情境中的牢骚话而已。事实上杜甫对儒家思想的遵循已达到孔子所说的“造次必于是，颠沛必于是”（《论语·里仁》）的程度，终生不渝，死而后已。杜甫好以儒家的祥瑞物凤凰自比，他在《壮游》中自述：“七龄思即壮，开口咏凤凰。”直到临终前一年，还写了一首《朱凤行》以见志，杜甫念念不忘的那个凤凰，正是他自己的化身。垂暮之时还以凤凰自比，可见他救济天下苍生的宏愿至死未渝。

儒家关注的对象是人生与社会，他们的人生态度必然是积极入世的。孔子奔走列国，栖栖惶惶，为的是实现天下大同的政治理想。孟子游说诸侯，力辟杨墨，为的是实现以仁义为核心的政治主张。他们对自己的事业充满了信心，而且怀有崇高的使命感。孔子奔走列国时经常遇到艰难困苦乃至暴力威胁，但他从不动摇。他被匡人围攻时，说：“文王既没，文不在兹乎？天之将丧斯文也，后死者不得与于斯文也。天之未丧斯文也，匡人其如予何？”（《论语·子罕》）孟子说齐宣王不成，说：“夫天未欲平治天下也，如欲平治天下，当今之世，舍我其谁也？”（《孟子·公孙丑上》）后人或将这些言论误解成天命论，其实那只是使命感的体现，是以天下为己任的崇高思想在那个时代的特殊表述。如果孔、孟相信天命论的话，他们早就会在接踵而至的挫折面前动摇、放弃，哪里还可能“知其不可而为之”？

在儒家思想哺育下成长起来的杜甫也是这样。杜甫对于人生抱有坚定的信念，他把安邦定国视为自己的使命。青年时代的杜甫早已胸怀大志:“会当凌绝顶,一览众山小!”但当时他对自己的人生道路还没有进行深沉的思考,他的壮志还缺乏具体、确定的内涵。待到长安十年,杜甫一面体验着人生的艰辛,一面观察着人民的疾苦,终于确立了坚如磐石的人生信念。三十九岁那年,杜甫在《奉赠韦左丞丈二十二韵》中首次自述其志:“致君尧舜上,再使风俗淳。”五年之后,杜甫在《自京赴奉先县咏怀五百字》中再述其志:“许身一何愚,窃比稷与契!”前者着眼于君主,后者关注的重点转到自身。写前一首诗的时候,杜甫还是一介布衣。写后一首诗的时候,杜甫刚刚得到一个从八品下的微职。然而他的口气是如此狂傲!他的志向是如此高远!《自京赴奉先县咏怀五百字》是杜甫诗中自述胸怀的代表作,被后人视为杜诗中的“心迹论”,它以确凿无疑的语气和清晰无比的思路表白其思想的来龙去脉,向千古读者敞开其心路历程:

杜陵有布衣,老大意转拙。许身一何愚,窃比稷与契。居然成濩落,白首成契阔。盖棺事则已,此志常觊豁。穷年忧黎元,叹息肠内热。取笑同学翁,浩歌弥激烈。非无江海志,潇洒送日月。生逢尧舜君,不忍便永诀。当今廊庙具,构厦岂云缺?葵藿倾太阳,物性固莫夺。顾惟蝼蚁辈,但自求其穴。胡为慕大鲸,辄拟偃溟渤。以兹误生理,独耻事干谒。兀兀遂至今,忍为尘埃没。终愧巢与由,未能易其节。沉饮聊自适,放歌破愁绝。岁暮百草零,疾风高冈裂。天衢阴峥嵘,客子中夜发。霜严衣带断,指直不得结。凌晨过骊山,御榻在嵽嵲。蚩尤塞寒空,蹴踏崖谷滑。瑶池气郁律,羽林相摩戛。君臣留欢娱,乐动殷樛嶱。赐浴皆长缨,与宴非短褐。彤庭所分帛,本自寒女出。鞭挞其夫家,聚敛贡城阙。圣人筐篚恩,实欲邦国活。臣如忽至理,君岂弃此物。多士盈朝廷,仁者宜战慄。况闻内金盘,尽在卫霍室。中堂舞神仙，烟雾蒙玉质。暖客貂鼠裘，悲管逐清瑟。劝客驼蹄羹，霜橙压香橘。朱门酒肉臭，路有冻死骨。荣枯咫尺异，惆怅难再述。北辕就泾渭，官渡又改辙。群水从西下，极目高崒兀。疑是崆峒来，恐触天柱折。河梁幸未坼，枝撑声窸窣。行旅相攀援，川广不可越。老妻寄异县，十口隔风雪。谁能久不顾，庶往共饥渴。入门闻号咷，幼子饥已卒。吾宁舍一哀，里巷亦呜咽。所愧为人父，无食致夭折。岂知秋禾登，贫窭有仓卒。生常免租税，名不隶征伐。抚迹犹酸辛，平人固骚屑。默思失业徒，因念远戍卒。忧端齐终南，澒洞不可掇。

这首长诗虽以咏怀为主线，中间却穿插着大段的叙事、议论，不过这些叙事、议论与抒情结合得十分紧密，有时甚至密不可分。或者说，此诗中的叙事与议论都是为抒情服务的，全诗主题仍是咏怀，也即抒情。最值得注意的是，此诗处处推己及人，处处把个人的不幸与国家、人民的不幸联系起来，从而以其对国家形势的深刻反映而被后人评为“诗史”。既是“心迹论”，又是“诗史”，这种对外部世界和内心世界两种题材取向的有机结合，是古典诗歌发展过程中的一种全新气象。阅读此诗，既能直接感知诗人的思想，又能通过对其人生经历及时代背景的认知来真切感受诗人的内心情思，从而走进诗人的内心世界。这是杜诗名副其实的代表作。

什么叫“致君尧舜上”？有人以为那就是忠君意识的体现，这个说法需要稍作辨析。杜甫当然是忠君的，宋人苏轼甚至在《王定国诗集叙》中说他“一饭未尝忘君”。苏轼的说法并不是无中生有，杜诗《槐叶冷淘》就是一个证据。杜甫晚年流落夔州，初次品尝到当地的一种凉面“槐叶冷淘”，于是兴致勃勃地作诗描写一番，最后忽然念及远在长安的君主："君王纳凉晚，此味亦时须！"这不是"一饭未尝忘君"又是什么？然而杜甫的这种想法只是偶一为之，他的忠君意识最主要的表现就是"致君尧舜上"，是希望君主变得像尧舜一样贤明。在封建社会中，实行仁政的首要条件是君主贤明，否则一切都是空谈。尧、舜是儒家推崇的古代明君，是儒家用自己的政治观念塑造出来的理想人物。杜甫希望皇帝效法尧、舜，其实质就是希望他们施行仁政。这是杜甫实现远大政治抱负的必要步骤。

什么叫"窃比稷与契"？稷，又称后稷，是舜时的大臣，相传稷从小就善于稼穑，所以舜让他主管农业，他也是周朝的祖先。契则是协助大禹治水的大臣，也是商朝的祖先。杜甫为什么要自许稷、契？哈佛大学的宇文所安教授认为"诗人希望像后稷和契一样，成为伟大家族的创立者"①，这种说法颇为荒唐。在封建制度早已确立的唐代，没有人会公开声称要开创一个王族，更何况是忠君意识十分强烈的杜甫！那么，即使只把稷、契看作舜、禹时代的大臣，杜甫是不是也自许太高呢？对此，明末王嗣奭的《杜臆》中有非常好的解读："人多疑自许稷、契之语，不知稷、契元无他奇，只是己饥己溺之念而已。"意即稷、契并无其他奇特之处，他们的伟大只在于一种"己饥己溺"的念头。什么叫作"己饥己溺"？此语出于《孟子·离娄下》："禹思天下有溺者，由己溺之也。稷思天下有饥者，由己饥之也。"大禹以治理洪水为己任，他看到天下还有人溺于洪水，就责备自己：这是因为我没有治好洪水，是我使那人溺水了。同样，稷看到天下还有人挨饿，就责备自己：是我使那人挨饿了。"己饥己溺之念"是一种高度的责任感，也是一种伟大的胸怀，一种高尚的政治情操。然而稷也好，契

---

① 《盛唐诗》第十一章，三联书店 2004 年版，第 224 页。

也好，他们身居高位，本来就承担着国家的重任，他们有这样的责任感是理所当然的。杜甫则不同，他只是一介微臣，甚至是一介布衣，按照“不在其位，不谋其政”的常理来说，杜甫根本无须怀有此种责任感。然而杜甫竟然自许稷、契，竟然以“己饥己溺之念”为人生目标，这真是崇高、伟大的人生信念！

“致君尧舜上”也好，“窃比稷与契”也好，在杜甫生活的那个年代里，并不是不切实际的空谈，而是源于贞观名臣魏徵提出的“君为尧舜，臣为稷契”的政治理想①。当然，由于杜甫一生中根本没有得到实施抱负的机会，他的人生信念都处于虚拟的状态。正因如此，《新唐书·杜甫传》讥评杜甫“好论天下大事，高而不切”。也有人认为杜甫的人生信念“迂阔”。其实，凡是理想，总与现实有一定的距离。理想越是远大、崇高，它与现实的距离也就越大。据赵岐《孟子题辞》所云，孟子“以儒道游于诸侯，思济斯民，然由不肯枉尺直寻，时君咸谓之迂阔于事，终莫能听纳其说”。据《资治通鉴》卷一九三记载，魏徵劝唐太宗行仁政，也被人攻击为“书生未识时务”。至宋人王安石尚在《上仁宗皇帝言事书》中慨叹说：“魏文正公之言，固当时所谓迂阔而熟烂者也！”“迂阔”云云，又何足为杜甫病！人之立志，贵在高远。假如所立之志非常卑庸，与社会现实没多少差距，“迂阔”的缺点倒是避免了，但那样的人生信念又有什么价值可言！

杜甫一生困窘，屡遭挫折，他的人生信念是在困顿境遇中产生并逐渐充实的。“致君尧舜上”的志向，是在“骑驴十三载，旅食京华春。朝扣富儿门，暮随肥马尘。残杯与冷炙，到处潜悲辛”的境遇中锻炼出来的。“窃比稷与契”之句的下文，即是“居然成濩落，白首甘契

① 详见《贞观政要》卷三《君臣鉴戒》，上海古籍出版社 1978 年版，第 85 页。

阔”。对于浅薄浮躁的人，艰难困苦会使之放弃理想和抱负。对于沉稳坚毅的人，艰难困苦反而会激发其志气，坚定其决心。杜甫显然是后一种人。他在现实生活中的遭遇非常悲惨，常常陷于饥寒交迫的境地。在那种时刻，杜甫难免会啼饥号寒，把谋求温饱视为当务之急，比如《发秦州》云：“无食问乐土，无衣思南州。”在《病后过王倚饮赠歌》中，杜甫甚至说过“但使残年吃饱饭，只愿无事长相见”之类的丧气话。但杜甫对理想仅是暂时的搁置，而不是永久的抛弃。理想的火焰依然在他心头燃烧，一有机会仍会放射光芒。在去世的前一年，杜甫还作《暮秋枉裴道州手札率尔遣兴寄递呈苏涣侍御》说：“致君尧舜付公等，早据要路思捐躯！”一个快要走到人生终点的人还把“致君尧舜”的理想谆谆托付给友人，说明他对心中的理想是何等的珍视和坚持。请听垂暮之年的杜甫在《朱凤行》中发出的心声：

君不见潇湘之山衡山高，山巅朱凤声嗷嗷。侧身长顾求其曹，翅垂口噤心甚劳。下愍百鸟在罗网，黄雀最小犹难逃。愿分竹实及蝼蚁，尽使鸱鸮相怒号！

三、仁爱精神的诗语表述

儒学的发展史上，曾出现两个高潮，它们分别在汉代和宋代，所以儒学的两大流派分别被称为“汉学”与“宋学”。儒学史上的唐代夹在这两个高潮之间，实际上处于一个低潮阶段。唐代的儒学前不如汉人，后不如宋人。然而儒学的发展在唐代停顿了吗？当然没有。唐代有没有值得注意的儒学代表人物？当然是有的，其中之一就是杜甫。钱穆称杜甫为唐代的“醇儒”[①]，非常准确。那么在何种意义上，我们能够说杜甫对唐代的儒学发展起了很大的作用呢？大家一提到唐代的儒学，马上就会想到唐初的《五经正义》。《五经正义》虽然是儒学经典中最重要的注本，但是其中的观念、义理，基本上都是源于汉儒，它在学理上没有很多新的阐发。甚至可以说，到了唐代，由于出现了《五经正义》，有了对经典的权威解说，儒学研究基本上停滞不前了。杜甫则不然。杜甫不是儒学经典的注疏者，他对儒学的服膺主要体现于实践，他身体力行地将儒学原理付诸行动，从而在儒学发展史上作出了独特的贡献。不但如此，杜甫还用他一生的实践，用他的整个生命，来丰富、充实了儒学的内涵。从本质上说，儒学原是一种实践的哲学，它非常重视人的行为。所谓的百姓日用人伦，是儒学最为关心的核心内容。孔子也好，孟子也好，在他们年富力强的时候并不忙着著书立说，他们栖栖惶惶，奔走天下，要用实践来推行他们的仁爱之道。等到最后觉得“道之不行，已知之矣”（《论语·微子》），道是暂时行不通了，年纪也大了，才静下心来著书立说，把他们的思想用著述的形式传给后人。所以儒家最强调的就是实践，他们强调人们生前的行为，强调在实际生活中的建树。从这个意义上说，杜甫正是最好地体现儒家精神、发扬儒家精神的唐代大儒。

儒学千头万绪，其核心内容就是仁爱思想，主张在天下推行以仁爱之心为出发点的仁政。众所周知，儒家的仁爱精神跟西方的博爱精神是貌同神异的。一般说来，西方的博爱精神，最初的来源就是宗教。来源于宗教的博爱精神，当然是一种很可贵的价值观、伦理观，但是我们追究一下它的起源，西方人最初怎么会产生博爱精神的呢？一是服

① 《中国史学发微》，台北东大图书公司1989年版，第237页。

从于神灵的诫命，二是对于人类祖先所犯下的原罪的赎买。儒家的仁爱之心则与神灵无关。儒家强调“仁义理智根于心”（《孟子·尽心上》），一切的爱心都是从人们的内心自然生发出来的。孟子有一个很好的阐释，他说：“老吾老以及人之老，幼吾幼以及人之幼。”（《孟子·梁惠王上》）这是一种由近及远、由亲及疏的自然的情感流动。由这样的程序生发出来的仁爱之心，它更自然，更符合人的本性，也更切实可行。它既不是好高骛远的空想，也不是违背人性的矫情。它既不是强制性的道德规范，更不是对天国入场券的预付。杜甫对儒家的这个核心精神心领神会，他的诗篇，他的行为，时时刻刻都在阐释这种理念。杜甫感情深厚诚笃，被后人誉为“情圣”①。他深深地爱着他的妻子、儿女和弟妹，一生中始终与妻儿不离不弃，相依为命。他与杨氏夫人伉俪情深，白头偕老。他陷贼长安时，就深切地怀念远在鄜州的妻子，作《月夜》云：

> 今夜鄜州月，闺中只独看。遥怜小儿女，未解忆长安。香雾云鬟湿，清辉玉臂寒。何时倚虚幌，双照泪痕干？

开篇即从对面写起，想象妻子在遥远的鄜州独自望月的情景。儿女还很幼小，他们还不懂得思念远在长安的父亲，当然更无法为母亲分忧，妻子便只能在清冷的月光下独守空闺了。于是诗人对着明月喃喃发问：什么时候才能合家团聚，让月光同时照耀夫妻泪痕双干的脸庞？这固然是杜甫抒写伉俪深情的个人抒情诗，但又何尝不是乱离时代千万

---

① 梁启超《情圣杜甫》，《杜甫研究论文集》第一辑，中华书局 1962 年版，第 1—13 页。

对流离失散的夫妻的共同心声？

同是在陷贼长安时，杜甫深深地思念幼小的孩子，作《遣兴》云：

骥子好男儿，前年学语时。问知人客姓，诵得老夫诗。世乱怜渠小，家贫仰母慈。鹿门携不遂，雁足系难期。天地军麾满，山河战角悲。傥归免相失，见日敢辞迟。

学语甫毕的幼儿，又是聪颖秀异，当然备受父亲的怜爱。孩子生于动乱的时代和贫穷的家庭，父亲又被系长安，全仗慈母独力抚育。要像古代隐士庞德公那样携带妻儿登鹿门山采药不归，又怎能如愿？即使想寄封家书去问个平安，也是难以预期啊！写到这里，杜甫忽然回忆起前年回奉先县省亲时遭遇幼子饿死的惨剧，于是立愿起誓：只要归家时孩子平安，哪怕推迟见面的日期也在所不辞！这固然是杜甫在特殊处境中的特殊思绪，但又何尝不是天下父母心的典型表露？

杜甫对友人情同兄弟，时时见于吟咏。他四十八岁那年流寓秦州，全家生计濒于绝境，却在短短三个月内写了三首思念李白的名篇，其中如《天末怀李白》云：“凉风起天末，君子意如何？鸿雁几时到，江湖秋水多。文章憎命达，魑魅喜人过。应共冤魂语，投诗赠汨罗。”至性至情，感人肺腑。他甚至接连三夜梦见李白，于是写了《梦李白二首》：

死别已吞声，生别常恻恻。江南瘴疠地，逐客无消息。故人入我梦，明我长相忆。君今在罗网，何以有羽翼？恐非平生魂，路远不可测。魂来枫林青，魂返关塞黑。落月满屋梁，犹疑照颜色。水深波浪阔，无使蛟龙得！

> 浮云终日行，游子久不至。三夜频梦君，情亲见君意。告归常局促，苦道来不易。江湖多风波，舟楫恐失坠。出门搔白首，若负平生志。冠盖满京华，斯人独憔悴。孰云网恢恢，将老身反累。千秋万岁名，寂寞身后事！

去年李白因误入永王李璘军而被长流夜郎，今年行至半途遇赦东归。杜甫在秦州闻知前者而未知后者，故以为李白还在前往夜郎贬所的途中，忧心如焚，积思成梦。此诗描绘梦境极其逼真，尤其是“落月”二句。虽是写诗人初醒时的情景，落月的一缕斜光照在屋梁上，但朦胧的月色将梦境与实境连成一体，所以眼前恍惚有李白的身影在，却又自疑犹在梦中。正如明人陆时雍所评：“是魂是人，是梦是睹，都觉恍惚无定，亲情苦意，无不备极矣！”（《唐诗镜》卷二一）诗中所写李白的剪影也极为逼真，尤其是“出门”二句。李白生平怀才不遇，牢骚满腹，如今垂老远谪，当然更是悲愤填膺，他虽能在梦中远涉江湖访问知己，然梦境短促，匆匆告别，临出门时伸手去搔那满头白发。才人不遇的万千心事都凝聚到“搔白首”的动作中，从而活画出一个暮年的李白来，而杜甫对李白的一腔同情、关切也都倾注在这个剪影之中。什么叫患难之交，什么叫生死之交，杜甫思念李白的三首名篇作出了生动的阐释。著名的唐诗选本《唐诗三百首》一共选录唐诗三百一十首，这三首作于同时同地的杜诗全部入选，可见它们得到千古读者的共同喜爱。

杜甫还将仁爱之心推广到素不相识的天下苍生。他到奉先县去探亲的时候，突然发现幼子已因挨饿而夭折了。他当然悲痛万分，但是与此同时，他立刻联想到普天下还有很多比自己更困苦的人：“抚迹犹酸辛，平人固骚屑。默思失业徒，因念远戍卒。”“失业徒”就是失去田地的农民，“远戍卒”指在远方戍边的战士，他们遭受的痛苦比自己更加剧烈。于是杜甫就把关爱之心从家庭扩展到整个民族，整个社会。在一个秋风秋雨之夜，他的茅屋被大风刮破了，雨水漏下来了，床上都潮湿了，杜甫彻夜不得安眠，此时此刻，他竟然如此抒愿立誓：

> 八月秋高风怒号，卷我屋上三重茅。茅飞渡江洒江郊，高者挂罥长林梢，低者飘转沉塘坳。南村群童欺我老无力，忍能对面为盗贼，公然抱茅入竹去。唇焦口燥呼不得，归来倚杖自叹息。俄顷风定云墨色，秋天漠漠向昏黑。布衾多年冷似铁，娇儿恶卧踏里裂。床头屋漏无干处，雨脚如麻未断绝。自经丧乱少睡眠，长夜沾湿何由彻！安得广厦千万间，大庇天下寒士俱欢颜，风雨不动安如山！呜呼，何时眼前突兀见此屋，吾庐独破受冻死亦足！

他希望出现千万间宽敞、牢固的房屋，让天下穷人都有躲避风雨的安身之所。杜甫甚至庄严许愿：只要有千万间广厦突然出现，即使自己独自受冻而死也心甘情愿！这是何等崇高的精神，何等博大的胸怀！杜甫就是用这种广博的仁爱精神去拥抱整个世界的。他的思考过程，他的情感流向，也是由近及远，由亲及疏，这分明是“老吾老以及人之老，幼吾幼以及人之幼”的儒家精神的具体阐发。

儒家仁爱精神的最高表现形式是实行仁政，孟子说：“尧舜之道，不以仁政，不能平治天下。”（《孟子·离娄上》）孟子还指出仁政的最低限度是让人民“仰足以事父母，俯足以畜妻子，乐岁终身饱，凶年免于死亡”（《孟子·梁惠王上》），杜甫对此完全赞同，他在《蚕谷行》中表示了同样的愿望：“牛尽耕，蚕亦成，不劳烈士泪滂沱，男谷女丝行复歌。”他在《提封》中还希望朝廷薄赋轻徭，让人民休养生息：“借问悬车守，何如俭德临？”在《自京赴奉先县咏怀五百字》中，他谴责急征暴敛：“彤庭所分帛，本自寒女出。鞭挞其夫家，聚敛贡城阙。”在《岁晏行》中，他揭露民不聊生的惨状：“况闻处处鬻男女，割慈忍爱还租庸！”在《有感》中，他指出苛政是逼迫人民铤而走险的根本原因：“不过行俭德，盗贼本王臣！”在国家统一不受损害的前提下，杜甫坚决主张息兵罢战，他在《前出塞九首》之一中直言：“君已富土境，开边一何多！”安史之乱即将敉平，杜甫作《洗兵马》抒发太平之愿：“安得壮士挽天河，净洗甲兵长不用！”儒家为了推行仁政，对危害仁政的现象忧心忡忡，《礼记》记载孔子之言：“虽危，起居竟信其志，犹将不忘百姓之病也，其忧思有如此者。”杜甫的忧患感与此一脉相承，在《自京赴奉先县咏怀五百字》中，他“穷年忧黎元，叹息肠内热”；在《谒先主庙》中，他“向来忧国泪，寂寞洒衣巾”。忧国忧民成为杜甫留给后代读者的第一印象，黄庭坚《老杜浣花溪图引》中“醉里眉攒万国愁”之句，成为后人心目中杜甫形象的历史定格。

时时刻刻都在忧国忧民的人必然会对社会的黑暗面怀有最强烈的敏感，必然会对国家的隐患保持最强烈的警惕。杜甫就是如此，他以异乎寻常的敏锐目光注视着社会上的各种隐患，他的诗歌具有强烈的现实意义。天宝年间，唐玄宗好大喜功，奸臣边将轻启边衅，有时还取得暂时的胜利，这在时人眼中往往是国力强盛的表现，杜甫却看到了内郡凋敝、人悲鬼哭的阴惨景象。天宝十载（751），杜甫作《兵车行》：

车辚辚，马萧萧，行人弓箭各在腰。耶娘妻子走相送，尘埃不见咸阳桥。牵衣顿足拦道哭，哭声直上干云霄。道旁过者问行人，行人但云点行频。或从十五北防河，便至四十西营田。去时里正与裹头，归来头白还戍边。边庭流血成海水，武皇开边意未已。君不闻汉家山东二百州，千村万落生荆杞。纵有健妇把锄犁，禾生陇亩无东西。况复秦兵耐苦战，被驱不异犬与鸡。长者虽有问，役夫敢申恨？且如今年冬，未休关西卒。县官急索租，租税从何出？信知生男恶，反是生女好。生女犹得嫁比邻，生男埋没随百草。君不见青海头，古来白骨无人收。新鬼烦冤旧鬼哭，天阴雨湿声啾啾！

此诗的背景是什么？ 有人说是天宝八载哥舒翰率兵攻拔吐蕃石堡城，唐军死者数万之事，也有人说是指天宝十载鲜于仲通征讨南诏全军覆没后，杨国忠讳言其败，强征更多的兵丁送上前线之事。 其实杜甫并不专指哪一次边衅战争，而是泛指天宝年间唐玄宗穷兵黩武的开边政策。杜甫严厉抨击唐玄宗的穷兵黩武，对被驱往死地的善良百姓以及他们的父母妻儿表示深切的同情，为那些抛骨绝域的冤魂鸣不平。

天宝年间玄宗骄奢淫逸，杨氏兄妹游宴无度，这在时人眼中也许是歌舞升平的象征，杜甫却看到了奸臣弄权、外戚乱政的动乱征兆。 天宝十二载（753），杜甫作《丽人行》：

三月三日天气新，长安水边多丽人。态浓意远淑且真，肌理细腻骨肉匀。绣罗衣裳照暮春，蹙金孔雀银麒麟。头上何所有？翠微㔩叶垂鬓唇。背后何所见？珠压腰衱稳称身。就中云幕椒房亲，赐名大国虢与秦。紫驼之峰出翠釜，水精之盘行素鳞。犀箸厌饫久未下，鸾刀缕切空纷纶。黄门飞鞚不动尘，御厨络绎送八珍。箫鼓哀吟感鬼神，宾从杂遝实要津。后来鞍马何逡巡，当轩下马入锦茵。杨花雪落覆白蘋，青鸟飞去衔红巾。炙手可热势绝伦，慎莫近前丞相嗔！

天宝年间，因受玄宗宠爱，杨贵妃恃宠骄纵，杨氏家族鸡犬登天，杨妃的三位从姐皆封国夫人，从兄杨国忠登上丞相宝座。杨氏兄妹权势熏天，荒淫无度，杨国忠甚至与虢国夫人私通，公然并辔走马，路人为之掩目。此诗故意用工笔重彩对杨氏姐妹容态之娴美、服饰之华丽、肴馔之名贵作正面描写，表面上是赞叹，实际上是深刻入骨的讽刺。末段用隐语暗写杨国忠兄妹乱伦之丑事，并直接点出“丞相”二字，毫无掩饰地将批判的锋芒直指恃宠弄权的外戚贵族。

杜甫对社会弊病的揭露和批判是全方位的，任何一个黑暗的角落都没有逃过他敏锐的目光。透过李白“长安市上酒家眠”的佯狂举止，杜甫隐隐约约地看出了那是贤才落魄的悲剧。对于安禄山“主将位益崇，气骄凌上都”的骄横表现，杜甫预言即将发生藩镇叛乱的危险。杜甫最感忧虑的是社会的贫富悬殊。儒家一向反对贫富不均，认为它是社会最大的危害，孟子痛斥：“庖有肥肉，厩有肥马，民有饥色，野有饿莩，此率兽而食人也！”（《孟子 · 梁惠王上》）现代西方的社会学家提出基尼系数的概念，用基尼系数来衡量一个社会贫富不均的程度，他们认为基尼系数超过 0.4，就向社会敲响警钟了。中国古人不知道什么基尼系数，但他们对贫富不均的警惕丝毫不亚于西方的社会学家。从古到今，儒家的代表人物都从理论上批判贫富不均，有正义感的诗人都曾写诗谴责贫富悬殊的现象。尽管历代揭露民生疾苦，揭露贫富不均的警句相当之多，但是人们公认杜甫《自京赴奉先县咏怀五百字》中的名句最为惊心动魄：“朱门酒肉臭，路有冻死骨！”以至于后人只要说到贫富不均的现象，首先就会联想到这两句杜诗。这是杜甫深沉的忧患意识的生动体现，是杜甫向千秋万代发出的严正警告。

杜甫对儒家的仁爱思想还有发展和补充。首先，杜甫不但爱自己的同胞，他还把仁爱之心扩展到更大的范围，甚至包括其他民族的人。

在盛唐时期，经常发生边境战争，以唐帝国为一方、以少数民族建立的其他政权为另一方之间经常发生战事。这些战争的性质多种多样，有时是唐帝国防御外族的侵扰，也有时是唐帝国为了开边拓土而主动进攻他国。杜甫虽然坚决主张保卫国家不受侵扰，但同时也主张反击不可过度，《前出塞》中说："挽弓当挽强，用箭当用长。射人先射马，擒贼先擒王。杀人亦有限，立国自有疆。苟能制侵陵，岂在多杀伤！"这是蕴含人道精神的战争观，也是对儒家仁爱思想的发扬光大。

其次，孔、孟等早期儒家提出的仁爱之心，其思考对象只是人类，"樊迟问仁，子曰：'爱人。'"（《论语·颜渊》）孟子还举例说明人们的仁爱之心的来源："今人乍见孺子将入于井，皆有怵惕恻隐之心。"（《孟子·公孙丑上》）爱人之心也好，恻隐之心也好，它的关注对象都是人，没有包括其他生命。杜甫则将爱人之心延伸出去，推广开来，用更加广博的仁爱精神去拥抱整个世界。杜诗写到天地间的一切生灵都出以充满爱抚的笔触，《暂住白帝复还东屯》云："筑场怜穴蚁，拾穗许村童。"《秋野》云："盘飧老夫食，分减及溪鱼。"在杜甫心目中，天地间的动物、植物都与人一样，应该沐浴在仁爱的氛围中。杜甫在成都草堂的周围植树甚多，其中有四株小松，他避乱梓州时非常惦念它们，作《寄题江外草堂》："尚念四小松，蔓草易拘缠。霜骨不甚长，永为邻里怜。"等到他返回草堂重见小松，竟然如睹久别的儿女，作《四松》："四松初移时，大抵三尺强。别来忽三岁，离立如人长。"杜甫尤其关心那些处境欠佳的动植物，例如《过津口》："白鱼困密网，黄鸟喧佳音。物微限通塞，恻隐仁者心。"古人本有"数罟不入洿池"的习惯，"数罟"者，密网也。如今竟然在江上张着密密的渔网，大小鱼儿都困在网里，杜甫顿时产生了恻隐之心。有人认为杜诗中写到动物、植物，往往有比兴寄托的意味，这话不错。比如杜甫喜咏雄鹰和骏马，在它们身上寄托着诗人的雄心和豪气。又如在成都写的《病橘》、《病柏》、《枯棕》、《枯楠》，分别咏害病的橘树和柏树，枯萎的棕树和楠树，杜甫为什么专挑病树、枯树来写？历代注家都认为这是比喻在苛政压迫下奄奄一息的穷苦百姓，相当合理。但是杜诗中也有许多篇章只是直书所见，并无寄托，例如《舟前小鹅儿》："鹅儿黄似酒，对酒爱新鹅。引颈嗔船逼，无行乱眼多。翅开遭宿雨，力小困沧波。客散层城暮，狐狸奈若何！"诗中并无以鹅喻人之意，充溢在字里行间的只是对弱小生命的由衷爱怜和关怀。杜甫关爱一切生命的情怀是对儒家仁爱思想的重要发展，请看《题桃树》：

小径升堂旧不斜，五株桃树亦从遮。高秋总馈贫人食，来岁还舒满眼花。帘户每宜通乳燕，儿童莫信打慈鸦。寡妻群盗非今日，天下车书正一家。

杜甫把桃树写得深通人性、有情有义，对乳燕、慈鸦也流露出一片爱心，清人杨伦《杜诗镜铨》中评曰："此诗于小中见大，直具'民胞物与'之怀，可作张子《西铭》读，然却无理学气。"把仁爱之心从人类推广到其他生物，本来是儒学合乎逻辑的发展方向。到了宋代，理学家张载在《正蒙·乾称篇》中提出一个有名的命题："民吾同胞，物吾与也。"这句话被后人压缩成"民胞物与"四个字，意思是人们都是同胞兄弟，生物都是人类的朋友。这种精神在理论上要等到宋人才阐发出来，但是在文学上，唐人杜甫早就用他的美丽诗篇生动地予以表现了。这是杜甫对于儒学思想的一大贡献。

四、诗史与诗圣

杜诗被后人尊为“诗史”，杜甫被后人尊为“诗圣”，这是历史授予杜甫的两顶桂冠。

何谓“诗史”？ 这个概念始见于晚唐孟棨的《本事诗·高逸第三》：“杜逢禄山之难，流离陇蜀，毕陈于诗，推见至隐，殆无遗事，故当时号为‘诗史’。”顾名思义，“诗史”就是用诗歌写成的历史。有人认为诗与史的性质完全不同，它们不能互相替代。 清初王夫之在《姜斋诗话》中说：“夫诗之不可以史为，若口与目之不相为代也。”然而不同的人体器官在功能上尚且存在着“通感”，不同的人文学科岂会毫无相通之处？ 即使是王夫之本人，也曾局部地承认杜诗记载历史的功能，他在《读通鉴论》卷二三中说：“读杜甫‘拟绝天骄’、‘花门萧瑟’之诗，其乱大防而虐生民，祸亦棘矣。”这是指杜甫的《诸将五首》之二和《留花门》两首诗而言，前者说：“韩公本意筑三城，拟绝天骄拔汉旌。”这是指唐中宗时韩国公张仁愿在河北筑受降城三座，其用意是抵御突厥的入侵。 后者说：“花门既须留，原野转萧瑟。”这是指安史之乱爆发后，唐帝国因兵力不足而向回纥借兵，回纥军队来唐参战后，任意抢掠，荼毒百姓。 但唐肃宗竟然同意回纥长驻内地，杜甫对此亟表忧虑。 “花门”即回纥之代称。 王夫之作为著名的史论家，对唐朝借兵外族终酿后患的教训有深刻的体会，但他既然引用杜诗来证实自己的史论，怎能断言“诗之不可以史为”？ 况且杜诗的功能并不是客观地记录历史，它是对历史的价值评判，是历史的暴风骤雨在人们心头留下的情感波澜的深刻抒写。 清人浦起龙《读杜心解》中说得好：“少陵之诗，一人之性情，而三朝之事会寄焉者也。”大唐帝国在玄宗、肃宗、代宗三朝发生了由盛转衰的剧变，它对人们的精神面貌产生了怎样的严重影响？安史之乱在唐朝人民的心头留下了何等深重的创伤？这些内容在史书中是读不到的，即使有所涉及也是不够真切的。例如安史之乱使唐帝国的人口急剧减少，《资治通鉴》中有详细的记载：天宝十三载（754），大唐帝国的总人口是5288万，到了广德二年（764），这个数字下降为1690万。短短十年间，全国的总人口竟然减少了三分之二！史书中虽然记载了详细的人口数，但是它们只是两个冷冰冰的数据，没有细节，没有过程，没有告诉我们那么多的百姓是如何死于非命的。杜甫晚年所作的《白马》，其中说："丧乱死多门，呜呼泪如霰！"在太平年代，人们的死亡方式是比较单一的，或是寿终正寝，或是染病身亡。但是在兵荒马乱的时代，人们以各种意想不到的方式走向死亡。这是多么沉痛的句子！安史之乱时百姓遭受的苦难到底有多深，他们是死于铁骑的蹂躏，还是死于逃难的折磨，或是死于兵火之后的饥荒？只有"三吏"、"三别"以及《彭衙行》、《哀王孙》等杜诗才给出了深刻的解答。当然，这方面首屈一指的代表作，当推杜诗中的第一长篇《北征》：

皇帝二载秋，闰八月初吉。杜子将北征，苍茫问家室。维时遭艰虞，朝野少暇日。顾惭恩私被，诏许归蓬荜。拜辞诣阙下，怵惕久未出。虽乏谏诤姿，恐君有遗失。君诚中兴主，经纬固密勿。东胡反未已，臣甫愤所切。挥涕恋行在，道途犹恍惚。乾坤含疮痍，忧虞何时毕？靡靡逾阡陌，人烟眇萧瑟。所遇多被伤，呻吟更流血。回首凤翔县，旌旗晚明灭。前登寒山重，屡得饮马窟。邠郊入地底，泾水中荡潏。猛虎立我前，苍崖吼时裂。菊垂今秋花，石戴古车辙。青云动高兴，幽事亦可悦。山果多琐细，罗生杂橡栗。或红如丹砂，或黑如点漆。雨露之所濡，甘苦齐结实。缅思桃源内，益叹身世拙。坡陀望鄜畤，岩谷互出没。我行已水滨，我仆犹木末。鸱鸟鸣黄桑，野鼠拱乱穴。夜深经战场，寒月照白骨。潼关百万师，往者散何卒。遂令半秦民，残害为异物。况我堕胡尘，及归尽华发。经年至茅屋，妻子衣百结。恸哭松声回，悲泉共幽咽。平生所娇儿，颜色白胜雪。见耶背面啼，垢腻脚不袜。床前两小女，补绽才过膝。海图坼波涛，旧绣移曲折。天吴及紫凤，颠倒在裋褐。老夫情怀恶，呕泄卧数日。那无囊中帛，救汝寒凛慄。粉黛亦解包，衾裯稍罗列。瘦妻面复光，痴女头自栉。学母无不为，晓妆随手抹。移时施朱铅，狼藉画眉阔。生还对童稚，似欲忘饥渴。问事竞挽须，谁能即嗔喝？翻思在贼愁，甘受杂乱聒。新归且慰意，生理焉得说。至尊尚蒙尘，几日休练卒。仰观天色改，坐觉妖氛豁。阴风西北来，惨澹随回纥。其王愿助顺，其俗善驰突。送兵五千人，驱马一万匹。此辈少为贵，四方服勇决。所用皆鹰腾，破敌过箭疾。圣心颇虚伫，时议气欲夺。伊洛指掌收，西京不足拔。官军请深入，蓄锐可俱发。此举开青徐，旋瞻略恒碣。昊天积霜露，正气有肃杀。祸转亡胡岁，势成擒胡月。胡命其能久，皇纲未宜绝。忆昨狼狈初，事与古先别。奸臣竟菹醢，同恶随荡析。不闻夏殷衰，中自诛褒妲。周汉获再兴，宣光果明哲。桓桓陈将军，仗钺奋忠烈。微尔人尽非，于今国犹活。凄凉大同殿，寂寞白兽闼。都人望翠华，佳气向金阙。园陵固有神，扫洒数不缺。煌煌太宗业，树立甚宏达。

从这个意义上说，一部杜诗，在客观上就是新、旧《唐书》的必要补充，在主观上就是杜甫留给后人的历史警示录。据司马迁《太史公自序》记载，孔子说过：“我欲载之空言，不如见之于行事之深切著明也。”孔子为何要修《春秋》？又为何要在《春秋》中用微言大义的方式来表明褒贬态度？进一步说，中华民族为什么要如此重视史学传统？就是因为历史是我们的集体记忆，是民族的精神血脉，是集体价值观的记载和传承，它必然会对中华民族的现在和将来产生深远的影响。杜诗在记录历史事实时渗入了深沉的思考和深厚的情感，它不但让后人了解历史，而且启发后人感知历史、思考历史，进而从历史中汲取经验和教训，从而更好地前进。就这一点来说，杜诗与孔子的《春秋》具有同样重要的意义，我们应该高度评价杜诗的“诗史”价值。在杜甫以后，历代有不少优秀诗人也获得了“诗史”的称号，例如褚人获称陆游，黄宗羲称文天祥，李珏称汪元量，徐嘉称顾炎武，郑方坤称吴梅村等，这说明杜甫的“诗史”精神对后代诗歌史产生了深远的影响。

何谓“诗圣”？这个名称始见于明人费宏的《题蜀江图》：“杜从夔府称诗圣。”[①]稍后的胡应麟则在《少室山房笔丛》中说：“拾遗素称诗圣，又称集大成。”至明末，誓不降清的王嗣奭夜梦杜甫，乃作《梦杜少陵作》，深情地说：“青莲号诗仙，我公号诗圣。”顾名思义，“诗圣”就是诗国中的圣人，与此类似的概念其实早在北宋就已提出来了。秦观引用孟子的话“孔子，圣之时者也。孔子之谓集大成”，然后说：“杜氏、韩氏，亦集诗文之大成者欤！”（《韩愈论》）可见在秦观心目中，杜甫就是诗国中的圣人，只是没有拈出“诗圣”二字而已。秦观此说实为当时人的共识，苏轼就曾多次表述此意。那么，唐代的杰出诗人很多，为什么只有杜甫被北宋诗人认定是诗国中的圣人呢？事实上，从北宋初年开始，诗坛一直在唐代诗人中

① 《太保费文宪公稿辑》,《续修四库全书》第1331册,上海古籍出版社2002年版,第287页。

选择学习的典范，白居易、贾岛、李商隐、李白、韩愈等人都曾受到诗坛的重视。杜甫则后来居上，他在北宋初期只受到王禹偁等少数诗人的重视，其后情形逐步改善，到了北宋后期，也即所谓“诗有三元”的元祐时期①，终于脱颖而出，成为整个诗坛公认的典范。

宋人推崇杜甫，是沿着两个价值判断的维度而进行的：一是审美判断，也即诗歌造诣的维度；二是道德判断，也即人格意义的维度。在第一个维度上，杜诗的题材千汇万状，地负海涵，为宋人开启无数法门，正如王禹偁《日长简仲咸》中所说：“子美集开诗世界。”杜诗的艺术则千锤百炼，毫发无憾，在诗歌艺术上精益求精的宋人对之心悦诚服，苏轼、秦观等人因此推尊杜甫为诗国的集大成者。据欧阳修《六一诗话》记载，北宋陈从易所读之杜诗有一个脱字，与诸人各思一字补之，后得善本，看到杜诗的原文远胜于诸人所补者，“叹服，以为虽一字，诸君亦不能到也。”据《陈辅之诗话》记载，王安石作诗精于琢句，却说：“世间好语言，已被老杜道尽。”杜诗在艺术上达到精美绝伦的名篇数不胜数，限于篇幅，仅举一首《登高》为例：

> 风急天高猿啸哀，渚清沙白鸟飞回。无边落木萧萧下，不尽长江滚滚来。万里悲秋常作客，百年多病独登台。艰难苦恨繁霜鬓，潦倒新停浊酒杯。

明人胡应麟评此诗为“古今七言律第一”（《诗薮》内编卷五），确非虚誉。此诗在形式上特别严整精致，就对仗而言，全诗四联都对仗工

① 陈衍云：“余谓诗莫盛于三元，上元开元，中元元和，下元元祐也。”《石遗室诗话》卷一，人民文学出版社2004年版，第7页。

整，首联不但两句相对，而且首句中“风急”对“天高”，次句中“渚清”对“沙白”，句中自对也极为精当。就章法而言，前半写景，后半抒情，结构匀称，井然有序，转折处意脉亦未中断，从第二联的广阔视野转入第三联开始的“万里悲秋”，过渡非常自然。前半段写登高所见，目光从高到低，又由近及远，层次分明。而且首句主要写听觉，次句则写视觉，三、四句既写所见之景，又写所闻之声，错综变化地写出一幅有声有色的寥廓秋景。后半段抒悲秋之感，颈联十四字竟包含八层意思，尾联也意蕴丰富，可谓百感交集。总观全诗，抑塞历落的感情和百折千回的思绪都被纳入严整工细的形式之中。在律诗中能使意脉如此流动多姿，真正达到了杜甫自己所说的“思飘云物动，律中鬼神惊”（《敬赠郑谏议十韵》）的境界。杜甫晚年的大型七律组诗如《诸将五首》、《咏怀古迹五首》和《秋兴八首》，都达到了这种艺术境界，从而成为古典诗歌史上永久的艺术典范。

在第二个维度上，宋人对杜甫的推尊具有更深远的历史意义。元祐年间，王安石和黄庭坚各有题咏杜甫画像的诗，王诗《杜甫画像》云：“所以见公像，再拜涕泗流。推公之心古亦少，愿起公死从之游！”黄诗《老杜浣花溪图引》云：“常使诗人拜画图，煎胶续弦千古无！”是什么原因使得王、黄二人不约而同地对着杜甫的画像顶礼膜拜呢？王诗中说：“常愿天子圣，大臣各伊周。宁令吾庐独破受冻死，不忍四海赤子寒飕飕。”黄诗中说：“中原未得平安报，醉里眉攒万国愁。生绡铺墙粉墨落，平生忠义今寂寞。”他们敬爱的是杜甫忧国忧民的伟大情怀，是杜甫志在天下的磊落人格。到了南宋，评论历史人物极为苛严的理学宗师朱熹将杜甫与诸葛亮、颜真卿、韩愈、范仲淹一起誉为“五君子”。“五君子”中除了杜甫以外的四位人物，都在政治方面有所建树，或是功业彪炳的政治家，或是为国捐躯的烈士。惟独杜甫根本算不上一个政治家。杜甫一生在政治上的建树，几乎没有什么值得提起的事迹，除了在肃宗的朝廷里偶尔仗义执言，从此被朝廷疏远以外，他始终是默默无闻的小官员，很多时候还是漂泊江湖的一介布衣。杜甫在政治上根本没有得到过施展抱负的机会，他要报效祖国，他坚决反对叛乱，但是历史没有给他提供表演的舞台。终生不遇的杜甫为什么也得到了朱熹的高度赞扬？为什么在朱熹看来，杜甫可以在从诸葛亮到范仲淹的这份君子名单中占有一席之地？朱熹说得很清楚："此五君子，其所遭不同，所立亦异，然求其心，则皆所谓光明正大，疏畅洞达，磊磊落落而不可掩者也。"（《王梅溪文集序》）原来"五君子"的共同点在于他们都有一颗伟大的心灵，他们都是光明正大、磊磊落落的人，都是在人格上具有楷模意义的人。由此可见，宋人高度认可杜甫的人格意义，高度评价杜甫忧国忧民的思想境界，认为杜甫在道德上已经达到超凡入圣的崇高境界。

那么，由宋人和明人共同奉献给杜甫的"诗圣"桂冠，在整个中国历史上是否具有普遍的意义呢？或者说，它对现代的中国人是否具有引领、启迪的作用呢？答案是肯定的。中华民族的先民非常重视个体的道德修养，这是儒家思想的精髓之一。儒家认为，一个高度发达的文明社会，它的基础就是文明的个体，是具有道德自觉的个体。儒家还认为个体的修养不应该受到外在力量的强制，而应该是出于内心的道德自律。所以儒家非常重视个体的道德建树，崇尚人格精神。最典型的表述就是孟子提出来的人格境界，即"富贵不能淫，贫贱不能移，威武不能屈"的大丈夫精神。在中国历史上，符合这个标准的仁人志士为数不少，我们可以开出一张长长的名单来。但是这张名单中间的大部分人，都是在政治上有重要建树的人物。这些人物在国家危难的时候，承担起天下的责任，从而体现出儒家的人格风范。惟独杜甫是一个例外。杜甫一生基本上是一个平民，他在《自京赴奉先县咏怀五百字》中自称“杜陵有布衣”，又在《哀江头》中自称“少陵野老”。布衣也好，野老也好，都是强调自己的百姓身份。杜甫以一介布衣的身份展示了儒家所崇尚的人格风范，这一点有特别重要的意义。对于普通人来说，如果号召大家学习诸葛亮，学习范仲淹，当然有意义，有价值，但是人们会觉得难以付诸实践，因为那样的人物距离我们太远了，他们的地位太高了。普通人可能一辈子也没有那样的机会，在功业建树中展示人格境界。即使你具备政治才能或忠肝义胆，但假如历史不给你适当的机会，你又何以展示呢？那么，一个普通人，度过了平凡的一生，他能不能实现道德人格的完善？他能不能达到超凡人圣的人格境界？从理论上说，这是可以的。孟子说过“人皆可以为尧舜”。到了明代，王阳明的弟子董萝石说他“见满街人都是圣人”，王阳明答曰：“此亦常事耳。”①为什么普通人也能成为尧、舜？因为人性本善，人们只要从善良的本性出发，努力修行，便可以成为圣贤。话虽如此说，这毕竟只是儒家旨在鼓励人们进德修身的理想化表述，如果真要问王阳明，满街人中究竟哪一个是圣人？哪个人具备孟子所说的大丈夫精神？恐怕王阳明也难于回答。然而我们毕竟有了一个真正出自平民的圣人，他就是杜甫。即使用朱熹提出的高标准来衡量，杜甫也完全合格。“诗圣”的最大意义在于，从前的圣人在普通人心目中都是神圣乃至有几分神秘的，都是高不可攀、敬而远之的。杜甫用其实践使圣人的概念从神坛回归人间，从而消除了长期蒙在圣人身上的神秘光环，也拉近了圣人与普通人之间的心理距离。杜甫以一介布衣的身份跻身于圣贤的行列，这为普通人努力进德修身并朝着崇高的人格境界

① 《传习录》卷下，《王阳明全集》卷三，上海古籍出版社1992年版，第116页。

前进，提供了可以仿效并逐步靠近的典范。

布衣身份的杜甫成为公认的圣贤，其实质就是对平凡人生的巨大超越。在物质生活的层面上，杜甫流落饥寒，穷愁潦倒，终生处于极为低下的水平。然而他在人格精神上达到了崇高的境界，他以忧国忧民的伟大胸怀超越了叹穷嗟卑的个人小天地，他以宏伟远大的精神追求超越了捉襟见肘的物质环境，从而将充满苦难的人生提升到诗意盎然的境界。一部杜诗，展示了崇高的人格境界，蕴涵着充沛的精神力量。后人阅读杜诗，在获得巨大审美享受的同时，也获得了深刻的精神启迪。这种精神启迪不同于理论性的德育教材，它的教益是伴随着审美感动而来的，它像“润物细无声”的春雨一样沁入读者的心肺，悄无声息，却沦肌浃髓。在杜甫身后，无数后人从阅读杜诗入手走近杜甫，感受其伟大心灵的脉动，接受其高尚情操的熏陶。请看两个例子。

北宋元丰年间，苏轼谪居黄州，躬耕东坡，闲来无聊，时常为人写字，多次书写杜诗。有一次苏轼书写了杜诗《屏迹三首》的其二、其三，并题跋于后：“子瞻云：‘此东坡先生之诗也。’或者曰：‘此杜子美《屏迹》诗也，居士安得窃之？’居士曰：‘夫禾麻谷麦，起于神农后稷。今家有仓廪，不予而取辄为盗，被盗者为失主。若必从其初，则农稷之物也。今考其诗，字字皆居士实录，是则居士之诗也。子美安得禁吾有哉！’”《屏迹三首》作于成都草堂，“屏迹”就是隐藏行迹，也就是隐居。当时杜甫经过一番颠沛流离后暂得安居，他对质朴安宁的农村生活深感喜爱，比如其二云：“用拙存吾道，幽居近物情。桑麻深雨露，燕雀半生成。村鼓时时急，渔舟个个轻。杖藜从白首，心迹喜双清。”对此，栖身于黄州东坡的苏轼深有会心。他用诙谐的口吻说：各类庄稼最早都起源于神农、后稷，是神农、后稷发明的，但是如今家家都种。农民收获了粮食，放在自家仓库里，假如你没得到主人的同意就去拿，人家就说你是偷盗，被盗的农民就是失主。但是考察庄稼的最早源头，都是神农和后稷发明的呀！由于同样的道理，这两首《屏迹》诗的每一句都是我的生活的实录，它们就是东坡居士的诗，杜甫怎能禁止我占有它们呢？这段话说得很风趣，它说明杜诗描写的生活状态引起了苏轼的深刻共鸣，杜甫安于清贫、喜爱质朴生活的人生态度得到了苏轼的高度认同。

南宋末年，文天祥抗元被俘，押至大都后囚于狱中，虽元人百般劝降，天祥坚贞不屈，在百沴充斥的牢房里坚持三年后从容就义。此时南宋政权早已灭亡，文天祥处境又如此险恶，是什么精神力量在支撑着他坚持民族气节，直到生命的最后一刻？文天祥在《正气歌》中自述："风檐展书读，古道照颜色。"那么，他所说的古人的道德光辉到底何指呢？文天祥就义后，人们在其衣服中发现了一首"衣带铭"："孔曰成仁，孟云取义。惟其义尽，所以仁至。读圣贤书，所学何事？而今而后，庶几无愧。"①可见儒家精神就是文天祥的精神源泉。然而文天祥还有第二个重要的精神源泉，那就是杜诗。文天祥在燕京狱中写了两百首集杜诗，他从杜甫的不同篇章中抽出一些单独的句子，重新组装成新的作品。文天祥在《集杜诗》的自序中说："凡吾意所欲言者，子美先为代言之。日玩之不置，但觉为吾诗，忘其为子美诗也。"又说："予所集杜诗，自余颠沛以来，世变人事，概见于此矣！"可见正是杜诗中蕴涵的高尚情操鼓舞着文天祥，是杜甫的人格精神激励着文天祥，从而慷慨捐躯、舍生取义，实现了生命的最高价值。

苏轼在和平年代读杜诗，文天祥在离乱时代读杜诗，他们不约而同地感受到杜诗就像自己的作品一样真实、可亲，这是杜诗巨大感染力的

① 《文天祥全集》卷一七《纪年录》，中国书店 1985 年版，第 465 页。

生动例证。 的确，自从有杜诗以来，读者就将它视为人生的教科书，视为照亮人生道路的一盏明灯。 正如闻一多所说，杜甫是我们“四千年文化中最庄严、最瑰丽、最永久的一道光彩”[①]！

---

① 《杜甫》,《唐诗杂论》,上海古籍出版社 1998 年版,第 135 页。

第四章　唐代的其他诗人

一、王维与孟浩然

中国的古人对自然环境有一种比较独特的看法，就是所谓的“天人合一”的观念。我们的祖先认为，人与他们所处的大自然，两者之间有一种很和谐的关系，而不是互相对立的，人是自然的一个组成部分。所以，中国的古人对山水早就非常关注，孔子就说过：“智者乐水，仁者乐山。”（《论语·雍也》）“乐”（yào）就是“喜欢”的意思。这句话的意思是：智慧的人是喜欢水的，具有仁爱之心的人呢，是喜欢山的。孔子没有进一步说这是为什么，是有智慧的人从水中得到了什么启发呢？还是有仁爱之心的人跟山之间达成了什么默契呢？孔子没有说，但可以肯定孔子认为人与自然之间应该有一种和谐的关系，人是喜欢山水的。这是中国古代山水诗非常发达的内在原因。大家知道，中国历史上有很多诗人，尤其是那些比较崇尚自由的诗人，很喜欢到山水环境中去。晋代的阮籍和嵇康都很喜欢游山玩水，嵇康甚至说，我不想做官，有一个重要理由就是做了官就不能自由自在地到山水中去，去观赏那里的鱼鸟。大家也知道，文学史上的山水诗并不是从唐代开始的，最迟在南北朝时候就出现了，特别是南朝的谢灵运，他已经被称为山水诗的“大家”了。但是，一来那个时候的诗歌整体水平还不是很高；二来谢灵运的时代，南朝的疆域比较狭小，谢灵运的山水诗写来写去，无非是写的浙江的温州、绍兴那一带，最远不过是鄱阳湖。其他地方的名山大川，像北方的黄河、北方的泰山，谢灵运都没有看到过，因为那都在北朝的领土内。所以山水诗真正的发达有待于唐朝。首先，唐朝诗歌的整体水平提高了。其次，唐朝疆域非常辽阔，经济又很发达，唐朝的诗人有条件在非常广阔的地域内游览山水，然后写出最好的山水诗来。唐朝的大诗人几乎都喜欢漫游，李白说“一生好入名山游”（《庐山谣寄卢侍御虚舟》），他这一辈子就喜欢到名山大川去游览。杜甫好像没有李白那么浪漫，但是他同样喜爱漫游，杜甫年轻时候曾经旅行到很远的地方，到过现在浙江东部的天姥山那一带。他晚年回忆说：“至今有遗恨，不得穷扶桑。”（《壮游》）意思是我至今还感到遗憾，当年没有干脆扬帆入海，去看看东海里的扶桑岛，“扶桑”就是日本。

田园诗的内容跟山水诗有一些重合，它也会写到自然风光。但是田园诗的主要内容不是写山水风景，而是写田园里面的农家生活。田园当然不会在城市里，它当然会离自然很近，更准确地说，它自身就应该在大自然中间。古代有些田园规模很大，比如东晋谢灵运家里的庄园，竟然把山岭湖沼都囊括在内。即使是贫士家的田园，也能拥有青山绿水的环境。陶渊明家的田园肯定不大，但他站在东篱下就能悠然地看到南山。然而陶渊明的田园诗中不常写到山水，他的《归园田居五首》可算典型的田园诗了，诗中所写的主要是他的农家生活，到南山下去锄豆啦，跟农人谈论庄稼啦，等等。所以田园诗一向被看成独立的一种题材，它是唐代诗人非常钟爱的一类主题。盛唐时期，山水诗和田园诗的写作相当繁盛，而且这两种题材在许多诗人的笔下交融合一。一批较多写作此类主题的诗人被称为“山水田园诗人”，其中以王维和孟浩然最为著名。

王维（701—761），字摩诘，太原祁（今山西祁县）人。王维的生活年代与李白相当，但其生平比较简单。他二十一岁进士及第，从此进入仕途。早年颇有政治热情，但由于贤相张九龄罢相、奸臣李林甫执政等原因，王维刚到中年就无意进取，开始过着亦官亦隐的生活。曾在终南山里置有别业，后又在蓝田辋川得到宋之问的别墅，经常来往于长安与山间别业之间。安史乱后，王维因曾接受伪职而受到朝廷处分，从此更是一心皈依佛门，自称：“一生几许伤心事，不向空门何处销？”（《叹白发》）《酬张少府》一诗清楚地表达了王维的暮年心事：

晚年惟好静，万事不关心。自顾无长策，空知返旧林。松风吹解带，山月照弹琴。君问穷通理，渔歌入浦深。

诗歌的前半部分交代自己的生活态度：由于政治理想破灭，在黑暗的现实面前无能为力，故而对一切都漠不关心。对于一个曾经有过政治抱负的士人来说，这当然是无可奈何之举。次联语意明白，因别无长策，只好返回旧时的园林。一个“空”字，包含着多少辛酸和隐痛！然而，诗人对隐居生活的热爱毕竟是发自内心的。在寂静的山林里，松风吹衣，月照弹琴，一切是那样的自然，和谐，这是诗人真心喜爱的生活环境。至于穷通之事，则无须再问，那一声声渐行渐远的渔歌，便包含着隐居生活的真谛。

王维是一个多才多艺的人，书画音乐无不精通。他在诗歌艺术上造诣精深，兼长各体，其古风、律诗和绝句皆有名篇。他的诗歌内容也比较广阔，在游侠、边塞等主题的写作中都有不俗的成绩。但就其主要倾向而言，王维最擅长的诗歌主题无疑是山水田园，诗体则是律诗和绝句。王维的诗兼咏山水景物和田园生活，但他对两者的态度迥然相异。概而言之，对于渭南一带的农村生活，王维只是一个旁观者。食禄颇丰的他当然没有必要躬自稼穑，当时的农民生活也并非惨不忍睹而妨害诗人的吟兴。试看其《渭川田家》：

> 斜光照墟落，穷巷牛羊归。野老念牧童，倚杖候荆扉。雉雊麦苗秀，蚕眠桑叶稀。田夫荷锄至，相见语依依。即此羡闲逸，怅然吟式微。

描写乡村暮景极其生动，对农家淳朴生活的赞美也是由衷之言，但末联表明诗人只是一个旁观者，他只是歆羡田园生活，并不像陶渊明那样融入其中。诗中的那位田夫，其实就是王维心目中的隐士。这样的田园诗与陶渊明的作品有很大的差异，王维亦官亦隐的生活方式相当显著地冲淡了陶渊明“带气负性”的情绪因素，也相当显著地消减了陶渊明隐居生活的艰辛状态。所以诗人兴致勃勃地站在一边观赏这幅乡村暮景图，并表示对安宁闲逸的田园生活的无比向往。

王维更加擅长的主题则是山水诗。王维对自然山水的热爱是全心全意的，清幽秀丽的山水与悠闲自适的生活在王维的笔下浑融一体，从而产生了一系列的山水诗名篇。例如《辋川闲居赠裴秀才迪》和《积

雨辋川庄作》:

寒山转苍翠,秋水日潺湲。倚杖柴门外,临风听暮蝉。渡头余落日,墟里上孤烟。复值接舆醉,狂歌五柳前。

积雨空林烟火迟,蒸藜炊黍饷东菑。漠漠水田飞白鹭,阴阴夏木啭黄鹂。山中习静观朝槿,松下清斋折露葵。野老与人争席罢,海鸥何事更相疑?

前一首咏山中秋景:秋山已带有几分寒意,薄暮时分,山色变得更加苍翠。尚未到水落石出的冬日,秋水依然潺湲而流,晚风中传来阵阵蝉鸣。后一首咏山中夏景:连日多雨,山间水气蒸腾,水田上白鹭群飞,浓荫中黄鹂啭鸣。两首诗的景物描写都堪称绘声绘色,但更值得注意的是,它们都洋溢着诗人对隐逸生涯的满心喜爱。前者用了两位古代隐士的故事:接舆是春秋时代的楚国狂士,他曾经唱着“凤兮凤兮”的歌曲劝谏孔子不要徒劳无益地奔走列国。陶渊明则是晋宋之际的隐士,他性喜饮酒,曾因宅前有五株柳树而自号五柳先生。王维将两人的故事融为一体,表示自己无心仕途,一心想回归山林。后者用了《庄子》和《列子》中的两个寓言:一是阳子原有骄矜之习,旅舍中人见他而避席。等到他受到老子的教诲而尽去骄矜之气,旅舍中人不再拘礼而与他争席而坐了。二是有一个海边的居民经常与海鸥游玩,后来其父让他抓捕海鸥来给自己玩弄,待他再到海边,海鸥只是远远地飞舞,再也不肯飞到跟前。王维将两个寓言融为一体,表示自己已经尽去机心和骄矜之气,应该能与自然环境亲密融合了。所以说,王维笔下的山水景物,既是自然中的真实场景,也是心灵中的精神家园。

孟浩然（689—740），襄阳（今湖北襄阳）人。他曾应进士考试不第，也曾与达官韩朝宗、张九龄交游并求仕，但因机遇不佳及性格狷介而未获成功，只得在家乡隐居终老。不难想象，如果孟浩然中年入仕，他多半会与王维一样亦官亦隐。但事实上孟浩然终生未仕，所以他的生活状态离陶渊明的境界更近一些。孟浩然虽曾远游名山大川，但长期隐居家乡，还曾稍事农桑，他与农民的关系相当亲密，请看其《过故人庄》：

故人具鸡黍，邀我至田家。绿树村边合，青山郭外斜。开轩面场圃，把酒话桑麻。待到重阳日，还来就菊花。

这首诗的文字明白如话，内容则极其简单，就是到一个村民朋友的庄园去做客。开头就交待有一个老朋友，准备了一些简单的饭菜，请我到他的田庄里去做客。故人准备了什么饭菜呢？杀了一个鸡，煮了一些黄米饭，没什么特别的东西，是很俭朴的一顿农家饭。那个地方的景色很美，但是也很朴素，村庄外面绿树成荫，把整个村庄都遮盖起来了。城墙外面呢，有一道斜斜的青山。客人来到后，主客两个人做什么呢？坐在家里喝一点酒，推开轩窗一看，有什么特别美丽的园林景致吗？没有，只看到一个打谷场，一片菜园子，都是农家的景色。那么喝酒时候讨论什么国家大事吗？评论什么诗文吗？都不是。只是谈谈庄稼，桑啊，麻啊，它们长得怎么样，都是一些家长里短的农家闲话。整个做客过程就是如此，此外就没有其他的内容了。临走的时候，诗人还对主人说，等到重阳节的时候，我再到你这里来，来干什么呢？来看菊花。诗人根本不讲什么客套，主人并没有再次邀请，诗人自己提出来，到重阳节我再来看菊花。这一首诗特别吗？很特别，在唐朝的诗里它非常特别！特别在什么地方？只要与上述王维的诗对比一下，就不难领会。王维的诗里运用了相当多的技巧、手段，像典故、比喻，等等。而孟浩然的诗，则曾经被闻一多评为“淡到看不见诗”，他的诗是淡淡的，他好像毫不用力，不用什么典故，没有精细的刻画，对仗也不讲究工整，他不讲这些。整首诗非常的淡，淡到看不见诗。你说诗味在哪里？找不到。就像盐融化在水里一样，喝起来有咸味，但看不见盐在哪里，孟浩然的诗味也融化在整首诗的字里行间。那么为什么孟浩然的诗写得这样好，这样朴素呢？关键在于他描写的对象，他表达的主题，就是朴实无华的田家生活。大家想想，农民请一个朋友到田庄来做客，本身就是非常朴素的一件事情，所以诗人必然要写这种风格的诗，才能吻合这种内容。孟浩然的《过故人庄》所以好，正是体现了田园诗的价值，田园诗的风格应该是这样的。

当然，真正描写乡村生活的诗，在孟浩然集中并不太多，他最为倾心的还是自然美景，是在清丽自然中的闲适生活，请看其《秋登万山寄张五》和《宿建德江》：

> 北山白云里，隐者自怡悦。相望试登高，心随雁飞灭。愁因薄暮起，兴是清秋发。时见归村人，沙行渡头歇。天边树若荠，江畔洲如月。何当载酒来，共醉重阳节。

> 移舟泊烟渚，日暮客愁新。野旷天低树，江清月近人。

前者咏乡居闲情，后者咏旅途客愁，但同样展现了清幽秀丽的景色和安宁闲适的心情。从表面上看，前者的主题是怀人，诗人与友人张五的隐居地相隔不远，故登山眺望友人居处，并敦问对方何时来访。但全诗的着力之处仍是抒写山林隐逸的闲情逸致：诗人身居白云飘浮的山中，正像晋代道士陶弘景所说："山中何所有，岭上多白云。只可自怡悦，不堪持赠君。"白云舒卷自如，来去无心，正是隐士潇洒风神的象征。诗人在山头所见之景是天边的树林犹如齐整的荠菜，江畔的白色沙洲形如弯月，这些景物毫无奇特之处，但是清幽旷远，自然可爱。后者写人在客舟，又逢日暮，难免产生羁旅之愁。但是这一丝旅愁转瞬就被空旷清幽的自然环境彻底融化了。暮天比树木更低，不再高迥。明月映入清澈的江水，伸手可掬。多么亲切可爱的自然环境，它分明具有抚慰人心的神奇能力。

从诗歌史的角度来看，王、孟笔下的山水田园既没有前代谢灵运诗中强自叠加的玄言意味，也不像中唐柳宗元诗中因贬谪生涯而产生凄厉之感，而是凸现了山水自身固有的美丽清幽和静谧安宁。王、孟的山水田园诗启示我们，美丽的大自然不但是我们必需的生存环境，而且是我们最亲切的精神家园。当我们在生活中感到不如意时，不妨到大自然中去寻找抚慰，那至少会带来暂时的精神超越。

二、高适与岑参

在唐代诗坛上，最能体现大唐帝国的盛世气象，也最能体现唐代诗人的豪情壮志的一类作品，无疑就是边塞诗了。中国自古以来就是一个多民族的国家，在历史上有很多少数民族跟汉族一起生活在这块土地上。今天的中国是各个兄弟民族和睦相处的大家庭，但是在古代，以农业文明为主的汉族和以游牧文明为主的少数民族之间，在边疆地区曾经发生过很多恩恩怨怨。一般说来，游牧民族对农业民族造成危害，发动侵扰，这种情况从古就有。在先秦的时候，在周代，《诗经》里就经常说到"猃狁"，这是北方的一个游牧民族，这个民族经常侵扰以农业为主的周王朝的领域，“玁狁”也就是汉代的匈奴。所以这个游牧民族在很长时间是华夏民族在西北方的心腹大患。到了唐代，匈奴已经没有了，消失了，其他一些游牧民族先后崛起，他们对大唐发动了连续不断的侵扰。年代较早的主要是下面三个游牧民族，都是在北方或西北方的，第一个是突厥，第二个是吐蕃，第三个是回纥。西南方有一个少数民族叫南诏，也曾与唐帝国发生矛盾。边塞诗所反映的战事主要发生在北方和西北方，因此主要的内容是写唐帝国和突厥、吐蕃以及回纥之间的冲突，当然还有一些较小的游牧民族，也不时和唐帝国发生纠纷。当时在边塞地区发生了很多战争，战争的起因当然很复杂，但是最主要的原因就是游牧民族经常要来抢掠农业民族的劳动果实，抢掠收获的粮食，也抢夺其他财产。这样当然就要发生冲突了。在汉代与唐代，凡是汉、唐帝国与游牧民族之间产生的战争，主要的是属于正义性质的战争，因为战争的最初的动因就是游牧民族要来抢掠，要来骚扰，铁马胡笳侵入到农耕民族的疆土上来，双方就冲突起来了。在汉武帝的时代有一个大将叫霍去病，赫赫有名。霍去病二十四岁就死了，但是他已经先后六次出征匈奴，终于把匈奴的势力赶出了河套地区，就是黄河流经宁夏一带的河套地区。汉朝收复河套地区，霍去病是立了大功的。霍去病有一句名言：“匈奴未灭，何以家为？”因为他立了大功，汉武帝要犒赏他，要给他盖府邸，霍去病却拒绝了，他说，匈奴还没有消灭，我要家干什么？言下之意我有了家也不能安定，有了房子也不能安居，匈奴随时都会打过来，会烧我的房子，抢我的东西。我们首先要消灭匈奴，然后才能建立家业。“匈奴未灭，何以家为？”这样的精神，这句人生格言，就是古人解决边塞问题的思想基点，也是古人进行边塞战争的基本立场。就是如果我们不能制止游牧民族的侵扰，整个农业地区的安全就得不到保障。可以说，在初盛唐时期发生的很多边塞战争，基本上也是这种性质的。在唐代，尤其是在盛唐时期，边塞诗成为盛极一时的题材走向。唐朝疆域辽阔，边塞上烽烟不断，诗人们怀抱着建功立业的理想，从军出征，奔赴边疆。大漠孤烟、风雪漫天的奇异风光，铁马冰河、黄沙穿甲的军旅生活，为唐诗增添了奇情壮采。盛唐时期写作边塞题材的诗人相当多，李白、杜甫以及王昌龄等人都有十分优秀的边塞诗作。但说到边塞诗派，则首推高适和岑参。

高适（700?—765），字达夫，渤海蓨（今河北景县）人。早年仕途失意，至五十岁才中有道科，授封丘尉。后入陇右节度使哥舒翰幕府，任掌书记。安史乱起，曾先后任左拾遗、淮南节度使、剑南西川节度使、刑部侍郎、左散骑常侍等职，故称高常侍。晚年封渤海县侯，是唐代唯一荣获封侯的诗人。高适有丰富的军中生活经历，他的边塞诗生动地展现了戍边将士的生活，真切地展示了他们的内心世界，宛如边塞军营生活的一幅生动图卷。其代表作首推《燕歌行》：

汉家烟尘在东北，汉将辞家破残贼。男儿本自重横行，天子非常赐颜色。摐金伐鼓下榆关，旌旗逶迤碣石间。校尉羽书飞瀚海，单于猎火照狼山。山川萧条极边土，胡骑凭陵杂风雨。战士军前半死生，美人帐下犹歌舞。大漠穷秋塞草腓，孤城落日斗兵稀。身当恩遇常轻敌，力尽关山未解围。铁衣远戍辛勤久，玉箸应啼别离后。少妇城南欲断肠，征人蓟北空回首。边风飘飘那可度，绝域苍茫更何有？杀气三时作阵云，寒声一夜传刁斗。相看白刃血纷纷，死节从来岂顾勋？君不见沙场争战苦，至今犹忆李将军。

《燕歌行》是乐府古题，早在魏代，曹丕就写过同题的名篇。“燕”是地名，大概是现在河北的北部，北京市，以及内蒙古的中部这一带。“燕歌行”就是关于“燕”这个地方的歌行。由于燕国地处边塞，正是自古以来容易发生边患的地方，也就是汉、唐帝国的将士们戍守边防的前线，所以《燕歌行》的题中之义就是边塞将士的经历和情感。高适这首《燕歌行》的写作背景是什么？他在自序中说：“开元二十六年，客有从御史大夫张公出塞而还者，作《燕歌行》以示适。适感征戍之事，因而和焉。”据史书记载，从开元二十一年到二十六年，大将张守珪率唐军至塞外与契丹族、奚族作战，那些战争既有胜利，也有失败。高适早年曾于燕地从军，往来于东北边陲数年，熟知边塞形势，对军中将士苦乐不均等情况均有深切的了解。这首《燕歌行》与张守珪在蓟北的边塞战争有关，但并不专指哪一次战事，而是对在燕地绵延数年的边塞战争的全景式描绘，也是他对当时层出不穷的边塞战争的整体思考。盛唐时期戍守边疆的将士，他们的生活有多方面的内容，他们并不老是在打仗，更不是老打胜仗。他们也有打败仗的时候，也有被敌人围困的时候，也有士气低落的时候。戍边的将士长年累月驻守在边疆地区，生活是那么艰苦，他们不可能始终斗志昂扬，始终热情奔放，他们也有情绪低沉的时候，也有觉得艰苦，觉得委屈的时候。高适在他的边塞诗中全方位地展现了这些内容。《燕歌行》的前半部分是说发生了边患，边疆地区有敌人来侵犯了，我方的大将带着军队出征，然后就与敌人遭遇，双方开战了。这首诗中写得最好的部分是军中将士的内心感受。首先要肯定，将士们最主要的精神状态当然是斗志昂扬，奋勇报国。这些将士尽管受到委屈，尽管心里有痛苦，有压抑，但他们还是奋勇报国，还是在战场上拼到最后，跟敌人白刃战，肉搏战，“相看白刃血纷纷”，流了很多血，牺牲了很多人，而且他们这样做并不是为了获得功勋，而是一心要保家卫国，所以说“死节从来岂顾勋”！ 但是同样在这首诗里，高适也展示了战士内心世界的另外一些内容，比如说军中苦乐不均所引起的愤懑，就是军队里的高级将领与下层士兵之间，他们的苦乐是不均等的。 “战士军前半死生，美人帐下犹歌舞”，就是普通的士兵在前线已有一半人战死了，残存下来的也已精疲力尽了，但是在后方的帐幕里，那些高级将领还在那里观赏美女的歌舞，这是严重的苦乐不均。《燕歌行》中还写到戍边将士长年累月地驻守在边疆，吃尽了千辛万苦，他们当然会想家，会思念在后方的家人。 “铁衣远戍辛勤久，玉箸应啼别离后。 少妇城南欲断肠，征人蓟北空回首。”就是守边的将士身穿铁衣，披着盔甲，长年累月地在外守边，非常辛苦，“辛勤久”，不是短暂的几天，而是长年累月。 而士兵们的妻子守在家里，天天在想念着前线的夫君，她们为丈夫担心啊，不知道他们生死如何，所以天天在那里流眼泪。 “少妇”就是年轻的妻子，她们痛苦得柔肠寸断。 “征人”就是在前方的将士，他们屡屡地回过头去，徒劳无益地眺望家乡。 从表面上看，高适的《燕歌行》里所描写的戍边将士，好像不像其他边塞诗里所写的那样英勇，那样始终斗志昂扬，始终一心报国，完全置家人于不顾。 你看他们有时候情绪低沉，甚至因为军中的苦乐不均在那里发牢骚。 他们有时候又很想家，想念家里的妻子，好像有点英雄气短、儿女情长的样子。 那么，这是《燕歌行》的缺点吗？ 不是，这正是它的优点。 守边将士也是普通人，他们也有七情六欲，他们的精神生活也跟普通人一样。 人非草木，孰能无情？ 长年累月在边疆过这么艰苦的生活，他们想念家人，想念妻子，他们发几句牢骚，这是人之常情。 惟独这样写，诗中展现出来的守边将士的形象才是血肉丰满的，才是真实可信的，也可以说才是更可爱的。 所以《燕歌行》的最大优点就是全面地展现了守边将士的丰富的内心世界，正因如此，它读来也就特别感人，不愧是盛唐边塞诗中的名篇。

岑参（717—770），荆州江陵（今湖北荆州）人。曾任嘉州刺史，后人称为“岑嘉州”。天宝五载（746）进士及第，后曾两次从军出塞，在安西、北庭任节度府掌书记、节度判官。在唐代的边塞诗人中，或者说在盛唐的边塞诗派中，岑参是边塞生活经验最丰富的一位诗人。他曾两度到边疆去从军，前后两次到玉门关外的安西、北庭去任职。安西是唐帝国在西部边陲设置的一个都护府，安西都护府的首府当时在车师，就是现在的乌鲁木齐西北方的米泉县。北庭是在西北边陲的另一个都护府，其首府当时在轮台，就是现在的新疆轮台县。那两个地方离中原非常遥远。岑参前后在西部边塞生活了六年，写下了七十多首边塞诗，因为他熟悉边塞，熟悉军旅生活。岑参本来是一个文人，是一个读书人，但是他怀着报国的热情从军去了，他在奔赴安西的途中写了一首诗，叫《碛中作》，全诗如下：“走马西来欲到天，辞家见月两回圆。今夜未知何处宿，平沙莽莽绝人烟。”走马就是跑马，诗人骑着马一路向西飞奔，都快要走到天上去了。为什么说向西走就会走到天上去了呢？因为西部的地势高，从低处向高处走，又走得那么远，就好像快走到天上了。诗人告别家人以来，已经在沙漠中两次看到月亮变圆了。月亮两次变圆，最少也有一个多月了。这是多么遥远的路途啊。诗人四面望去，只见茫茫的大漠，无边无际，杳无人烟。这样的旅途当然非常艰苦，但是这首诗表达了一种豪迈的情怀，洋溢着英风豪气，这就是盛唐气象！

岑参到了边塞以后，写了很多的边塞诗。岑参的边塞诗一方面是描写唐军将士的高昂斗志，另外一方面，他用一副壮丽的笔墨写出了西域地区特有的壮丽景色，那里的景色非常奇特，在中原地区是绝对看不到的。岑参曾经写过火山，那座火山周围一千里的范围内，飞鸟就不敢飞近了，一飞过去就会被烤焦了，就像《西游记》里的火焰山一样（《火山云歌送别》）。他还写过热海，说西域有一个湖，它的水是沸腾的，飞鸟都不敢飞近，一飞近就要掉下去。但就在那个热海里，居然还有鲤鱼在游（《热海行送崔侍御还京》）。这是多么奇特的异域风光！这种景色在平常的山水诗里是看不到的，只有在边塞诗中才会有，只有当岑参这样的诗人亲临其境，亲自从军到远离中原的边疆地区以后，他才能写出如此雄浑壮丽的诗歌来，为唐诗增添了奇异的色彩。岑参的边塞诗中有两首是选进《唐诗三百首》的名篇，第一首叫作《走马川行奉送封大夫出师西征》：

> 君不见走马川，雪海边，平沙莽莽黄入天。轮台九月风夜吼，一川碎石大如斗，随风满地石乱走。匈奴草黄马正肥，金山西见烟尘飞，汉家大将西出师。将军金甲夜不脱，半夜军行戈相拨，风头如刀面如割。马毛带雪汗气蒸，五花连钱旋作冰，幕中草檄砚水凝。虏骑闻之应胆慑，料知短兵不敢接，车师西门伫献捷。

“封大夫”是封常清，他是岑参的上级，是安西这个军区的副司令，当时叫做副都护使。封常清要出兵西征，岑参就写了这首诗送他。那么诗题中的“走马川行”四个字是什么意思？“行”是歌行，就是写一首关于走马川的歌行，来送这个将军出师西征。这首诗大家读唐诗的各种版本时，有时候会读到另一种文本，开头的几句是：“君不见走马川行雪海边，平沙莽莽黄入天。”就是你难道没看到走马川在雪海边上行走，平沙莽莽，一直黄到天上。这个版本不好，大家最好改读另一个较好的版本，就是上文所引的这个版本，也就是把第一句中的这个“行”字去掉，因为原文应该是没有这个“行”字的。那么这个“行”

字是怎么来的呢？ 因为它的标题说“走马川行”，后人抄写的时候误抄到正文中去了。 实际上在“行”字的这个地方应该是一个停顿，用我们今天的话说，应该有一个逗号。 古人不用标点，所以一路连着写下去了。 正确的文本应该是：“君不见走马川，雪海边，平沙莽莽黄入天。”我们应该这样读。 因为这首诗的全文就是一种特殊的结构，全诗一共十八句，分成六小节，每小节都有三句诗，三句诗中的每一句都是押韵的。 我们知道，一般的诗都是两句诗押一个韵，他这首诗不一样，他每句都押韵，句句押韵，三句一节。 接下去的三句另成一节，换一个韵部，同样是每句都押韵。 所以全诗一共六节，换了六个韵，不停地换韵。 这样一来，全诗的节奏就非常快，原来两句话才押一个韵，他一句话就押一个韵，而且每三句就转一次韵，所以我们读它的时候，觉得它的节奏特别急促，特别紧凑。 这是一种特殊的结构，这个结构当然是为了配合军旅生活，战争生活本来就是快节奏的，经常发生迅速的、强烈的变化，所以诗歌也得这样写。

我们再来看这首诗写的是什么意思。 走马川不是一条河，这个“川”字就是平地的意思，现在陕北人还说“米粮川”，一片平地种上粮食，就叫米粮川。 走马川原来可能是一个河床，但是早就干涸了，所以才能是“一川碎石大如斗”，就是干涸的河床上到处都是大石头。“斗”是古代的一种酒器，是一个大杯，不是一个小酒杯，杜甫说“李白斗酒诗百篇”（《饮中八仙歌》），一小杯酒是催生不出一百首诗来的。 每一块都像斗一样的石头，居然“随风满地石乱走”，真是飞沙走石，不光是沙子在飞扬，连这样大的石头都满地滚动，可见风刮得多么猛烈，地方是多么荒凉。 这么荒凉的地方，这么艰苦的环境，天气更是非常的寒冷，这首诗的重点就是描写天气的严寒。 那里的风像什么呢？ 像刀子一样，吹在脸上就像刀在割肉。 人冻得受不了，战马也被冻坏了，马身上盖满了雪，马儿在奔跑时又流了汗，汗气向上一蒸，雪就先融化，再凝固，最后变成了一片冰。马身上的五花也好，连钱也好（“五花”、“连钱”是指马毛的颜色、形状），都结成了一层冰。岑参是一个从军的文士，他要在帐篷里面写檄文，要写军中的文书，写字当然要磨墨，可是砚台上的水都冻起来了，墨都没法磨了，帐篷里都这么冷，可见天气严寒到了什么程度！但是尽管天气严寒，全军将士的斗志却非常昂扬，他们不怕严寒，不怕艰苦，英勇杀敌，所以最后一节说敌人听说我们在这么严寒的天气里进军神速，他们肯定被吓坏了，他们就不敢跟我们短兵相接了，什么叫“短兵相接”？古代的兵器，弓箭称为长兵，因为可以远距离地杀伤敌人。短兵就是刀剑，用来打肉搏战的，两个人面对面地厮杀的。敌人不敢跟我们短兵相接，因为我们高昂的士气把敌人给镇住了，这样，我军就在安西都护府的西门口进行献捷，前方送来了捷报，主将在大本营接受捷报，我们就胜利了！这首诗歌颂唐朝的将士不畏严寒，不怕艰苦，奋勇杀敌，但是最后有没有杀死很多敌人呢？并没有。唐军用英勇的气概，用精良的武器把对方给镇住了，还没有短兵相接就胜利了，这也体现出《孙子兵法》中所说的“不战而屈人之兵，善之善者也”的那种战略思想，可见这是中华民族关于战争的传统思想。

除了这首《走马川行》以外，岑参还有一首边塞诗也非常有名，它就是《白雪歌送武判官归京》：

北风卷地白草折，胡天八月即飞雪。忽如一夜春风来，千树万树梨花开。散入珠帘湿罗幕，狐裘不暖锦衾薄。将军角弓不得控，都护铁衣冷难着。瀚海阑干百丈冰，愁云惨淡万里凝。中军置酒饮归客，胡琴琵琶与羌笛。纷纷暮雪下辕门，风掣红旗冻不翻。轮台东门送君去,去时雪满天山路。山回路转不见君,雪上空留马行处。

岑参身在西域，他看到当地天气严寒，非常惊讶，才到农历八月，内地还相当温暖的时候，那里已经大雪纷飞了。大雪纷飞后的景象如何?岑参是南方人，他早上起来一看，那雪景像什么呢? 他看到千万棵树木一片雪白，都变成了玉树琼枝，恍惚之间，岑参觉得就像是吹了一夜春风，千万树的梨花顿时怒放了。把大雪覆盖的千万棵树木说成春风吹开的满树梨花，这一方面当然是奇特的想象，是精彩的比喻，另外一方面也体现出乐观昂扬的精神。要不是心情乐观，要不是斗志昂扬，在这么严寒的天气里看着树上的积雪，哪里会联想到梨花? 所以这首诗同样是凸现了唐军将士的精神状态，因为天气是如此严寒，连狐裘锦衾都没有丝毫暖意，何况冰冷的铁衣! 此诗的最后八句虽然转入送别主题，但仍然处处映带着严寒天气:辕门外暮色苍茫，大片的雪花纷纷下落。“纷纷暮雪下辕门”一句中不说“飞舞”而仅用一个“下”字，以见雪片之大且重。然而此诗虽然用力渲染了雪天的严寒，却没有凄凉悲苦的情绪。诗人以充沛的笔力写出了塞外雪景的雄奇瑰丽，也以饱满的精神表达了守边将士的英风豪气。即使是结尾所写的送别场景，那印在雪地上的一行行马蹄印迹直到天边，在绵绵不绝的惜别之情中仍然渗透着乐观豪迈的气概。这是一首笔歌墨舞的白雪颂歌，也是一首意气风发的边塞战歌。

三、韩　愈

韩愈（768—824），字退之，河南河阳（今河南孟州）人，郡望昌黎，后人称为“韩昌黎”。晚年任吏部侍郎，卒后谥“文”，后人又称为“韩吏部”、“韩侍郎”、“韩文公”。韩愈幼孤，由兄嫂抚育成人。贞元八年（792）进士及第，后任节度推官、监察御史。贞元十九年（803）因言关中旱灾触怒权臣，贬阳山令。元和元年（806）召拜国子博士。元和十二年（817）从裴度讨平淮西叛镇，升任刑部侍郎。元和十四年（819），上表谏迎佛骨，贬潮州刺史。次年召还。长庆二年（822）赴镇州宣慰驻军有功，转任吏部侍郎、京兆尹。韩愈一生风节凛然，功业彪炳，多次因直言进谏而招祸。韩愈是唐代著名的思想家，一生以恢复儒道、排斥佛老为己任，并因宣扬儒道的需要而提倡古文，是唐代最著名的古文家。韩愈古文写作的宗旨是“文以明道”，但其诗歌理论则大异其趣，他自称：“旧文一卷，扶树教道，有所明白。南行诗一卷，舒忧娱悲，杂以瑰怪之言、时俗之好。”（《上兵部李侍郎书》）可见在他心目中，诗歌的功能与古文不同，是以抒发心中不平之感为主的。他还提出了著名的“不平则鸣”之说：“大凡物不得其平则鸣。草木之无声，风挠之鸣。水之无声，风荡之鸣。……人之于言也亦然，有不得已而后言，其歌也有思，其哭也有怀。凡出乎口而为声者，其皆有弗平者乎！”（《送孟东野序》）正因如此，韩愈的诗歌不像其古文那样严肃、庄重，而是以舒泄内心的喜怒哀乐为主要内容。或者说，韩愈的古文大多与国家政教有关，而韩诗却基本属于个体化写作。中唐诗歌在题材走向上从重大、高雅转向琐细、平凡的过程中，韩愈的贡献至关重要。清初学者王夫之批评韩诗“与心情兴会一无所涉”（《姜斋诗话》），那是见木而不见林的严重偏见。

当然，韩愈刚毅正直的政治家风采在其诗歌中也有所体现，此类作品像其古文一样具有严肃刚正的风格倾向，例如《左迁至蓝关示侄孙湘》：“一封朝奏九重天，夕贬潮州路八千。欲为圣明除弊事，肯将衰朽惜残年。云横秦岭家何在？雪拥蓝关马不前。知汝远来应有意，好收吾骨瘴江边。”此诗作于元和十四年。当时唐宪宗迷信佛教，以极其隆重的仪式从凤翔迎佛骨到京城。上有所好，下必甚焉。君主如此佞佛，臣民更是奔走如狂。韩愈对此深恶痛绝，乃奋不顾身上书谏阻，谏书中言辞激切，称佛骨为“朽秽之物”，要求将其“投诸水火”，甚至还说到古今信佛的君主大多短命。这就引起了宪宗的雷霆之怒，欲以死罪论处，虽经诸臣营救，仍贬至远在南海边上的潮州。谪命下达，韩愈孤身一人即日上道，他匆匆告别妻儿，看着正卧病在榻的幼女女挐，心知生离即将变成死别。怀着无比沉重的心情，韩愈来到秦岭的蓝关，山路积雪，马行难前，他想到前方的八千里贬谪之途，回头眺望长安却只见重重的浮云，不禁百感交集。次联表明为了国事奋不顾身的心迹，仍不减刚毅之气，但充溢全诗的毕竟是悲愤和愁苦。更多的韩诗名篇则基本没有涉及政治或道统方面的内容，而只是抒写人生遭遇引起的内心情思，试看其名篇《八月十五夜赠张功曹》：

纤云四卷天无河，清风吹空月舒波。沙平水息声影绝，一杯相属君当歌。君歌声酸辞且苦，不能听终泪如雨。洞庭连天九疑高，蛟龙出没猩鼯号。十生九死到官所，幽居默默如藏逃。下床畏蛇食畏药，海气湿蛰熏腥臊。昨者州前捶大鼓，嗣皇继圣登夔皋。赦书一日行万里，罪从大辟皆除死。迁者追回流者还，涤瑕荡垢清朝班。州家申名使家抑，坎轲只得移荆蛮。判司卑官不堪说，未免捶楚尘埃间。同时流辈多上道，天路幽险难追攀。君歌且休听我歌，我歌今与君殊科。一年明月今宵多，人生由命非由他，有酒不饮奈明何！

此诗于永贞元年（805）中秋作于湖南郴州。两年之前，韩愈因京畿灾荒上书请求停征赋税，得罪朝廷，被贬为阳山（今属广东）县令。与此同时，与韩愈同任监察御史的张署则因谏宫市而被贬为临武（今属湖南）县令。阳山与临武南北接壤，两人遂结伴南迁，过洞庭，下湘水，直到临武才分手：张留于此，韩继续南行。至贞元二十一年（805）正月，德宗死，顺宗即位，韩、张两人俱遇赦北归，因湖南观察使杨凭暗中作梗，两人仅得北行百余里，至郴州（今属湖南）而待命。同年八月，宪宗即位，大赦天下，韩愈量移江陵府法曹参军，张署也量移江陵府功曹参军。就在他们已接到量移江陵之命而尚未离开郴州之时，中秋节到了。韩愈因作此诗以赠张署。

这首诗的结构非常独特，后人多有误解。例如清人查慎行评曰："用意全在起结，中间不过述迁谪量移之苦耳。"（见《韩昌黎诗系年集释》）然而细察全诗，其起四句，叙中秋夜两人对酒当歌之情景；其结五句，劝张休歌而听己歌，并表明达观之态度。这一起一结，一共才有九句。而中间的一段却多达二十句。如果真如查氏所云，全诗用意在起结，那么真可谓喧宾夺主了。况且中间一段全是写迁谪之苦，以及遇赦而受抑之牢骚的"君歌"，词意酸苦，情绪低落，与末尾三句"我歌"的乐天、达观南辕北辙。当然也可理解成是用的反衬手法，即以"君歌声酸辞正苦"来反衬苦中取乐之"我歌"。但是中间一段大笔濡染，淋漓尽致，给读者留下深刻的印象。如果那仅是用来反衬结尾的达观态度，那真是劝百讽一。况且从艺术效果来看，假如我们将中间一段删去，仅保存一起一结，也即保留查氏所说的"用意全在起结"者，那么，此诗还称得上是一首情文并茂的名篇吗？恐怕很难说。因为全诗的着力之处恰恰就在中间一段，假如仅存起结的九句，则全诗精彩顿失。难道韩愈这样的大手笔，竟会把好钢全用在刀背上，而对刀刃反而不甚措意吗？张署其人，不以能诗闻名。虽然韩愈在祭张署文中回顾两人结伴南谪的途中曾多有唱和，但留存至今的张署诗作只有一首，它作为韩愈《答张十一功曹》的附录而存于韩集。所以韩愈《八月十五夜赠张功曹》的中间二十句，多半并不是出于张署之口的“君歌”，而是韩愈代张署而发，且出于己语的代言。因为这二十句诗所述的主要内容，在韩愈的其他诗作中都曾出现过。例如韩诗名篇《永贞行》中的这一段：“湖波连天日相腾，蛮俗生梗瘴疠烝。江氛岭祲昏若凝，一蛇两头见未曾。怪鸟鸣唤令人憎，蛊虫群飞夜扑灯。雄虺毒螫堕股肱，食中置药肝心崩。左右使令诈难凭，慎勿浪信常兢兢。吾尝同僚情可胜，具书目前非妄徵，嗟尔既往宜为惩。”诗中对南谪生涯之艰辛、可怖的描写，与《八月十五夜赠张功曹》何其相似！由此可以推知，《八月十五夜赠张功曹》这首诗的主旨不可能是以“迁谪量移之苦”来反衬达观心态。恰恰相反，“迁谪量移之苦”才是此诗的主要题旨。对于《八月十五夜赠张功曹》的这个结构特点，清人汪琬说得非常清楚：“虚者实之，实者虚之，得反客为主之法。”（见《韩昌黎诗系年集释》）方东树云：“一篇古文章法。前叙，中间以正意、苦语、重语作宾，避实法也。”所谓“反客为主”，是指诗人故意将“实”的诗歌主旨隐藏在“虚”的一方，故意将“主”之意旨借助“宾”之语句予以宣泄。也就是说，此诗中见于“我歌”的几句，虽然故作达观之语，以抒潇洒之情，其实只是全诗主旨的反衬。而中间的一大段则是全诗的重点、主干，是诗中最用力、最精彩的部分，这当然就是诗人自己的内心情思，就是韩愈本人的满腹牢骚，就是“借他人之酒杯，浇胸中之块垒”。

韩愈诗中所写的人生经历并不全是哀伤愤怨的宦海风波或人生挫折，相反，他也很注意抒写日常生活中那些琐细、平凡的内容，他擅长从这些往往被人忽视的题材中发现诗意。例如《山石》：

山石荦确行径微，黄昏到寺蝙蝠飞。升堂坐阶新雨足，芭蕉叶大栀子肥。僧言古壁佛画好，以火来照所见稀。铺床拂席置羹饭，疏粝亦足饱我饥。夜深静卧百虫绝，清月出岭光入扉。天明独去无道路，出入高下穷烟霏。山红涧碧纷烂漫，时见松枥皆十围。当流赤足踏涧石，水声激激风吹衣。人生如此自可乐，岂必局束为人鞿。嗟哉吾党二三子，安得至老不更归！

《山石》写于何时、何地？ 王元启认为是799年作于徐州，方世举认为是801年作于洛阳，王鸿盛则认为是803年至805年间在阳山或819年在潮州时所写，因为诗中所写景物有岭南的特色（详见《韩昌黎诗系年集释》卷二），众说纷纭，莫衷一是。 其实诗中似乎有意隐去具体的地名，而标题仅取首句中“山石”二字，也类似于“无题”，所以我们不必落实其时其地，只把它看作一次普通的游山即可。 然而诗中所写的游历过程是多么真切、细致！ 所写的景物是何等栩栩如生！两百六十年之后，苏轼在陕西凤翔与二三友人游南溪，解衣濯足，诗兴大发，写了一首题目很长的诗，题中说“因咏韩公《山石》之篇，慨然知其所以乐，而忘其在数百年之外也”。 为什么宋代的苏轼能与唐代的韩愈“相视而笑，莫逆于心”？ 原因就在于韩诗高度的写实性和高超的写景手段，会唤醒读者心中类似的游踪记忆。 清人查晚晴评《山石》说：“写景无意不刻，无语不僻，取径无处不断，无意不转。 屡经荒山古寺来，读此始愧未曾道着只字，已被东坡翁攫之而趋矣。”（见《韩昌黎诗系年集释》卷二）只要后代读者有类似的经历，只要我们偶尔到一处荒山古寺去“偷得浮生半日闲”，只要我们看到了出没于巨大岩石间的羊肠小道、在暮色浓重的佛殿前来往飞翔的蝙蝠、斑斑驳驳的墙壁上模糊的壁画、夜晚漏进窗棂里的一缕月光，以及盛开的山花、潺潺的溪流和参天的古木……甚至只看到其中的某个部分，都会想起韩愈的《山石》。这种描绘日常生活中的普通情景的好诗，最能激发读者的联想与共鸣。

韩愈还有从更加平凡的生活场景中产生的好诗，例如《秋怀诗》：

卷卷落地叶，随风走前轩。鸣声若有意，颠倒相追奔。空堂黄昏暮，我坐默不言。童子自外至，吹灯当我前。问我我不应，馈我我不餐。退坐西壁下，读诗尽数编。作者非今士，相去时已千。其言有感触，使我复凄酸。顾谓汝童子，置书且安眠。丈夫属有念，事业无穷年。

此诗作于元和元年（806），当时韩愈才三十九岁，不过他多经坎坷，年貌早衰，四年前就已老态毕露："视茫茫，发苍苍，齿牙动摇。"（《祭十二郎文》）难怪他面对着秋风落叶和沉沉暮色，不免要触动埋藏心底的迟暮之感。《秋怀诗》是写黄昏引起迟暮之感的名篇。秋风落叶，空堂黄昏，诗人为什么默默无言地独自坐在堂前呢？童子前来点灯、送饭、说话，诗人为什么不予理睬呢？童子退坐读诗，古诗中的句子触动了诗人心中的什么愁绪呢？韩愈性格刚强，志向远大，结尾两句终于露出英雄本色："丈夫属有念，事业无穷年。"原来他正在思考人生的事业，要以功业的建树来实现生命的不朽。读者的疑问到此涣然冰释，正因人生有限而事业无穷，事业难成而时光迅速，诗人才对老之将至极为敏感，而秋日的黄昏又加深了他的迟暮之感。此诗中所写的景色再平常不过了，秋风落叶，黄昏暮色，如此而已。诗中的情感也再平常不过了，时光迅速，人生易老，如此而已。但经过韩愈的描写和抒写，这些情景就诗意充沛，耐人咀嚼，这是韩愈独擅的高超本领。俄国的别林斯基说过："谁要是为诗所激动，嫌恶生活中的散文，只有从崇高的对象才能获得灵感的话，他还算不得一个艺术家。对于真正的艺术家，哪儿有生活，哪儿就有诗。”①韩愈就是唐代最善于从平凡的生活中发现诗情的杰出诗人。

四、白居易

白居易（772—846），字乐天，下邽（今陕西渭南）人。晚年自号香山居士，后人称为“白香山”。贞元十六年（800）进士及第，十九年又中书判拔萃科，元和元年（806）中才识兼茂明于体用科，前后“三登科第”。白居易入仕后有数年身为谏官，屡次上章请革弊政。元和十年（815），宰相武元衡被藩镇所遣刺客刺死，白居易首先上书请捕刺客，引起宦官及主政者不满，被贬为江州（今江西九江）司马。从那以后，白居易在政治上不再持激切的态度，虽然他在杭州、苏州的地方官任上清廉勤政，回到朝中任职也不附权贵，但总的说来，白居易中年以后转以明哲保身为立身之本。到了晚年，白居易坚决要求到东都洛阳任“留司官”，也就是有职无权的散官。他因此远离了长安的政治漩涡，得以安享晚年，并活到七十五岁的高龄。

白居易是中唐名声最大的诗人。他的诗歌不但受到本国读者的热烈欢迎，而且在新罗、日本等邻国也享有盛名。晚唐的张为在《诗人主客图》中把中晚唐的诗人按风格分门别类，并把某些著名诗人尊为某派之“主”，只有白居易被尊为“广大教化主”，意即白居易影响广大，非某种风格流派可以限定。白居易也是唐代存诗最多的诗人。他生前注意收集、保存自己的作品，晚年曾数次自编诗集，七十四岁那年

① 《亚历山大·普希金的作品》,《别林斯基论文集》,新文艺出版社 1958 年版，第 112 页。

编成最完备的《白氏长庆集》，请人抄写了五本，其中的三本分别收藏在庐山东林寺、苏州南禅寺、洛阳圣善寺，另外两本交付侄儿与外孙。白居易流传至今的诗歌作品多达三千多首，这与他生前的努力有关。

白居易曾把自己的诗作分成四大类：讽谕诗、闲适诗、感伤诗和杂律诗。这种分法不太合理，因为前三类都是以内容来分的，杂律诗却是以诗体而论的，两种标准不在同一个层面上，所以需要讨论的只有前三类。我们先看讽谕诗。这是白居易自己最为重视的一类作品，也是现代的文学史研究者最为重视的一类作品。所谓“讽谕”，就是用委婉的言语进行规劝，白居易自己为讽谕诗所下的定义是“所遇、所感，关于美刺比兴者”（《与元九书》）。“美刺”就是赞美与讽刺，“比兴”原指《诗经》所运用的两种修辞手法，但对于唐人而言，“比兴”特指《诗经》那种以委婉的方式来进行“美刺”的特征。白居易把“美刺”与“比兴”合成一个词，正是强调继承《诗经》的优良传统，用诗歌来针砭时弊、干预社会。正如白居易在《与元九书》中所揭示的，他写讽谕诗的宗旨是“文章合为时而著，歌诗合为事而作”。白居易的讽谕诗以《新乐府》五十首和《秦中吟》十首为代表作，其中尤以《新乐府》中的《卖炭翁》最为著名：

卖炭翁，伐薪烧炭南山中。满面尘灰烟火色，两鬓苍苍十指黑。卖炭得钱何所营？身上衣裳口中食。可怜身上衣正单，心忧炭贱愿天寒。夜来城外一尺雪，晓驾炭车辗冰辙。牛困人饥日已高，市南门外泥中歇。翩翩两骑来是谁？黄衣使者白衫儿。手把文书口称敕，回车叱牛牵向北。一车炭重千余斤，宫使驱将惜不得。半匹红纱一丈绫，系向牛头充炭直！

此诗前有小序曰："苦宫市也。""宫市"是盛、中唐时代臭名昭著的一项恶政，即朝廷派遣宦官入市，随意抢占货物，或仅付给少许钱物，或干脆分文不给。此诗选择了非常典型的一件事例，来揭露"宫市"对劳苦大众的无耻掠夺。请看卖炭老翁的悲惨遭遇：他长年在终南山里伐木烧炭，不知经历了多少艰辛。他满面烟色，十指乌黑，那分明是长年累月烟熏火燎的结果啊！他没有别的谋生手段，全靠卖炭得钱来维持生计。木炭当然是天气严寒时才需要的物资，可怜这位老翁衣裳单薄，为了让木炭卖得较好的价钱，竟然一心盼望着天气严寒！"可怜身上衣正单，心忧炭贱愿天寒"这两句诗，真的是一字一泪。总算天如人愿，夜降大雪，城外积雪一尺。于是老翁运着千余斤重的木炭来到长安市场。可是他等来的是怎样的结果呢？一车木炭竟被宦官公然抢走了！老翁顿时变得两手空空，他怎么度过寒冬？他到哪里去获取避寒的衣裳与充饥的粮食？诗人没有说。但字里行间分明可见诗人的满腔怒火，其批判矛头不但直指"宫市"这项弊政恶法，而且直指宦官和他们身后的皇帝本人。白居易代表不幸人民对苛政所作的控诉，字字血泪，永远感动着千古读者。

白居易对感伤诗的定义是"事物牵于外，情理动于内，随感遇而形于叹咏者"，其代表作是脍炙人口的《长恨歌》与《琵琶行》。先看《长恨歌》：

汉皇重色思倾国，御宇多年求不得。杨家有女初长成，养在深闺人未识。天生丽质难自弃，一朝选在君王侧。回眸一笑百媚生，六宫粉黛无颜色。春寒赐浴华清池，温泉水滑洗凝脂。侍儿扶起娇无力，始是新承恩泽时。云鬓花颜金步摇，芙蓉帐暖度春宵。春宵苦短日高起，从此君王不早朝。承欢侍宴无闲暇，春从春游夜专夜。后宫佳丽三千人，三千宠爱在一身。金屋妆成娇侍夜，玉楼宴罢醉和春。姊妹兄弟皆列土，可怜光彩生门户。遂令天下父母心，不重生男重生女。骊宫高处入青云，仙乐风飘处处闻。缓歌慢舞凝丝竹，尽日君王看不足。渔阳鼙鼓动地来，惊破霓裳羽衣曲。九重城阙烟尘生，千乘万骑西南行。翠华摇摇行复止，西出都门百余里。六军不发无奈何，宛转蛾眉马前死。花钿委地无人收，翠翘金雀玉搔头。君王掩面救不得，回看血泪相和流。黄埃散漫风萧索，云栈萦纡登剑阁。峨眉山下少人行，旌旗无光日色薄。蜀江水碧蜀山青，圣主朝朝暮暮情。行宫见月伤心色，夜雨闻铃肠断声。天旋日转回龙驭，到此踌躇不能去。马嵬坡下泥土中，不见玉颜空死处。君臣相顾尽沾衣，东望都门信马归。归来池苑皆依旧，太液芙蓉未央柳。芙蓉如面柳如眉，对此如何不泪垂？春风桃李花开日，秋雨梧桐叶落时。西宫南内多秋草，落叶满阶红不扫。梨园弟子白发新，椒房阿监青娥老。夕殿萤飞思悄然，孤灯挑尽未成眠。迟迟钟鼓初长夜，耿耿星河欲曙天。鸳鸯瓦冷霜华重，翡翠衾寒谁与共？悠悠生死别经年，魂魄不曾来入梦。临邛道士鸿都客，能以精诚致魂魄。为感君王展转思，遂教方士殷勤觅。排空驭气奔如电，升天入地求之遍。上穷碧落下黄泉，两处茫茫皆不见。忽闻海上有仙山，山在虚无缥缈间。楼阁玲珑五云起，其中绰约多仙子。中有一人字太真，雪肤花貌参差是。金阙西厢叩玉扃，转教小玉报双成。闻道汉家天子使，九华帐里梦魂惊。揽衣推枕起徘徊，珠箔银屏迤逦开。云髻半偏新睡觉，花冠不整下堂来。风吹仙袂飘飘举，犹似霓裳羽衣舞。玉容寂寞泪阑干，梨花一枝春带雨。含情凝睇谢君王，一别音容两渺茫。昭阳殿里恩爱绝，蓬莱宫中日月长。回头下望人寰处，不见长安见尘雾。惟将旧物表深情，钿合金钗寄将去。钗留一股合一扇，钗擘黄金合分钿。但教心似金钿坚，天上人间会相见。临别殷勤重寄词，词中有誓两心知。七月七日长生殿，夜半无人私语时。在天愿作比翼鸟，在地愿为连理枝。天长地久有时尽，此恨绵绵无绝期！

《长恨歌》是一首内容复杂、意义丰富的长诗，白居易在诗中渗人的情感因素也十分丰富，诗人对唐玄宗、杨贵妃的态度既有同情，也有谴责。所以《长恨歌》具有多重主题，这些主题当然有主次之分，但并不互相排斥。简单地说，《长恨歌》大概具有三重主题，它们分别是“爱情主题”、“讽谕主题”和“感伤主题”。让我们先从后者说起。白居易本人把《长恨歌》列入感伤诗，感伤的内容可能是唐玄宗这个亲手开创了开元盛世的一代明君最后落得如此下场，连自己的宠妃都无法保全；也可能是玄宗和杨妃两人的真挚爱情未能长久，却留下绵绵长恨。这些悲剧因素不但使白居易感伤不已，后代读者也会受到类似的感染，所以说《长恨歌》具有感伤主题是合乎事实的。至于《长恨歌》具有讽谕意义，也是非常明显的。陈鸿的《长恨歌传》是与《长恨歌》同时产生的“姐妹篇”，其中明言《长恨歌》具有“惩尤物，窒乱阶，垂于将来者”的性质，正是指其讽谕意义而言。从《长恨歌》的内容来看，讽谕意义也昭然若揭。诗歌开头就说唐玄宗“重色思倾国”，一个君主居然不是求贤若渴，而是一心搜求美女。及至求得杨妃这位绝代佳人之后，唐玄宗居然“从此君王不早朝”，也就是沉溺享受，不理朝政。而且玄宗因宠爱杨妃，竟然爱屋及乌，让杨氏兄妹都因裙带关系而身居高位，从而给国家带来了安史之乱的巨大灾难。“渔阳鼙鼓动地来，惊破霓裳羽衣曲”两句，正是强调玄宗与杨氏兄妹的骄奢淫逸直接导致了安史之乱的爆发。凡此种种，都具有强烈的讽谕意义，都证明《长恨歌》确实具有讽谕主题。但是，《长恨歌》最重要的主题，只能说是爱情主题。《长恨歌》的“恨”字，不是仇恨，也不是怨恨，而是“遗恨”。“天长地久有时尽，此恨绵绵无绝期”是全诗的点睛之笔，这是指唐玄宗与杨贵妃的爱情不能天长地久而引起的巨大缺憾，是那段回肠荡气的爱情悲剧留下的永久遗恨。《长恨歌》中的唐玄宗不同于前代以宠爱美女而著称的汉武帝或汉成帝，他一旦爱上了杨贵妃，就非常专一，从此不再左顾右盼，不再移情别恋。对于一个“后宫佳丽三千人”的帝王来说，这是难能可贵的。在马嵬坡事变以后，唐玄宗与杨贵妃已经天人永隔，但是彼此间的相思之情却绵绵不绝。唐玄宗返回长安之后，虽然已成太上皇，身边也不会缺少美貌的宫女，但他一心思念杨贵妃，以至于感动了能够召唤亡灵的道士来帮他上天入地寻觅杨妃。杨贵妃虽是上界仙女，偶然来到人间结下一段姻缘后又返回蓬莱仙山，但是她依然时时思念着唐玄宗，道士一来，她立刻作出积极的回应，不但寄去金钿、金钗等爱情信物，而且深情地回忆当初在长生殿里的海誓山盟。《长恨歌》歌颂的爱情主人公虽然是帝王和后妃，但经过白居易生花妙笔的艺术加工，已经虚化了其具体身份，而变成人间的一对痴男怨女。他们的爱情故事也脱离了具体的历史情境，而成为生生死死永不变心的庄严承诺。这是《长恨歌》受到历代读者衷心喜爱的主要原因。

再看《琵琶行》：

浔阳江头夜送客，枫叶荻花秋瑟瑟。主人下马客在船，举酒欲饮无管弦。醉不成欢惨将别，别时茫茫江浸月。忽闻水上琵琶声，主人忘归客不发。寻声暗问弹者谁？琵琶声停欲语迟。移船相近邀相见，添酒回灯重开宴。千呼万唤始出来，犹抱琵琶半遮面。转轴拨弦三两声，未成曲调先有情。弦弦掩抑声声思，似诉平生不得志。低眉信手续续弹，说尽心中无限事。轻拢慢捻抹复挑，初为霓裳后绿腰。大弦嘈嘈如急雨，小弦切切如私语。嘈嘈切切错杂弹，大珠小珠落玉盘。间关莺语花底滑，幽咽泉流冰下难。冰泉冷涩弦凝绝，凝绝不通声暂歇。别有幽愁暗恨生，此时无声胜有声。银瓶乍破水浆迸，铁骑突出刀枪鸣。曲终收拨当心画，四弦一声如裂帛。东船西舫悄无言，唯见江心秋月白。沉吟放拨插弦中，整顿衣裳起敛容。自言本是京城女，家在虾蟆陵下住。十三学得琵琶成，名属教坊第一部。曲罢曾教善才伏，妆成每被秋娘妒。五陵年少争缠头，一曲红绡不知数。钿头云篦击节碎，血色罗裙翻酒污。今年欢笑复明年，秋月春风等闲度。弟走从军阿姨死，暮去朝来颜色故。门前冷落车马稀，老大嫁作商人妇。商人重利轻别离，前月浮梁买茶去。去来江口守空船，绕船月明江水寒。夜深忽梦少年事，梦啼妆泪红阑干。我闻琵琶已叹息，又闻此语重唧唧。同是天涯沦落人，相逢何必曾相识。我从去年辞帝京，谪居卧病浔阳城。浔阳地僻无音乐，终岁不闻丝竹声。住近湓城地低湿，黄芦苦竹绕宅生。其间旦暮闻何物？杜鹃啼血猿哀鸣。春江花朝秋月夜，往往取酒还独倾。岂无山歌与村笛，呕哑嘲哳难为听。今夜闻君琵琶语，如听仙乐耳暂明。莫辞更坐弹一曲，为君翻作琵琶行。感我此言良久立，却坐促弦弦转急。凄凄不似向前声，满座重闻皆掩泣。座中泣下谁最多，江州司马青衫湿。

《琵琶行》的写作背景是什么？ 白居易在序中说得很清楚：“元和十年，予左迁九江郡司马。 明年秋，送客湓浦口，闻舟中夜弹琵琶者。听其音，铮铮然有京都声。 问其人，本长安倡女，尝学琵琶于穆、曹二善才，年长色衰，委身为贾人妇。 遂命酒，使快弹数曲，曲罢悯默。 自叙少小时欢乐事，今漂沦憔悴，转徙于江湖间。 予出官二年，恬然自安。感斯人言，是夕始觉有迁谪意。因为长句，歌以赠之。”在偶然的情境中听到一曲琵琶，为何能产生一首千古绝唱？换句话说，描写一曲琵琶的这首诗，为何能感动千古读者？《琵琶行》体现出高超的艺术技巧，无论是叙事、抒情，还是描写，都达到了炉火纯青的境界。诗人送客，酒酣耳热之际却缺少丝竹助兴，正在此时忽从邻舟传来一阵天乐般的琵琶声，于是主客循声寻访，终于请出那位琵琶女。及至一曲弹终，琵琶女自诉生平，引起诗人的深切共鸣。全诗的叙事层层深入，环环相扣，引人入胜。《琵琶行》的抒情更加受人称道，琵琶女的伤今抚昔、自感身世，白居易的漂沦江湖、自伤怀抱，都可谓字字是血，声声是泪。全诗沉浸在浓郁的伤感氛围之中，感人至深。《琵琶行》的描写简直已入化境。琵琶女的姿态，从刚出船舱的“犹抱琵琶半遮面”，到一曲弹毕后的“整顿衣裳起敛容”，活画出一个身为商人妇的长安故倡在地方官员面前的举止，栩栩如生。诗中最出色的描写便是琵琶声。音乐之妙，本是难于诉诸文字的，因为它们毕竟属于两个不同的艺术门类。但是《琵琶行》中对琵琶声的描写，简直出神入化，使人仿佛亲临其境，亲闻其声，真正达到了绘声绘色的艺术水准。然而，《琵琶行》最能感动读者的则是渗透在全诗字里行间的同情心，全诗最有意义的警句就是“同是天涯沦落人，相逢何必曾相识！”琵琶女只是一个供人娱乐的歌妓，白居易却是身为朝廷命官的士大夫，两人的身份是天差地别的。然而命运使他们偶然相逢，也使他们产生了真诚的共鸣和同情。这种情感交流与男女之爱没有关系，与功利目的更是毫不沾边，所以它纯洁、真挚、感人。社会地位的高下，文化修养的高低，贫富贵贱，都不能从根本上阻止人与人之间的这种情感交流。这是人间最美好的情怀，它会给陌生的环境增添亮色，会给孤独的心灵带来暖意，这是《琵琶行》最有价值的精神内蕴。

与讽谕诗、感伤诗相比，白居易的闲适诗向来不受现代文学史家的重视。有人甚至认为闲适诗内容空洞，意义不大。其实，白居易的闲适诗曾对宋、元以后的历代文人产生很深的影响，即使对现代读者也具有很大的启迪意义。按照白居易自己的定义，闲适诗的特点是“知足保和，吟玩情性”。在白居易的诗歌作品中，真正属于抒写自己内心情思的首推闲适诗。正因如此，闲适诗全面、深刻地披露了白居易的人生态度，是白居易心声的真实记录。

中国古代的读书人，都要面临人生最重要的选择，那就是出仕还是隐居的问题。莎士比亚剧中的丹麦王子哈姆雷特说：“生，还是死？这是个问题。”中国古代的读书人都会问自己：“出仕，还是退隐？这是个问题。”对于这个问题，白居易的答案是：“中隐。”所谓“中隐”，便是一种折衷的态度：虽然做官，但是不在朝廷里做大官，而是在京城之外做一个闲官。对于白居易来说，就是在东都洛阳做一个留司官。洛阳是唐代的东都，朝廷在那里也设置一套官员，但并无实际的职能。白居易主动选择在洛阳担任“太子宾客分司”等留司官，在洛阳度过了生命中的最后十多年时光。白居易选择“中隐”的主要目的是全身避祸，果然，他因此而躲过了长安城里那场被称作“甘露之变”的血腥政变，没有像他的好友舒元舆等人那样遭到杀身之祸。他在《九年十一月二十一日感事而作》中写道：“祸福茫茫不可期，大多早退似先知。当君白首同归日，是我青山独往时。顾索素琴应不暇，忆牵黄犬定难追。麒麟作脯龙为醢，何似泥中曳尾龟？”标题中的“九年”指大和九年（835），“十一月二十一日”正是甘露事变发生的日期。在当时的交通、通讯条件下，长安发生的事变不可能在一天之内传到洛阳，所以此诗多半是事后的追忆。诗人哀悼在事变中遇难的长安官员，说他们突然被杀，根本无暇像古人那样临终慨叹。诗人也庆幸自己由于早退而躲过了这场灾难，事变那天正独自前往香山游玩。此诗流露了白居易明哲保身的人生态度，这当然不是积极有为的人生境界，但是在污浊的政治环境里急流勇退，是心存正义感而缺乏献身精神的士人无可奈何的一种选择。

白居易的人生态度更为后代士人称道的内容是乐天知命。白居易的名字源于《礼记·中庸》中的“君子居易以俟命”，意思是自处于平安的境地以听天任命。白居易的字“乐天”，源于《周易》中的“乐天知命故不忧”，意思是乐于顺应天命，所以没有忧虑。白居易即使在江州任司马这种低级官职时也保持着乐天知命的态度，在写给好友元稹的信中自称在江州的生活有“三泰”，即合家团聚、俸禄足以养家，以及盖了一座庐山草堂。他退居洛阳后更是对自己的生活感到心满意足，自称“富于黔娄，寿于颜渊，饱于伯夷，乐于荣启期，健于卫叔宝”（《醉吟先生传》）。黔娄是死后连覆盖遗体的布被都没有的著名贫士，颜渊只活了三十二岁就夭折，伯夷饿死在首阳山上，荣启期是古代隐士，自称人生有“三乐”：是人，是男人，长寿。白居易分别与他们比贫富、寿夭、饥饱、快乐，当然远胜古人。最有意思的是第五比：卫叔宝即晋人卫玠，是个弱不禁风的美男子，只活了二十七岁。如果白居易与他比相貌，必败无疑。但白居易与他比健康，当然稳操胜券。这种比下有余的思维模式，使得白居易无往而不胜，所以无往而不乐。正因如此，白居易在洛阳的晚年生活是相当愉快的，他在《秋日与张宾客、舒著作同游龙门，醉中狂歌，凡二百三十八字》中说：“丈夫一生有二志，兼济独善难得并。不能救疗生民病，即须先濯尘土缨。况吾头白眼已暗，终日戚促何所成。不如展眉开口笑，龙门醉卧香山行。”在兼济天下的方面已经无可作为的前提下，白居易只能以独善其身为人生目标。况且已至衰暮之年，与其终日悲戚，不如愉快度日。白居易的这种人生态度，当然有点消极。但是就生活条件而言，普通人永远处于比上不足、比下有余的处境。如果我们老是关注“比上不足”，将会永远处于焦躁、烦恼之中。只有“比下有余”的态度才能让我们保持安宁、愉快的心境。这是白居易的闲适诗给读者留下的最大启迪。

五、李商隐

李商隐（812? — 858），字义山，号玉谿生，又号樊南生。怀州河内（今河南沁阳）人。少时受天平军节度使令狐楚之知，入其幕为巡官。开成二年（837）进士及第，其后入泾原节度使王茂元幕，娶其女。当时朝臣们分成牛党、李党两大派，党同伐异相当激烈。令狐楚属于牛党，王茂元却属于李党，李商隐在无意之中介入了牛、李党争，令狐楚之子令狐绹等人从此将他看成忘恩负义之人，李党中人也并不视其为同党。李商隐其实无意参加党争，却终生处于牛、李两党的夹缝之中，沉沦下僚，郁郁而终。正如崔珏在《哭李商隐》中所说：“虚负凌云万丈才，一生襟抱未曾开。”李商隐终生怀才不遇，他的人生就是一出催人泪下的悲剧。

李商隐出身于一个三代寡孤的家庭，他的曾祖父、祖父和父亲都因病早逝。李商隐十岁丧父，与寡母、弱弟相依为命。身为长子的他尚未成人就必须承担家人的生计，只得在刻苦读书的同时为人抄书，或贩谷舂米。这种成长环境使李商隐的性格相当敏感，又比较孤傲。李商隐进入仕途后怀才不遇，落落寡合。他在爱情上也多受挫折，结婚后虽然伉俪情深，但中年丧偶，从此终身未娶。这一切使得李商隐的诗歌在整体上具有一层悲凉的意味，深沉的人生感慨成为李商隐诗的主要内容。

李商隐热爱国家，关心政治。他虽然一生沉沦下僚，但常在诗歌中表达对朝政的态度。甘露事变发生以后，李商隐接连写了《有感二首》和《重有感》，对死难诸臣表示哀悼，对宦官势力表示谴责，例如后者："玉帐牙旗得上游，安危须共主君忧。窦融表已来关右，陶侃军宜次石头。岂有蛟龙愁失水，更无鹰隼与高秋。昼号夜哭兼幽显，早晚星关雪涕收。"诗中希望昭义军节度使刘从谏进军长安以平宦官之乱，其忧国如焚的心情，沉郁顿挫的风格，都与杜甫的《诸将五首》等诗一脉相承。曾在应制科的对策中猛烈抨击宦官专权的刘蕡去世后，李商隐连写四首追悼之诗，其中如《哭刘蕡》："上帝深宫闭九阍，巫咸不下问衔冤。黄陵别后春涛隔，湓浦书来秋雨翻。只有安仁能作诔，何曾宋玉解招魂。平生风义兼师友，不敢同君哭寝门。"情真意挚，情怀郁郁。在宦官势力炙手可热的形势下，敢于如此哀悼刘蕡，可见诗人的襟抱与胆识。

然而，李商隐诗歌最引人注目的题材是其爱情诗。如果要在唐代诗人中选出一位爱情诗专家的话，非李商隐莫属。爱情题材在中国古典诗歌中源远流长，早在《诗经》、《楚辞》中就有很出色的爱情诗作品，汉魏六朝诗歌中也不乏此类佳作。李商隐的爱情诗受到诗歌传统很深的影响，但也有非常显著的特色，主要是体现出强烈的个人抒情色彩。也就是说，李商隐的爱情诗很少有南朝民歌那样用第三人称来歌咏民间男女的爱情的代言体，他要抒发的爱情大多基于本人的真实经历。正因如此，后代读者阅读李商隐的爱情诗时总想弄清楚其本事，从而陷入难于索解的阅读困难。比如现代学者苏雪林著有《李义山恋爱事迹考》一书，分别考证出李商隐与某些女道士、宫嫔的恋爱关系。虽然言之凿凿，其实缺乏根据，结论并不可信。此书再版时改名为《玉谿诗谜》，也许是作者本人也意识到她的推论类似于猜谜，难成定论。当然，李商隐的爱情诗并非全部都是迷离恍惚、不可捉摸的。有少数篇章把写作背景交代得很清楚，例如《柳枝五首》的序中写邻家姑娘柳枝因钦佩诗人的才华而心生爱慕，两人一见倾心，但终于劳燕分飞的经过，当是李商隐青年时代的真实情事。又如李商隐与王氏夫人伉俪情笃，王氏不幸早亡，诗人时常思念，多作悼亡诗，如《王十二兄与畏之员外相访见招小饮时予以悼亡日近不去因寄》："谢傅门庭旧末行，今朝歌管属檀郎。更无人处帘垂地，欲拂尘时簟竟床。嵇氏幼男犹可悯，左家娇女岂能忘。秋霖腹疾俱难遣，万里西风夜正长。"题中即明言"悼亡"，诗中句意也甚清晰，次联说丧妻后人去室空，睹物思人；三联说女幼子稚，亡妻在泉下定难相忘；末联说内心的痛苦难以排遣。这样的爱情诗辞意明白，不会引起异解。但是，李商隐的多数爱情诗则是另外一种面貌，其中尤以《无题》最为典型。

中国古代的某些"无题"诗原来是有题目的，不过在流传过程中失去诗题而已。李商隐则不然，他集中的《无题》诗多达十四首，显然是有意为之。况且他还有一些诗作表面上有题，其实也是"无题"，例如《锦瑟》，人们公认此诗的主题并非吟咏锦瑟，只是取开首两字为题，其实际性质等同于无题。所以李商隐的"无题"诗表明诗人不愿将真正的题目告诉读者，也就是有意将诗歌的主题隐藏起来。这样的无题诗多半辞意隐约，风格朦胧，它们多半与爱情主题有关。请看两首《无题》：

昨夜星辰昨夜风，画楼西畔桂堂东。身无彩凤双飞翼，心有灵犀一点通。隔座送钩春酒暖，分曹射覆蜡灯红。嗟余听鼓应官去，走马兰台类转蓬。

相见时难别亦难，东风无力百花残。春蚕到死丝方尽，蜡炬成灰泪始干。晓镜但愁云鬓改，夜吟应觉月光寒。蓬山此去无多路，青鸟殷勤为探看。

诗中没有展现爱情的完整过程，也没有透露恋爱的对方是何等人物，它们不像西方的爱情诗那样讲述故事，而只是刻画诗人内心的情思，尤其是因相思而造成的痛楚。前一首的颔联是唐诗中写爱情的警句，意思是两个人像灵犀角上的那条白线贯通首尾一样的两心相通，但是身上不像彩凤那样生有双翼，无法飞到对方身边。从全诗看，似乎是回忆昨夜在某处华丽楼台中的一段艳遇。诗人与意中人在酒席上萍水相逢，一见钟情，心心相印。可惜身在稠人广众间，虽然觥筹交错，笑语喧哗，且有送钩、射覆等游戏，气氛融洽，毕竟无法向意中人表白心事。况且自己公务在身，匆匆离席，一段绮情遂告结束。今夜星辰依旧，微风依旧，却再也无法重现昨夜的情景了。后一首写得更加抽象，它省去了爱情过程的一切细节，只是着力刻画别后的入骨相思。次联也是警句，“丝”是“思”的谐音字，南朝乐府《作蚕丝》说：“春蚕不应老，昼夜常怀丝。何惜微躯尽，缠绵自有时。”就是借用“丝”来比喻情思的“思”。况且蚕丝细长而绵绵不绝，正像爱情一样无穷无尽。春蚕吐丝，至死方尽。人们怀情，也是至死方休。而失恋之人伤心落泪，也正如蜡烛垂泪。蜡烛一经点燃，就不停地流泪，直到整根蜡烛烧成灰烬，蜡泪才会流完。人也一样，受着相思的煎熬，一辈子都在苦苦地思念，没完没了，直到生命终止。两个生动的比喻，两个优美的意象，将爱情写得形象生动，感人至深。这些话尽管说得吞吞吐吐，扑朔迷离，但把真情实感写得细腻真切，悱恻动人。

李商隐还有一些爱情诗写得更加朦胧委婉，以至于人们对它们的主题有不同的理解，例如《嫦娥》：

> 云母屏风烛影深，长河渐落晓星沉。嫦娥应悔偷灵药，碧海青天夜夜心。

这首诗的主题是什么？有人说就是咏传说中嫦娥偷食仙药后飞升入月的故事，有人说是借嫦娥故事抒写隐秘的爱情，有人说是借此讽刺不守清规的女道士，还有人说是借此自伤生平，等等，堪称货真价实的朦胧诗。清人纪昀对其主题的分析最可信，他认为这是一首悼亡诗。王氏夫人逝世后，李商隐伤心欲绝，念念不忘。此时他年方四十，但从此不娶。古人言及他人之死，往往以仙去为辞，此诗也是如此。李商隐因丧妻而陷入深哀巨痛，无法自遣，乃将王氏离世幻想成嫦娥飞升，又揣想她在天上月宫里一定会倍感孤寂，从而自悔飞升。沈祖棻在《唐人七绝诗浅释》中的解析非常合理："全诗的布局是由景入情，由实而虚。第二句写了长河晓星，是当夜的生活实际。而由星、河想到月，想到月里嫦娥，想到她的孤独，也极自然近情。所以便以嫦娥之奔月，比王氏之死亡。在这三、四句诗中，作者放纵了自己的想象。他想到，嫦娥到了月宫以后，虽然长生不老，永驻青春，成为一个'万年年少女'，但月球每夜从碧海中升起，经历青天，又向碧海中沉落，上彻青天，下穷碧海，周而复始，永无休止，因而她所看到的，也就是无边空阔，一片苍茫。她惟一的伴侣，就是自己的影子。这是多么孤独，多么冷清。在这种环境和心情之下，她应该对于偷吃灵药，虽然变成了不死不老的仙人，却要以永恒地过着单身生活为代价这一行为，感到后悔吧。说'碧海青天'，见空间之无限。说'夜夜'，见时间之无穷。这种无边无际的凄凉，无穷无尽的寂寞，本是生者即自己所感，却推而及于死者，这显然是受到杜甫《月夜》的启发。诗以妻子比月里嫦娥，以'碧海青天夜夜心'写她的环境和心情，就有人间天上，永无见期之感，更增加了死别的伤痛。”

李商隐爱情诗的朦胧风格当然是时代的产物。他生活在封建礼教相当严密的古代，礼教的制度限制了他追求爱情的行动自由，礼教的观念更在他内心铸成一道心灵的枷锁。当他内心产生不符礼教的爱情冲动时，往往会压抑自己，往往会产生犹豫、迟疑。当他想表白内心的爱情诉求时，往往会把话说得吞吞吐吐，宛转含蓄。这种风格的爱情诗是那个时代的土壤里长出来的花朵，与现代社会难免格格不入。但是此类风格的爱情诗仍然会受到现代读者的欢迎，原因便在于即使时代变了，它仍然有其内在的合理性。因为爱情本是两人之间私下的感情，它不是适宜公之于众的心理活动。爱情往往是在隐秘的状态下发生的，一对男女两情相悦，心心相印，既不需要第三者的参与，也不必咨询别人的意见。所以爱情必然是委婉的，必然是柔美的，必然是温柔的，必然是隐微的。爱情的表达方式不应是直截了当的，不应是浅露粗豪的。爱情诗有如一对男女在花前月下的窃窃私语，它最合适的风格倾向便是婉约而不应是豪放，是朦胧而不应是直露。李商隐的爱情诗正是此种风格的典范作品，它必然具有永久的价值。

李商隐诗歌的另一主题走向是感慨生平，他怀才不遇，终生不达，心中自多牢骚。可是他一生处于党争的夹缝中左支右绌，动辄得咎，有些心事不便明说，或不敢明说。于是，李商隐感慨生平的诗歌也具有深隐不露、欲言还止的风格倾向，与他的爱情诗如出一辙。爱情诗与感慨生平的诗本是两类主题，但它们在李商隐笔下高度重合，有些作品中确实是两种主题兼而有之。情场的失意与仕途的失意纠缠在一起，爱情方面的缺憾与政治方面的缺憾互相映衬，有时竟是难解难分。再加上风格的朦胧深密，后代读者或注家就很难得到确凿的解说。这方面的代表作首推《锦瑟》：

锦瑟无端五十弦，一弦一柱思华年。庄生晓梦迷蝴蝶，望帝春心托杜鹃。沧海月明珠有泪，蓝田日暖玉生烟。此情可待成追忆，只是当时已惘然。

金人元好问说：“望帝春心托杜鹃，佳人锦瑟怨华年。诗家总爱西昆好，独恨无人作郑笺。”（《论诗》）清人王士禛说：“一篇锦瑟解人难！”（《戏效元遗山论诗绝句》）可见《锦瑟》难解，几成公论。当然，越是难解的诗，解释者也就越多。黄世中曾收集历代关于《锦瑟》的笺释，竟多达六十多家，而且言人人殊（详见《李商隐无题诗校注笺评》）。其中比较独特的解释有以下几种：一是说“锦瑟”是令狐楚家一个青衣（即丫环）的名字，李商隐爱之而不敢明言，故以隐语写其恋情，持这种说法的有刘攽、李颀等人，计有功则认为“锦瑟”是令狐楚之妾。二是说这是悼亡诗，持这种说法的人较多，有朱彝尊、何焯、查慎行、冯浩、袁枚、汪存宽、姚莹等人。三是说这是咏瑟声“适、怨、清、和”的四种声调，这种说法最早假托于苏轼（见胡仔《苕溪渔隐丛话》），后为张邦基、王世贞等人所认同。四是说《锦瑟》是李商隐自题其诗集的诗体序言，持这种说法的有程湘衡、邹弢、钱钟书等人。五是说这是李商隐自伤身世的诗，持这种说法的有王清臣、杜诏等人。还有人干脆认为这首诗的真实意蕴连李商隐本人也不清楚，如清人黄子云说：“原其意亦不自解，而弁之卷首者，欲以欺后世之人，知我之篇章兴寄，未易度量也。”（《野鸿诗的》）可以预料，关于《锦瑟》主题的争论，今后还会继续下去，永无尽头。但是，歧解纷纭的情况并不会影响读者对《锦瑟》的欣赏。因为虽无确解，但诗中展示了一个幽深凄美的境界，刻画了迷茫缠绵的心绪。这是对消逝已久的爱情经历的回忆，还是对已成旧梦的平生往事的追思？我们说不清楚也没关系，因为梦境本来就是迷离恍惚，如真如幻的。况且全诗的文字是如此的精密，意象是如此的优美，即使意蕴深晦也不会影响其审美价值。朦胧诗的特征就是朦胧，如果硬要把它解释得十分清晰，反倒失去其本来面目了。对于李商隐的《锦瑟》诗，最好的读法就是"以不解解之"，因为它本是唐诗中最难索解的第一首朦胧诗！

六、张若虚的《春江花月夜》

张若虚，生卒年不详，扬州人。文辞俊秀，与贺知章、包融、张旭齐名，号称"吴中四士"。曾官兖州兵曹，此外的生平事迹无从考知。近人胡小石先生曾撰《张若虚事迹考略》，文章十分简略，因为文献不足。所以早在明代，高棅在《唐诗品汇》中已将他列入"有姓氏，无字里世次可考"之列。正像南朝的钟嵘在《诗品》中评鲍照所云："嗟其才秀人微，故取湮当代。"张若虚的文集，在《旧唐书》的《经籍志》和《新唐书》的《艺文志》中都没有著录，可见早已散佚。在收录唐诗较多的《文苑英华》、《唐文粹》等总集中也不见张若虚的作品。幸亏南、北宋之交的郭茂倩所编的《乐府诗集》中收录了其《春江花月夜》，这篇杰出的诗歌才得以保存下来。清人编纂《全唐诗》，只收集到张若虚的两首诗作，一首就是《春江花月夜》，另一首则是平常无奇的《代答闺梦还》。张若虚在现代成了无人不知的唐代著名诗人，全靠《春江花月夜》这一首作品。正如近人王闿运所说："孤篇横绝，竟为大家！"为什么仅有一首诗传世的诗人也能成为"大家"呢？请看其《春江花月夜》：

春江潮水连海平，海上明月共潮生。滟滟随波千万里，何处春江无月明？江流宛转绕芳甸，月照花林皆似霰。空里流霜不觉飞，汀上白沙看不见。江天一色无纤尘，皎皎空中孤月轮。江畔何人初见月？江月何年初照人？人生代代无穷已，江月年年只相似。不知江月待何人，但见长江送流水。白云一片去悠悠，青枫浦上不胜愁。谁家今夜扁舟子，何处相思明月楼？可怜楼上月徘徊，应照离人妆镜台。玉户帘中卷不去，捣衣砧上拂还来。此时相望不相闻，愿逐月华流照君。鸿雁长飞光不度，鱼龙潜跃水成文。昨夜闲潭梦落花，可怜春半不还家。江水流春去欲尽，江潭落月复西斜。斜月沉沉藏海雾，碣石潇湘无限路。不知乘月几人归，落月摇情满江树。

《春江花月夜》原是乐府旧题。据《乐府诗集》的记载，它原属“清商辞曲”之“吴声歌曲”，最早写作此题的是陈后主，但其作品已佚。现存早于张若虚作《春江花月夜》的有三人：隋代的隋炀帝和诸葛颖，初唐的张子容，作品共五首，皆为五言四句或五言六句的短篇。张若虚的《春江花月夜》则是长达三十六句的七言歌行，在体制上具有很大的创新意义。从内容来看，陈后主所写的《春江花月夜》虽已不存，但《乐府诗集》的解题中称其为“尤艳丽者”，可以推知与其《后庭玉树花》属于同样的风格倾向，仍然是所谓的“宫体”。但是后人的拟作则逐渐偏离了宫体的倾向，到了张若虚的《春江花月夜》，则不过沿用乐府旧题这个旧瓶子，装在里面的全是新酒了。闻一多认为张若虚“向前替宫体诗赎清了百年的罪”，程千帆先生更准确地指出张若虚已经与宫体诗彻底划清了界限，除了题目相同之外，他的《春江花月夜》已经和陈后主的原作不可同日而语了。

从内容来看，《春江花月夜》可分成五段，它们的句数分别为八句、八句、四句、八句、八句。第一段入手擒题，总写在明月之夜春江潮涨，以及江边的花林芳甸等美景。第二段写诗人在江边望月所产生的遐思冥想。第三段总写在如此情景中思妇与游子的两地相思。第四段单写思妇对游子的思念。第五段单写游子的思家之念。全诗由景入情，由客观景物转到人间离情，但始终不离题面，正如明人王世懋、钟惺、谭元春等人所指出的，全诗都围绕着“春”、“江”、“花”、“月”、“夜”五字做文章，扣题很紧。如果更细致地品读，则可发现全诗的核心主题只有一个，那就是“月”。清人王尧衢对此诗做过一个统计：“春字四见，江字十二见，花字只二见，月字十五见，夜字亦只二见。”其实即使是没有出现“月”字的一些诗句，又何尝不是描绘月亮来着？例如“空里流霜不觉飞，汀上白沙看不见”，“玉户帘中卷不去，捣衣砧上拂还来”，这两联简直就是运用“禁体物语”的方法来咏月的杰作，也就是句中虽不见月字，却又字字都在写月，是典型的“烘云托月”。《春江花月夜》对月光的描写，已达到出神入化的程度。比如写月亮在流水上泛起的光彩是“滟滟随波千万里”，写月光给人带来的寒冷感是“空里流霜不觉飞”，写月光缓慢的移动是“可怜楼上月徘徊”，都使读者身临其境。此外，举凡人们望月时常会产生的联想，诸如碧空银月是否亘古如斯，明月是无情还是有情，离别的情人在月夜为何会格外相思，也都得到了充分的表达。可以说，从总体上说，《春江花月夜》通篇都围绕着一个“月”字，是唐诗中最早出现的咏月名篇，是一首月亮的颂歌。

《春江花月夜》值得细读，让我们把五段进行简单的串讲。第一段勾勒出一个充满诗情画意的美丽境界。春天多雨，江水迅涨，东流的江水遇到从大海西上的潮汐，互相鼓荡，浩渺无边。一个“平”字，言简意赅地写出了江水与海水连成一片的奇特景象，表面上平淡无奇，其实一字有千钧之力。伴随着奔腾而来的潮水，一轮明月也从东天冉冉升起。地球上的潮汐本是海水受到月球的引力而产生的自然现象，诗人未必明白这个科学原理，但是他用细致的观察得出了相似的结论。谁说诗歌与科学没有相通之处？更值得注意的是，“海上明月共潮生”的写法，使潮水与明月都充满了生气，仿佛是两个有生命的物体，全句也呈动态之美。从第三句起，诗人的目光随着逐渐西行的月亮溯江而上，发现千万里的江水都沐浴在月光之中。江面上泛起滟滟的波光，江边上则是春花烂漫的芳甸。在月光的笼罩下，繁花似锦的树林蒙着一层洁白的细雪，这是春天的月夜才得一见的奇特之景。“空里流霜不觉飞”一句实有双关的含义：月光洁白晶莹，月光给人带来一丝寒意。妙在诗人并不说月光如霜，而是直说“空里流霜”，从而把诗人在月光中久久站立的感觉真切地传递给读者，读之浑如身临其境。末句“汀上白沙看不见”，意指整个江岸都沉浸在月光之中，并与月光融成一片。这八句诗从江海写到花树，一切都沐浴在皎洁的月光中，最后只见月光。由大至小，由远及近，笔墨随着诗人的目光逐渐凝聚，最后集中到月光自身，好像画龙点睛。

第二段转写诗人在月下的遐想。澄澈清明、幽静寂寥的境界，最有利于人们的遐思冥想。诗人久久地凝望着月亮，不由得神思飞扬。闻一多说得好：“更迥绝的宇宙意识！一个更深沉，更寥廓，更宁静的境界！在神奇的永恒前面，作者只有错愕，没有憧憬，没有悲伤。”他又说：“对每一个问题，他得到的仿佛是一个更神秘的更渊默的微笑，他更迷惘了，然而也更满足了。”的确，诗人面对着神奇美丽的大自然，不由得对宇宙的奥秘和人生的哲理进行一系列的追问。他最想探索的是月与人的关系：是谁最早在江畔看月？江月从何年开始照耀世上之人？正如闻一多所说，这样的问题当然是没有答案的，于是诗人更加迷惘了，也更加满足了。迷惘不是糊涂，而是对宇宙奥秘的理解和钦佩。诗人理解人生短促而宇宙永恒的道理，但他并没有陷入悲观、绝望。他明白个人的生命虽然是短促的，但代代相继的生命却是永无穷已的，所以人类的存在仍是绵延长久的，他们仍能年复一年地与江月相伴。这样，诗人就跳出了生命短促所引起的悲伤主题的束缚，从而获得了满足。他甚至开始展望遥远的将来：江上明月是在等待何人呢？这样，诗人就把眼前的感受延伸到未来，也就是融入了天长地久的时间长河，末句所写的长江流水，正是孔子产生“逝者如斯夫”之叹的自然环境。

第三段是一个转折。凡长诗的转折，必须承上启下，又必须转变自然。上段的末句说“但见长江送流水”，此段以“白云一片去悠悠”接之，同样是目随景移，同样是思绪远扬，况且浮云漂泊无定，正如游子之萍踪难觅，诗人自然而然地联想到相隔天涯的游子与思妇，今夜对此明月，当是怎样的两地相思？于是顺理成章地转折到游子思妇月夜相思的第二主题，末句“何处相思明月楼”，下启第四段的首句“可怜楼上月徘徊”，转接无痕，章法妙不可言。

第四段写思妇对游子的思念，全部情景都在高楼明月的环境中逐步展开。自从曹子建写出“明月照高楼，流光正徘徊”的名句之后，诗人皆喜用“徘徊”二字形容月在天上似静似动的状态。此处也是如此，但又不是简单的沿袭。“可怜”二句，把月亮写得情意宛然，它在楼头徘徊不去，当是出于怜悯思妇之故。月亮把清辉洒向闺房，照亮了窗前的妆镜台。可惜思妇无心梳妆，看到镜台反而触景伤情。古人认为“女为悦己者容”，如今良人远离，思妇又有什么心思坐在镜台前梳妆打扮！于是她决意驱走这恼人的月光，她卷起珠帘想把帘上的月光随帘敛藏，她一遍遍地拂拭捣衣的砧石想拂去石上的月光，可惜月光如水，拂而不去，驱而复来。失望之余，她只好望月怀远，思念远方的游子。她希望随着普照大地的月光飞向远方，照亮远在天边的游子。可惜这只是痴想而已。那么就给游子寄封书信来倾诉内心的幽情密意吧，可是又能让谁去千里传书呢？相传鱼雁都能传书，可是在这个月夜，鸿雁也难以飞越那广漠无边的月光，鱼龙则潜跃水底而在水面上激起阵阵波纹。一句话，鱼雁也无法为她传书啊。写到这里，思妇的相思之苦已难以复加，诗人也就戛然停笔。此时无声胜有声，就让思妇的一片素心与天上的明月相伴吧。

第五段转写游子的月夜情思。游子远在异乡，思家心切，昨夜曾在梦中回到家乡，看到潭水里漂满了落花。及至梦醒，方想到春天又已过半，而自己尚在天涯漂泊。此时他漫步江边，看到江水东流，仿佛春天也将随着江水消逝。他又举头望月，看到江潭上空的那轮月亮已向西倾斜。春光将尽，良夜将逝，人生的少壮时节又能维持多久？于是游子满腹惆怅，他眼睁睁地看着月亮在西天越落越低，终于消失在沉沉的海雾之中。从北方的碣石，到南方的潇湘，天各一方，路远无限，自己何时才能飞越这千山万水，返回家乡，与楼头望月的思妇相聚？在如此广漠的大地上，今夜又能有几个幸运的游子能乘着月色返回家乡？他找不到答案，他陷入了迷惘，他的离情迷离恍惚，无处着落，最后伴着残月的余辉洒落在江边的树林……如果说第四段中的思妇之离情是抱怨山长水阔，主要的着眼点在于空间的维度，那么此段中游子之离情既恨山川之阻隔，又怨春光和良宵之容易消逝，其着眼点兼及时、空两个维度。换句话说，游子在月夜的思绪比思妇更加深沉、广阔，诗歌的意蕴也更加丰富、深刻。所以从章法来看，第四、第五两段既是密切照应的：一写思妇，一写游子，两两对应，锱铢相称。它们之间又有一种递进关系，思索的范围越来越广阔，情感的程度越来越深刻。然而这一切都是在月夜相思的生动情景中自然展开的，从字面上看，每句都紧扣春江花月夜的具体环境，每个细节都是现实生活的真实内容，情景交融，浑然无痕。

闻一多说得好：“在这种诗面前，一切的赞叹是饶舌，几乎是渎亵。”我们除了发自肺腑地顶礼膜拜之外，还能说什么呢？虽然如此，我们还是要勉为其难地对《春江花月夜》做一番总体的评说。先从两位现代学者对它的评论说起。闻一多说：“这里一番神秘而又亲切的，如梦境的晤谈，有的是强烈的宇宙意识，被宇宙意识升华过的纯洁的爱情，又由爱情辐射出来的同情心，这是诗中的诗，顶峰上的顶峰。”李泽厚说：“其实，这诗是有憧憬和悲伤的。但它是一种少年时代的憧憬和悲伤，一种‘独上高楼，望断天涯路’的憧憬和悲伤。所以，尽管悲伤，仍感轻快，虽然叹息，总是轻盈。它上与魏晋时代人命如草的沉重哀歌，下与杜甫式的饱经苦难的现实悲痛，都决然不同。它显示的是，少年时代在初次人生展望中所感到的那种轻烟般的莫名惆怅和哀愁。春花春月，流水悠悠，面对无穷宇宙，深切感受到的是自己青春的短促和生命的有限。它是走向成熟期的青少年时代对人生、宇宙的初醒觉的‘自我意识’：对广大世界、自然美景和自身存在的深切感受和珍视，对自身存在的有限性的无可奈何的感伤、惆怅和留恋。人在十六七或十七八岁，在似成熟而未成熟，将跨进独立的生活程途的时刻，不也常常经历过这种对宇宙无限、人生有限的觉醒式的淡淡哀伤么？它实际并没有真正沉重的现实内容，它的美学风格和给人的审美感受，是尽管口说感伤却‘少年不识愁滋味’，依然是一语百媚，轻快甜蜜的，永恒的江山，无垠的风月给这些诗人们的，是一种少年式的人生哲理和夹着感伤、怅惘的激励和欢愉。……闻一多形容为‘神秘’、‘迷惘’、‘宇宙意识’等等，其实就是说这种审美心理和艺术意境。”闻一多是诗人，他对《春江花月夜》的评价非常精到，但语焉不详，尚需稍作推绎。李泽厚是哲学家，他的评语堪称提纲挈领，但说《春江花月夜》显示的是“少年时代在初次人生展望中所感到的那种轻烟般的莫名惆怅和哀愁”，则稍嫌武断。其实《春江花月夜》虽然没有达到像阮籍、嵇康的忧患意识或杜甫的忧世情怀那样的思想高度，但那种对人生与宇宙之关系的深刻体会，以及对离愁别恨的真切感受，都不具有少年人的年龄特征，而应该出于成熟的青壮年时代。当然，由于诗人身处盛唐前期，在整个社会正走向欣欣向荣的时代，诗人也像与之齐名的贺知章、张旭等人一样，沉浸在积极向上的浪漫主义氛围中。诗人面对着美丽的江山风月，他在精神上的所有不满或遗憾都源于自然而非社会。所以诗中有惆怅而无悲哀，有迷惘而无痛苦。诗人的全部思考和感受都与万物的自然属性有关，诗人的所有追问都指向宇宙的奥秘，例如“江畔何人初见月，江月何年初照人”；即使涉及人生，也无关社会内容，例如“谁家今夜扁舟子，何处相思明月楼”。由于诗中的所有细节都被置于春江花月夜的美丽环境中，诗中的所有物体都蒙上了一层月光的薄纱，所以全诗的格调确实是轻盈、美好的。《春江花月夜》中的离情别恨虽然悱恻感人，但是并没有达到痛苦难忍的程度。比张若虚稍晚的李白、杜甫都写过男女月夜相思的名篇，前者写思妇是“但见泪痕湿，不知心恨谁”，后者写离子说“何时倚虚幌，双照泪痕干”，但《春江花月夜》全诗不见一个“泪”字。相反，诗中的思妇和游子都对重逢心存希望，思妇说“愿逐月华流照君”，游子也问“不知乘月几人归”。更不用说全诗展示的物体都具有光明、美好的性质，从而汇成一个清丽、幽静、邈远的意境。它如梦如幻，迷离惝恍，值得人们流连忘返。从总体上说，《春江花月夜》是美丽自然的一曲颂歌，也是美好人生的一曲赞歌，这便是无数读者为之倾倒的主要原因。一颗洁白无瑕的珍珠，即使长期埋没在泥土中，也不会减损其熠熠光辉。《春江花月夜》就是这样的一颗珍珠，它曾经长期受到冷落，但一旦被人发现，就越来越受到人们的喜爱，它是现代读者公认的唐诗名篇。我们可以毫不夸张地说，《春江花月夜》确实是中国古诗中“孤篇横绝”的名篇，仅仅凭着这一首诗，张若虚就“竟为大家”。唐诗的总体成就，从此可睹一斑。

第五章　宋词概述

一、词体的特点和起源

中国古典诗歌中最为人熟知的两个名词是“唐诗”与“宋词”，它们是诗国中最引人注目的两片花圃。

什么是词？这是一种特殊的诗体，它有许多别名，这些别名基本上显示了词体的特征。首先，在词产生的唐、五代时期，人们常称词为“曲子词”。比如《花间集》的欧阳炯序中说：“因集近来诗客曲子词五百首，分为十卷。”又如孙光宪《北梦琐言》说：“晋相和凝，少年时好为曲子词。”“曲子词”这个名称清楚地表明了词体的音乐性质，曲子指音乐，词指文辞，当时的词都是合乐歌唱的，曲子与词是一件作品的两个方面，是不能分开的。后来“曲子词”被简称为“曲词”、“曲子”等，词调中有些带“子”字的调名，如《江城子》、《破阵子》、《采莲子》等，这里的“子”都是“曲子”的省称。

汉代以后，朝廷往往设有专门掌管音乐的机关，称为“乐府”，汉魏六朝入乐的诗歌被称为“乐府诗”。词也是入乐歌唱的一种诗体，所以也有人称它为“乐府”，这个名称也是强调词体的音乐性质，宋、金词人往往以此命名词集，如贺铸的《东山寓声乐府》、元好问的《遗山新乐府》。

除了“曲子词”和“乐府”之外，词还有许多别称都与其音乐性质有关，例如“歌曲”、“乐章”、“樵歌”、“琴趣”、“笛谱”等，但没有成为通称。

有少量词调是句式整齐的齐言体，如《浣溪沙》是七言体，《生查子》则是五言体，但是多数词调的句式是长短不一的，所以词也被称作“长短句”。这个名称始于宋代，有不少词集是如此命名的，如秦观的《淮海居士长短句》、辛弃疾的《稼轩长短句》等。

词体的产生晚于诗，有人认为词是诗的流裔或残余，故称词为“诗余”，这个名称多少有点轻视词体的意味。有些南宋词人的词集如此命名，如廖行之的《省斋诗余》、韩元吉的《南涧诗余》等。

词在最初是先有曲调，再根据曲调填入字句的。每首词的曲调都有个名称，这个名称就是词调，又称词牌。这些词调来源不一，或来自官方音乐机关的创制，或吸收外国或境内少数民族的乐曲，或来自民间音乐。一般来说，一个词调有一个固定的名称，它的句式、字数也都是固定的。但也有一调数名的情况，例如《念奴娇》，因苏轼的《念奴娇》中有“大江东去”、“一尊还酹江月”之句，后人作《念奴娇》时便改称为《大江东去》或《酹江月》。此外也有一些词调存在变体，即句式、字数都有所改变。千百年来，词人们一共创制了多少词调？各种词谱或词律专书中的统计结果并不一致，粗略地说，词调的总数在一千种左右，但它们并不都是常见的。有的词调在整个词史上只是昙花一现，例如《花间集》中的《遐方怨》一调，整个宋代都无人继作。宋词中比较常见的词调不过百余种而已。

按篇幅长短的不同，词体有“小令”、“中调”、“长调”的区别。一般说来，字数在58字以内的是小令，在59字至90字之间的是中调，91字以上的称为长调。按照分段情况的不同，词体有“单调”、“双调”、“三叠”、“四叠”的区别。“单调”就是不分段的词，它们都属于小令。“双调”就是分成两段的词，它们或属小令，或属中调和长调，如36字的《长相思》、41字的《点绛唇》都是小令，60字的《临江仙》、70字的《江城子》则是中调，而93字的《满江红》和143字的《六州歌头》则是长调。“三叠”就是分成三段的词体，此类词调较少，常见的只有130字的《兰陵王》和214字的《戚氏》等。“四叠”就是分成四段的词体，只有一种，即240字的《莺啼序》，这也是篇幅最长的词调。词调中数量最多的是双调，它们的上下两段又称为上片和下片，或称上阕和下阕，这是分析词的艺术时常用的术语。

词是如何产生的？历代学者众说纷纭，至今没有定论。但可以断定，词的产生与音乐有十分密切的关系。一般说来，我们可以认定词是伴随着隋唐时代新兴的燕乐而产生的一种新诗体。燕乐的“燕”字同“宴”，狭义的燕乐指宴享之乐，是用于朝廷宴会、公私宴集及娱乐处所的一种音乐。广义的燕乐即所谓“胡夷里巷之曲”，它的来源一是西域的胡人音乐，主要是西凉乐和龟兹乐，二是民间音乐。隋代以前流行于朝廷的雅乐从容和缓，颇为单调，而新兴的燕乐却繁复曲折，变化多端。显然，为了配合这种新兴的音乐，需要创制不同于传统的五七言诗体的新的曲辞。因为五七言诗的整齐句式与参差不齐的乐曲之间难以吻合，于是以句式长短不齐为基本特征的新诗体就应运而生了。这种新诗体依据音乐的乐章结构来分片，依据音乐的节拍而为句，依据乐声的高下清浊来用字，一句话，它是完全根据音乐的特点来制定文辞规律的。这个过程当然是相当缓慢的，依谱填词的写作方法也不可能形成于一朝一夕，它大致上是在唐代形成的。现存最早的词可分成民间词和文人词两个部分，前者是在敦煌的藏经洞中发现的，后结集为《敦煌曲子词》。这些词都出于无名氏之手，也没有准确的写作年代，但可以推断是出于社会下层人物之手，它们的内容相当广泛，风格则具有浓郁的民歌风调。后者包括中唐的白居易、刘禹锡、张志和等人，但他们的词作数量很少，可见只是偶一为之。到了晚唐，才出现了专力写词的词人，如温庭筠和韦庄。温庭筠一生落魄不偶，常出入歌楼妓馆，词作现存六十多首，大多为歌咏妇女容貌或抒写男女相思，艺术上已相当成熟。韦庄是由晚唐进入五代的词人，他的词内容比较丰富，除了男女风情之外，也有一些抒发人生感慨的作品。到了五代，在两个远离中原的偏安王国——西蜀和南唐，词得到了明显的发展。西蜀词人的作品结集成《花间集》，因为推崇温庭筠，此书把温词列于卷首。此派词人因《花间集》而被称为花间派，其中较著名的词人有韦庄、孙光宪、欧阳炯、李珣等。花间派的词风深受温庭筠的影响，题材多描写女性、闺情，艺术上则以辞藻华丽、精雕细琢为特点。南唐的著名词人有李璟、李煜父子，以及冯延巳等人。他们的词作情致缠绵，辞句清丽，尤以李煜的成就最为显著。李煜原是南唐国君，南唐被北宋灭亡后，李煜被俘北上，度过了两年多屈辱的臣虏生活。巨大的人生落差使他的词作产生了质的飞跃，正如王国维所说，“眼界始大，感慨遂深，遂变伶工之词为士大夫之词”（《人间词话》）。李煜抒写身世之恨的词作具有浓烈的个人抒情性质，是苏轼等宋代词人改革词风的先驱。

二、宋词的社会背景

北宋的建立，结束了晚唐、五代的纷乱局面。宋初百余年间，社会比较安定，生产持续发展，经济高度繁荣。冶金、造船、纺织、印刷、制瓷、制盐、医药等行业取得了前所未有的技术进步；农业生产发展迅速，手工业和商业也非常繁盛，纸币的流通，商行组织的形成，城市、城镇乃至草市的兴盛，以及海外贸易的增加，都是明显的标志。宋代的城市经济繁荣，北宋的都城汴京（今河南开封）、南宋的都城临安（今浙江杭州）以及建康、成都等都是人口达十万以上的大城市。宋代还逐渐取消了都市中“坊”（居住区）和“市”（商业区）的界限，不禁夜市，为商业和娱乐业的迅速发展提供了更有利的环境。孟元老《东京梦华录》、周密《武林旧事》等书对汴京、临安城中商贾辐辏、百业兴盛以及朝歌暮舞、弦管填溢的繁华情景有生动的记录。此外，宋王朝优待士大夫，官员的俸禄及贴补收入比较优厚，宫廷和官僚阶层生活奢华，一般市民也崇尚奢靡的风气。繁华的都市生活，滋生了各类以娱乐为目的的文艺形式，说话、杂剧、影剧、傀儡戏、诸宫调等艺术迅速兴起和发展，而词则成为宋代最引人注目的文学样式。

从晚唐、五代以来，词的主要功用是在宴乐场合供给伶工歌女歌唱。五代词的两个创作中心，分别在西蜀和南唐的宫廷，就是由于这种文体最适合于追求享乐的小朝廷君臣的缘故。入宋以后，新的社会环境更加有利于词的发展。首先，宋王朝的财政措施是“恩逮于百官者唯恐其不足，财取于万民者不留其有馀”（赵翼《廿史札记》卷二五）。大量的财富被集中起来供皇室和官僚阶层享用。宋太祖曾鼓励石守信“多积金，市田宅以遗子孙，歌儿舞女以终天年”（《宋史·石守信传》）。这种用物质享受笼络官员的做法在整个宋代都没有改变。官员们既有丰厚的俸禄，以满足奢华生活的需求，这种生活方式又可以避免朝廷的疑忌，于是纵情享乐之风盛行一时。宋代的官员大多是有高度文化修养的士大夫，他们的享乐方式通常是轻歌曼舞，浅斟低唱。比如寇准生活豪侈，女伶唱歌，一曲赐绫一束。又如晏殊喜招宾客宴饮，以歌乐相佐，然后亲自赋诗献艺。地位高的士大夫大多蓄家伎，像南宋张镃，宴客时出以侑酒的歌者乐者竟多达百人。又如姜夔在范成大家做客，范因激赏其词而赠与歌女一名。地位低的官员也有官伎提供歌舞娱乐。欧阳修、张先、苏轼等词人为官伎作词的事，词话中屡有记载，不尽是出于虚构。歌台舞榭和歌儿舞女既然成为士大夫生活中的重要内容，滋生于这种土壤的词自然会异常兴盛。从产生之时起，词就先天具有以女性题材以及男女相思为主的题材取向和婉约、绮靡的风格特征，这使它特别适合宋代士大夫在尊前筵上的生活需要。

其次，宋代文人的人生态度也有利于词的兴盛。宋代文人大多实现了社会责任感和个性自由的整合。他们用诗文来表现有关政治、社会的严肃内容，词则用来抒写纯属个人私生活的幽约情愫。这样，诗文和词就有了明确的分工：诗文主要用来述志，词则用来娱情。这种分工在北宋尤为明显。一代儒宗欧阳修的艳词写得缠绵绮丽，与他的诗文如出二手，以致有人认为是伪作。宋代的士大夫本有丰富的声色享受，又有趋于轻柔、细密的审美心态，自然能够领略男女之间的旖旎风情。词便是他们最合适的宣泄内心衷肠的渠道。诗词分工的观念对宋词的发展大有好处。由于词被看作是用于抒写个人情愫的文体，很少受到“文以载道”思想的约束，因而文人可以比较自由地抒写旖旎风情，词体也因此能够保持自身的特性，取得独立的地位。

此外，词是宋代尤其是北宋社会文化消费的热点。由于都市的繁荣，“新声巧笑于柳陌花衢，按管调弦于茶坊酒肆”（孟元老《东京梦华录·序》），民间的娱乐场所也需要大量的歌词，士大夫的词作便通过各种途径流传于民间。更有一些词人直接为歌女写词，如柳永常常出入于秦楼楚馆，“多游狎邪，善为歌辞。教坊乐工，每得新腔，必求永为辞，始行于世。于是声传一时”（叶梦得《避暑录话》卷下）。北宋中后期的秦观、周邦彦，也都为歌女写了不少词作。社会对词作的广泛需求，刺激了词人的创作热情，也促进了词的繁荣和发展。当然，随着词体的发展和创作环境的变化，宋词并不是一味满足尊前筵下、舞榭歌台的需要。如苏轼的词作，自抒逸怀浩气；辛弃疾的篇章，倾吐英雄豪情，便不再与歌儿舞女有关。但就其整体而言，宋词的兴盛是与宋代都市的繁荣和文化娱乐业的发展密切相关的。

三、宋词的发展历程

宋词在不同的时期有着不同的特点，并形成了各具特色的流派。这些风格独具的词派构成了宋词发展的基本框架，正是它们使宋词出现了百花齐放、繁荣兴盛的局面。所以，要把宋词的发展过程说清楚，从不同的流派入手是较好的叙述方式。

宋词分派，几乎是后人的一致看法。但是宋词到底分成几派，却是众说纷纭。明人张綖把宋词分成两派：“词体大略有二，一体婉约，一体豪放。婉约者欲其词调蕴藉，豪放者欲其气象恢宏。”（《诗余图谱》）这种分法影响最大，许多现代文学史著作都沿用之。此外也有三分法、四分法，甚至细分成十四派（详见陈廷焯《白雨斋词话》卷八）。张綖虽把宋词分成婉约、豪放二派，本意仍是推尊婉约为正宗：“秦少游之作，多是婉约。苏子瞻之作，多是豪放。大约词体以婉约为正，故东坡称少游为‘今之词手’，后山评东坡‘如教坊雷大使之舞，虽极天下之工，要非本色’。”后人论宋词，多沿袭这种观点，即将婉约派视为宋词正宗，但也承认豪放派自身的价值，例如清人《四库全书总目提要》中评苏轼词说：“词自晚唐五代以来，以清切婉丽为宗。至柳永一变，如诗家之有白居易。至轼而又一变，如诗家之有韩愈。遂开南宋辛弃疾等一派。寻源溯流，不能不谓之别格，然谓之不工则不可。故至今日，尚与花间一派并行而不能偏废。”从现代的观念来看，应该承认豪放词派以其豪迈、壮大的风格为词的发展指出了向上一路，并开拓了词境的新领域，在艺术上取得了与婉约词派旗鼓相当、双峰并峙的成就。但是毕竟婉约词派的延续时间更长，影响范围更广，更能代表宋词的美学特征，所以从词史的角度来看，也不妨说婉约派是宋词最主要的流派。可以说，在宋代词坛上，绝对不写婉约词的词人是不存在的，即使以豪放词风著称的苏轼和辛弃疾，也写过相当成功的婉约词。但是只写婉约词的词人则大有人在，例如晏几道和秦观，笔下从未出现豪放词风。不过，仅用“婉约”一词统称北宋、南宋三百余年间这个流派的漫长发展过程，不免笼统。实际上，南宋的婉约词与北宋已有较大不同。北宋末年周邦彦的词在继承婉约词传统的同时，又多有新变。比起早期的柳永、秦观等婉约词人，周邦彦更强调音律的工整和语言的精美，其审美趣味、风格倾向都发生了较明显的变化。南宋的姜夔、史达祖、吴文英、王沂孙、张炎等人继承周邦彦的衣钵，遂以音律谨严、气度醇雅、意旨深密为特征，这种风格与北宋的婉约派词风有较大区别。因此，我们把继承婉约词传统的南宋词派称为格律词派。也就是说，本书认为宋代词坛上存在婉约、豪放和格律三大流派。下文就从这个视角来简要论述宋词的发展历程。

北宋初期，士大夫的生活方式与西蜀、南唐词人基本相同。不同的是，西蜀、南唐词人处于朝不保夕的小朝廷中，听歌观舞时不免有醉生梦死的局促之感，而宋初士大夫则生逢太平盛世，他们遣兴娱宾时就比较从容闲雅、优游不迫。这种区别使宋初的词部分地洗去了五代词的萎靡习气。然而，由于词人习用的语汇、手法无法像改朝换代那样顷刻之间发生变化，传统语汇、手法的凝滞作用使五代词风仍在宋初词坛上得到沿袭。这个时期的主要词人有欧阳修、张先和晏殊、晏几道父子。这些词人在题材上仍然多写艳情，体裁上则以小令为主，风格也以柔美绮丽为主要倾向，这些特征都与五代词风一脉相承。但是与此同时，一种新的词风正在悄悄兴起，主要的体现是新兴王朝的升平雍容之气，这是五代词人无法企及的。比如晏殊，其词作题材不外是歌儿舞女、离愁别恨或吟风弄月，艺术上则构思精致、语言工巧，凡此皆与五代词风相差不大。但是在情意真挚、字句清丽等方面则颇有特色，例如其名作《蝶恋花》："槛菊愁烟兰泣露。罗幕轻寒，燕子双飞去。明月不谙离恨苦，斜光到晓穿朱户。　　昨夜西风凋碧树。独上高楼，望尽天涯路。欲寄彩笺兼尺素，山长水阔知何处！"虽然仍写闺情，但已是一般意义的男女相思，那种秦楼楚馆的习气不复存在。至于张先的词，虽然也以伤春、恋情为主要内容，但已经渗入士大夫在日常生活中所产生的岁月迁逝等感受，例如《天仙子》："水调数声持酒听，午醉醒来愁未醒。送春春去几时回？临晚镜，伤流景，往事后期空记省。　　沙上并禽池上暝，云破月来花弄影。重重帘幕密遮灯，风不定，人初静，明日落红应满径。"筵上听歌只是词中展现的一个生活场景，而且一字不及唱歌者是否美貌女子。往事记省也不知是否与艳情相关，它完全可能只是对青春难驻的惆怅感叹。总之，五代词中的脂粉气已被张先基本洗净。

与此同时，柳永的词作体现着与上述士大夫词人不同的风调。柳永一生漂泊，入仕后也沉沦下僚，他经常出入秦楼楚馆，了解市民的心理和审美情趣。柳永用慢词抒写男女情爱，以及都市风情和羁旅愁怀。柳永的词善于铺叙，也善于渲染情景，风格绮丽清畅，极受市民和歌女的欢迎，传唱范围极广。柳永代表着宋代婉约词派中偏于通俗的倾向，对婉约词的意境开拓及表现力的提升都有很大的贡献。

秦观被后人称为“婉约之宗”，是宋代婉约词派中的重要作家。秦观兼擅小令与长调，善于用柔笔写恋情，语言工致精丽，音律谐婉，情致缠绵而不流于儇薄，表意明白而不至于浅露，取得一唱三叹的效果。在秦观的笔下，婉约词风的优点得到最充分的体现。

到了南、北宋之交，女词人李清照在婉约词派中异军突起。女性的身份使李清照更能深切地体会词作中的闺情，从少女的闲愁，到少妇的相思，都得到了比男性词人代拟之作更加生动真切的抒写。李清照晚年的词作则渗入了深沉的家国之思，是宋代婉约词中最具社会意义和时代特色的代表作。

在北宋的婉约词派方兴未艾的时期，豪放词风也开始萌生。在北宋前期的词作中，已经偶然出现风格豪放的词作。例如范仲淹戍守边陲时所写的《渔家傲》：“塞下秋来风景异。衡阳雁去无留意。四面边声连角起。千嶂里。长烟落日孤城闭。　　浊酒一杯家万里。燕然未勒归无计。羌管悠悠霜满地。人不寐。将军白发征夫泪。”边塞生活的内容，悲壮历落的情感，苍凉雄壮的风格，都使它与当时词坛的整体风格倾向南辕北辙。此外如潘阆咏钱塘潮的《酒泉子》：“长忆观潮，满郭人争江上望。来疑沧海尽成空，万面鼓声中。　　弄潮儿向涛头立，手把红旗旗不湿。别来几向梦中看，梦觉尚心寒。”排山倒海的钱塘江潮意象和勇武矫捷的弄潮儿身影，磅礴的气势，彻底颠覆了婉约词的传统题材和风格。这两首词都是名实相副的豪放词，它们都是在特殊的生活情景下触发的豪情壮志的自然抒发。可见生活才是文学作品的真正主导，即使在婉约风格一统天下的宋初词坛上，偶然发生的异质生活也会导致词风的彻底改变。当然，范仲淹和潘阆的豪放词都是妙手偶得，自觉地对词风进行革新的历史任务，要待苏轼登上词坛才得以完成。苏轼创作诗文，在内容和风格上都毫无禁忌。他的词作也以"无意不可入、无事不可言"（刘熙载《艺概》）为特征，在题材和风格走向上几乎达到了与诗文同样广阔的程度。不论是爱国忧民、怀古思今，还是咏物寄情、模山范水，在他的词中都有表现。苏轼并非不善写婉约词，他也常为歌儿舞女写词，他的词作中并不缺少《贺新郎》（乳燕飞华屋）、《水龙吟》（似花还似非花）那样的婉约词名篇，但总的说来，苏轼词最大的成绩在于开创了刚健豪迈的全新词风，并以全新的题材走向为词体指出向上一路。苏轼对于宋代豪放词派的产生有着难以估量的巨大贡献，但是也应指出，豪放词派的形成并非苏轼一人之功，而是体现着宋词发展的必然规律。试看与苏轼同时的词人的情形。王安石比苏轼年长十六岁，他的《桂枝香》抒写在六朝故都南京城登高望远的沧桑之感："登临送目，正故国晚秋，天气初肃。千里澄江似练，翠峰如簇。征帆去棹残阳里，背西风，酒旗斜矗。彩舟云淡，星河鹭起，画图难足。　　念往昔，繁华竞逐。叹门外楼头，悲恨相续。千古凭高对此，漫嗟荣辱。六朝旧事随流水，但寒烟衰草凝绿。至今商女，时时犹唱，后庭遗曲。"黄庭坚比苏轼年轻八岁，他的《念奴娇》抒写贬谪生涯中的潇洒情怀："断虹霁雨，净秋空，山染修眉新绿。桂影扶疏，谁便道，今夕清辉不足？万里青天，姮娥何处，驾此一轮玉。寒光零乱，为谁偏照醽醁。　　年少从我追游，晚凉幽径，绕张园森木。共倒金荷家万里，难得尊前相属。老子平生，江南江北，最爱临风笛。孙郎微笑，坐来声喷霜竹。"这样的词风都与苏轼豪放词如出一辙，可见到了北宋后期，由乐工伶人之词转向士大夫之词已是词坛上的新趋势，苏轼正是顺应时势的引领风气者。

由于文学风气的转变不是一朝一夕所能实现的，也由于婉约词自身仍有强大的生命力，所以豪放词在苏轼的时代尚未能与婉约词风分庭抗礼。苏轼的豪放词风对晁补之、贺铸等词人产生了较大的影响，但尚未形成一个声同气应的词派。时代的突变终于促成了豪放词派的真正形成，那就是导致北宋灭亡的靖康事变。金人南侵，宋室南渡，突然发生的天翻地覆震动了社会，也动摇了词坛。在南北宋之际，婉约词赖以生存的歌台舞榭突然消失了。面对着兵荒马乱、生民涂炭的社会现实，词人们再也无法用婉丽软媚之声来歌唱儿女情长、依红偎翠的生活。在整个民族的危急存亡之秋，只有慷慨激昂的悲壮歌声才能抒发词人内心强烈的爱国热情和深沉的黍离之悲。于是，苏轼的豪放词风获得了进一步发扬光大的社会背景，豪放词派由此形成。南渡之初，张元干、张孝祥等人用充满激情的词作抒发报国情怀。像张元干的《贺新郎·送胡邦衡待制赴新州》，是为上书请斩秦桧而遭贬谪的胡铨写的赠别词，书写这样的词在当时是不顾生命安危的正义行为，这样的作品是真正的“以血书者”。整个词史上，几曾出现过这种充溢着英风豪气的黄钟大吕之音？这样的词从内容到风格都与婉约词风南辕北辙，是真正的豪放词。

比二张稍后的辛弃疾更是挟带着战场烽火和北国风霜驰入词坛，在词作中抒写恢复中原、统一祖国的雄心壮志。辛派词人陆游、刘过、陈亮、刘克庄等人声同气应，他们的词作中洋溢着豪迈慷慨的爱国之音。例如陈亮的《念奴娇·登多景楼》：“危楼还望，叹此意，今古几人曾会？鬼设神施，浑认作，天限南疆北界。一水横陈，连岗三面，做出争雄势。六朝何事，只成门户私计。　因笑王谢诸人，登高怀远，也学英雄涕。凭却江山，管不到，河洛腥膻无际。正好长驱，不须反顾，寻取中流誓。小儿破贼，势成宁问强对。”词中洋溢着爱国之情与忧国之思，作者在思想上居高临下，故能耻笑王谢诸人的门户私计。如从艺术境界来看，这样的词作也对婉约词有着居高临下的优势。豪放词派反映着时代的强音，在艺术价值之外又具有巨大的社会意义，说它已成南宋词坛的主流也不算过分。直到宋末，文天祥、刘辰翁等人仍以沉郁苍凉的词作诉说着亡国的悲愤，为宋代豪放词派画上光辉的句号，也为宋词画上光辉的句号。

从北宋末年的周邦彦起，婉约词派内部有了新变的迹象。从宏观上看，周邦彦也是婉约派词人。在题材上，周邦彦并未受到苏轼词的影响，反倒回到婉约词的传统上去。周词的内容基本上都是春愁秋恨、相思赠别以及咏物写景等。周词的风格也仍以婉约为主要倾向。但是与晏几道、秦观相比，周邦彦的词风也有较大程度的创新。首先是爱情题材的比重显著降低了，取而代之的是咏物题材大大增多了。其次是语言风格变得典雅精丽，缜密浑厚。当然，最重要的是在音律方面更加讲求严整谐畅，使词律变得更加精细、周密。南宋的姜夔继承周邦彦的精神，在内容和形式上进一步去俗存雅，追求韵味深永的艺术境界。由于周、姜写词特别重视格律，故此派词人被称作格律词派。格律词派既是北宋婉约词派内部的新变，也对豪放词风有所吸收。尤其是姜夔，他不但曾仿效苏轼、辛弃疾的词风，而且善于以健笔写柔情，即将刚健有力的笔墨融于凄清缠绵的情调之中，从而形成格律派词特有的清新典丽、空灵冷隽的风格。南宋后期的吴文英、王沂孙、张炎、周密诸人步武周、姜，终于形成了以周、姜为首的格律词派。从整体上看，格律词派的特点是强调音律精严，风格上则追求醇雅典丽，是一个特别重视形式，要求文学美与音乐美并重的词派。格律派对词体的形式建设有着特别重要的贡献。周邦彦精通音乐，常以懂得音乐的古人周瑜自比，号其堂曰“顾曲堂”。周邦彦作词不但讲求平仄，而且仄声中的上、去、入三声亦从不相犯，更好地以字的声调去配合词乐的旋律、节奏。可以说，在周邦彦的手中，词律才真正规范化了。有些南宋词人竟把周词视同词谱，比如方千里、杨泽民、陈允平等人，甚至追和周词中的全部词调，每字的四声都遵循周词原作。姜夔也精通音乐，能自创词曲。姜夔词集中有十七首词附有旁谱，是现存文献中仅存的宋词乐谱。格律词派的后劲张炎著有《词源》，是关于词乐理论与作词手法的词学专著。书中提出的“清空”、“骚雅”等概念，也反映着格律词派的词学观点。沈义父所著《乐府指迷》则以周邦彦为词宗，论词特重协律，也是格律派的理论总结。

四、宋词的历史地位与影响

宋词是中国古典诗歌史上惟一能与唐诗相媲美的光辉名词。那么，宋词到底在哪些方面足以与唐诗交相辉映呢?

首先，宋词的艺术形式已臻完美，宋代词人对词体的建设取得了无与伦比的成就。无论是小令还是长调，无论是单调、双调还是三叠、四叠，词的形式在宋代都已严格定型。虽然宋以后的词人偶尔还有新词调的创制，但是整个词史上最常见的一百多种词调都定型于宋人之手。此外，在词的章法、句法、字声等方面，宋词也都成为后代词人遵循的规范。如果说五七言诗和词是中国古代诗歌的两种最重要的形式，那么唐诗与宋词分别是这两种诗体的典范作品。在宋词中，文字之美与音乐之美珠联璧合，相得益彰，具有任何其他诗体都无法相比的美学特征。词本是配合音乐歌唱的歌词，入宋以后，这种诗体受到整个社会的青睐，尤其是那些生活优裕、情趣高雅的士大夫，更把词看作最得体的遣兴娱宾之艺。身居高位的一代名宦晏殊和落魄江湖的浪子词人柳永，都同样兴致盎然地为歌儿舞女按谱填词，不同的仅是晏殊的词多作于相府官衙的尊前席上，而柳永的词则多作于秦楼楚馆而已。即使是逸怀浩气的苏轼词和龙腾虎跃的辛弃疾词，也都是配乐而作的。宋词的音乐特征是多姿多彩的，既有柳永词那种檀板轻拍的柔声低唱，也有苏轼词那种铁板铜琶的昂首高歌。既有秦观、李清照自然天成的天籁之音，也有周邦彦、姜夔精雕细琢的人为美声。虽然多数词乐没能流传下来，但宋词的音乐美却部分地凝聚积淀在词文之中，这使得宋词的声情之美在古代诗歌中首屈一指。总之，宋词以其音乐特性而成为中国古典诗歌史上不可重复的一个典范。

其次，宋词在题材走向、风格倾向上形成了独特的传统，从而以委婉含蓄的美学特征在中国古代诗歌史上独树一帜。从总体上看，宋词与唐诗一样，题材内容包罗万象，艺术风格也丰富多彩，并没有固定的美学特征。但是就主要倾向而言，宋词与唐诗是各有侧重的。唐诗既富于浪漫气息和理想色彩，又因关注社会现实而蕴涵着深刻的现实意义，体现着积极有为的人生追求。唐诗中虽然也有李商隐诗那种接近词境的心曲低诉，但代表唐诗主流的无疑是李、杜、韩、白所创造的昂扬之气与阳刚之美。宋词则不同，虽然苏轼词如天风海雨，辛弃疾词如山呼海啸，但在整个宋代词史上，婉约词在数量上占有绝对优势。苏、辛都善于写婉约词，其婉约词的水准并不亚于秦观、周邦彦。所以宋词在总体上有如下特征：题材走向上注重个人生活而不是社会现实，表现功能上长于抒情而短于叙事，风格倾向上偏好阴柔和婉而不是阳刚雄豪。唐诗洋溢着英雄之气，宋词却充满儿女之情。可以说，宋词弥补了中国古典诗歌中女性和爱情题材方面的不足。中国古典诗歌中并不缺乏描写女性的作品，但是那些诗的主题大致上是下面两种：一种是哀悯社会上某些不幸的女性，例如征人妇、商人妇、弃妇、宫女等，这些作品事实上是反映社会问题，不是具有普遍意义的女性题材。另一种是把女性当作欣赏乃至玩弄的对象，主要的代表作是南朝的宫体诗，这些作品着力描写女性的容貌服饰，格调上往往有淫靡的倾向，显然不是健康的女性题材。宋词则不然，宋代词人深入地体会女性的感情，细致地揣摩女性的声气，宋词不但生动地描绘了女性的明珰翠羽和容貌体态，而且成功地刻画了女性的眉尖颦笑和心底微澜。从主流倾向来看，宋代词人对女性的态度是同情、理解和尊重。宋词对女性题材的注重是前所未有的，柳永词中要求过正常生活的妓女，晏几道、秦观词中温婉善良的歌女，都是五七言诗中较少见到的女性形象。更不用说女词人李清照在词中的女性自画像了。宋词在爱情题材上具有更大的开拓意义。由于受到儒家诗教学说的巨大影响，中国古典诗歌中爱情题材的欠缺成为先天性的痼疾。即使古代诗人想要吟咏爱情，“发乎情，止乎礼义”的圣贤教诲也会阻止他们表现得太热烈、坦率。宋词的独特性质和功能使它克服了这种缺陷。由于词体具有很强的娱乐功能，文人们长期视之为小道，他们填词时不免带有游戏笔墨的意味，并未把词看作与诗文一样的严肃文体。这样，词就没有被赋予政治教化的意义，它逐渐发展成“艳科”，并与庄重严肃的五七言诗分道扬镳。在宋代，诗、词有着非常明确的功能性分工。宋代士大夫在政治生活上的态度是非常严肃的，他们用来抒情述志的诗文作品也庄重无比，爱情题材在诗文中几乎绝迹。但是与此同时，宋代士大夫生活优裕，接触歌儿舞女的机会较多，他们的私生活中当然会有男女恋情的内容。于是词这种特殊的诗体便被选为合适的情感宣泄口。宋词在爱情题材方面的巨大成就，在整个古典诗歌史上独领风骚，这是宋词在内容上的最大特征。

第三，宋词取得的巨大成就使它在文学史上足以与唐诗双峰并峙，同样成为后代诗人学习仿效的永久性典范。宋词流派众多，名家辈出，其中自成一家的著名词人就有几十位之多，像柳永、欧阳修、晏几道、苏轼、秦观、贺铸、周邦彦、李清照、张元干、张孝祥、辛弃疾、姜夔、吴文英、王沂孙等人不但在宋代词坛上名震一时，而且对后代词坛产生了巨大的影响。宋词在题材取向之广泛，艺术形式之完美，艺术手段之纯熟，艺术风格之多样等方面，均达到了登峰造极的地步。就像唐诗在五七言诗史上无与伦比的地位一样，宋词在词史上的地位也是不可逾越的。诗词异体，各自具有不同的艺术特征和长处。宋以前的五七言诗歌在艺术技巧上已有丰厚的积累，且具有很强的抒情功能，这为宋词艺术提供了宝贵的前资。然而宋词也有许多独特的艺术成就，它在某些艺术技巧和抒情手段上都有超越唐诗之处。五七言近体诗的平仄格律使其具有声调谐和、回环往复之美，宋词在声韵方面更加精细工丽，其声情并茂的程度比唐诗有过之而无不及。此外如句法的长短变化，章法的细密熨帖等，宋词也比唐诗更加细致、精微。更重要的是，宋词在抒情功能上取得了长足的进步。宋词更加关注人们的内心世界，尤其是表现心曲深处的细波微澜。那些关于女性与爱情题材的宋词是不用说了，即使是宋代的豪放词，在抒情方面也同样具有深微委婉的特征，例如辛弃疾的《摸鱼儿》（更能消几番风雨）等作品，虽是抒写壮志难酬、人生易老的悲壮情怀，但那种回肠荡气、百折千回的抒情境界，是五七言诗中所少见的。可以说，长于抒情是宋词的一大特色。

正因如此，宋词成为词史上不可逾越的一座高峰，永远成为后代词人学习、模仿的典范，其影响笼罩着金、元、明、清直至现代的整部词史。

早在南宋的爱国词人还在高呼抗金复国之时，宋词的影响就已悄然越过淮河、散关，弥漫于金国的词坛。金代的早期词人蔡松年，便是从学习苏轼词而起步，并取得成就的。随着时间的推进，宋词对金词的影响越来越深，到了金词巨擘元好问，则不但学习苏、辛，而且兼采周、秦之长处。在整个金、元、明时代，苏轼和辛弃疾被看成词学的最高典范。清代号称词学的中兴时代，清词名家辈出，流派纷呈，成就远逾金、元、明诸代，而与宋词接轨。然而清词受到宋词的深刻影响则是有目共睹的。例如阳羡词派取法辛弃疾与蒋捷，浙西词派推崇姜夔与张炎，而常州词派则以周邦彦为典范，等等。可以说，清词之所以能成就斐然，与清代词人善于学习宋词大有关系。当然，清人学宋绝非亦步亦趋的摹仿，而是含英咀华、自酿新蜜，这正体现了宋词潜在的艺术生命力之旺盛。宋词的影响还溢出国界，成为亚洲邻国的词人争相仿效的对象。例如日本的野村篁园喜作咏物词，并以姜夔、史达祖、吴文英为师。山本鸳梁词风清空，以张炎为宗。而森槐南则追摹苏轼、辛弃疾之雄豪，兼师晏几道、秦观之秾丽绵密。在朝鲜、越南等国，宋词的影响也极为深远，如朝鲜词人李齐贤之学苏轼，越南词人白毫子之学姜夔、张炎，都有所成就。

宋词的影响还扩展到其他文体，尤其是对元曲的影响堪称巨大。在形式上，宋词的某些词调后来演变成曲调，例如《秦楼月》、《风入松》、《点绛唇》、《念奴娇》等，曲谱与词谱基本相同。不妨说，宋词在形式上为元曲的产生准备了条件，而且对元曲的体制有着直接的影响。宋词在艺术上也对元曲有多方面的影响。由于词与曲都是合乐的诗体，如何使文字更好地配合乐谱便是两者共同的关键，而宋词在这方面积累的艺术经验显然为元曲提供了有益的启迪。张炎《词源》中关于音律的阐述直接影响了元曲理论家周德清“明腔识谱”观点的形成。

宋词中有一些比较通俗的作品，例如南宋初年石孝友的词作，几乎成为元人散曲的滥觞。

总之，宋词在中国古典诗歌史上产生了巨大的影响，这是其辉煌成就的必然结果。

第六章　苏　轼

一、问汝平生功业:黄州惠州儋州

宋徽宗建中靖国元年（1101）五月，即将走到生命尽头的苏轼来到镇江金山寺，应寺僧之请自题其画像："心似已灰之木，身如不系之舟。问汝平生功业，黄州、惠州、儋州。"为什么说他的一生功业，就是到过黄州等三个流放之地呢？让我们从苏轼的生平说起。

苏轼，生于宋仁宗景祐三年（1036）①，卒于宋徽宗建中靖国元年（1101）。他出生于一个家境小康的耕读之家，其父苏洵少喜游侠，二十七岁方发愤读书，后因擅长古文得欧阳修等人的赏识，年过半百才得入仕，任秘书省校书郎的微职。苏洵自己仕途不顺，便把希望寄托在

① 苏轼的生日为十二月十九日，于公元已为1037年1月8日。因前人言及苏轼年龄时皆依夏历，故本书仍以1036年为其生年。

两个儿子身上，亲自辑校典籍，用作苏轼、苏辙的教材，并精心指导他们写作古文。苏轼的母亲程夫人知书达礼，曾亲自指导苏轼读书。苏洵的严正刚强和程夫人的慈爱宽容对苏轼的性格都有深刻的影响。

苏轼自幼聪慧，二十岁时随父入成都谒见知州张方平，便被誉为天上的麒麟。二十二岁那年，苏轼进士及第，深得主考欧阳修的激赏。他回乡服母丧三年，于二十六岁那年以最高的等级高中制科①，名震京师，从此迈入仕途。然而苏轼在仕途上的命运却远非一帆风顺。他赴凤翔府签判三年，经受了地方实务的锻炼。三十岁还朝，召试秘阁合格，得直史馆。次年因父丧返乡，三十四岁还朝，任殿中丞直史馆判官告院。此时王安石的变法已经如火如荼地展开，苏轼认为新法的推行过于仓促，弊端甚多，就直言不讳地向朝廷提出不同意见。没想到这就触怒了王安石及混迹于新党的吕惠卿等人，新党的爪牙竟然诬告苏轼兄弟扶丧返乡时曾利用官船贩运私盐等物，虽查无实据而不了了之，但苏轼深感人心险恶，便上疏请求外任。三十六岁那年，苏轼出任杭州通判。后调任密州知州、徐州知州。四十四岁调任湖州知州。到任仅三个月，便遭遇了“乌台诗案”，经千里追捕押至汴京，关入御史台大狱，度过了长达一百三十多天的铁窗生涯。虽然御史们一心想把苏轼办成死罪，但所谓的罪证只是一些讥讽新法的文字，这种以文字论罪且置人于死地的做法毕竟是不得人心的，有正义感的朝臣纷纷向神宗请求宽免苏轼，连退居江宁的王安石和身居深宫的太皇太后曹氏也出面求情，最后神宗终于赦免苏轼的死罪，将他贬往黄州。

元丰三年（1080）正月初一，汴京城里爆竹喧天，苏轼在御史台差

---

①　北宋制科虽分五等，然一、二两等乃虚设者，从不授人。苏轼所中之三等，即为最高等第，整个北宋仅有两人获此殊荣。

役的押解下走出京城，前往黄州。黄州是个荒凉偏僻的小城，苏轼又是个戴罪之身，初来乍到无处栖身，只好寄居在一所叫定惠院的小寺庙里。一个春寒料峭的夜晚，苏轼独自来到江边散步，一股深深的寂寞之感缠住了他的灵魂，于是他写了一首《卜算子》：

缺月挂疏桐，漏断人初静。谁见幽人独往来，缥缈孤鸿影。惊起却回头，有恨无人省。拣尽寒枝不肯栖，寂寞沙洲冷。

词中的孤鸿，正是惊惶失措、无处容身而又品行高洁的那位幽人的象征。幽人像孤鸿，孤鸿也像幽人。当然，那个幽人就是苏轼自己。

来到黄州后，苏轼的生活发生了很大的变化。他虽然不是出身于累代簪缨之家，但是家境尚属小康，自幼没有体验过衣食之忧。入仕以后靠俸禄为生，也很少遇到捉襟见肘的窘境。然而现在不同了，他虽然还顶着“检校水部员外郎充黄州团练副使”的虚衔，但已经没有正常的俸禄可领了。苏轼向来不重理财，手头没有多少积蓄。无论如何节俭，他的积蓄也支撑不了多久。一年以后，苏轼便囊中羞涩了。经友人代他请求，黄州官府拨给他一块荒地来开垦。那块荒地位于黄州城东门外的山坡上，苏轼便给它取名为“东坡”，他联想到唐人白居易谪居忠州时，非常喜爱忠州城外的“东坡”，于是自号“东坡居士”。在开荒种地的余暇，苏轼并不一味地放浪山水、啸傲风月，他也抓紧时机读书、著书，那间四壁画满雪景的雪堂成为东坡这位“素心人”潜心学术的书斋。他在黄州曾第三遍手抄《汉书》，还动手撰写《论语说》、《易传》等学术著作。苏轼在黄州不敢多作诗文，只留下了前、后《赤壁赋》和《寒食雨二首》、《东坡八首》等佳作。他更多地将兴趣转移到填词和书画上来。他在黄州几乎每天都要挥毫泼墨，如今留传世间的东坡墨迹，以写于黄州的为最多。他的书法造诣，也在黄州得到很大的提高。苏轼在黄州作文作诗都比较少，只有词的数量不减反增。他在黄州生活了四年零三个月，平均每年作词十九首，远高于其一生的平均数。尤其值得注意的是，苏轼在黄州所写的七十九首词中，名篇之多，远非其他时期可比，黄州堪称苏词创作的巅峰时期。例如那首慷慨激烈的《念奴娇·赤壁怀古》：

大江东去，浪淘尽、千古风流人物。故垒西边，人道是、三国周郎赤壁。乱石穿空，惊涛拍岸，卷起千堆雪。江山如画，一时多少豪杰！

遥想公瑾当年，小乔初嫁了，雄姿英发。羽扇纶巾，谈笑间、樯橹灰飞烟灭。故国神游，多情应笑我，早生华发。人生如梦，一樽还酹江月。

这不但是苏词中面目一新的代表作，也是词史上前所未有的豪放词。可以毫不夸张地说，黄州的贬谪生涯使苏轼的人生观变得更加成熟，也使他的文学创作变得更加深沉，黄州堪称苏轼人生道路上最重要的一座里程碑。

元祐年间，苏轼还朝，升任翰林学士知制诰等要职，且曾三度担任幼君哲宗的侍读学士。此时高太后垂帘听政，新党失势。但是当旧党首领司马光要在一年之内全部废除新法时，苏轼又挺身而出表示反对，从而得罪了旧党中的许多权要，又被排挤出朝，先后在杭州、颍州、扬州任知州。元祐八年（1093），高太后逝世，哲宗亲政，新党卷土重来。苏轼于当年出任定州知州，次年四月贬英州，在南迁途中再贬惠州。十月，苏轼到达惠州。此时，重掌朝政的新党对政敌的迫害变本加厉，苏轼在惠州的处境也比黄州更加艰难。况且他已是老病交加，岭南的气候又很难适应。尽管苏轼能以淡定从容的心态应对困境，但心头的惆怅、失落毕竟是难以祛除的。请看这首著名的《蝶恋花》：

花褪残红青杏小。燕子飞时，绿水人家绕。枝上柳绵吹又少，天涯何处无芳草。　墙里秋千墙外道。墙外行人，墙里佳人笑。笑渐不闻声渐悄，多情却被无情恼。

此词作年不详，很可能作于前往惠州的贬谪途中。从表面上看，这仍然是传统的婉约词风调。一位天真烂漫的可爱少女，在燕飞水绕的园子里兴高采烈地荡着秋千，全不管春光已逝，花落絮飞。而墙外匆匆路过的行人听到墙里飘出的娇柔笑语，顿觉情思宛然。然而此词的抒情主人公真是词人偶然邂逅的那个少女吗？显然不是。唐人杜牧有一首《南陵道中》："南陵水面漫悠悠，风紧云轻欲变秋。正是客心孤迥处，谁家红袖凭江楼？"心怀愁思的旅人在途中突然瞥见美丽的异性，格外会凸现心头的孤寂感。苏轼的这首词也是如此。时节是春去夏来，境遇是人在天涯，作者的所见所闻莫不增添心头的烦恼：红花凋谢，青杏结子，枝上的柳绵飘飞将尽。偏偏在此时从园墙里荡出一架秋千，又传来一阵少女的欢声笑语！惆怅、寂寞之感油然而生，于是他责怪墙里的佳人是如此无情！这里有什么绮思艳情吗？没有。充溢全词的只是时光流逝、天涯沦落的落寞和委屈。难怪到了惠州以后，苏轼命侍妾王朝云唱此词，朝云刚要开口，忽然泪流如雨，一个字也唱不出来。苏轼问其缘故，朝云说她实在无法唱出"枝上柳绵吹又少，天涯何处无芳草"这两句。苏轼听了，心里顿时有一种不祥之感。其后朝云时常沉吟这两句词，每次都吟得泪流满襟，染病卧床后更是如此。作为苏轼的闺中知己，朝云清楚地领会了词中的言外之意。不久朝云病逝，苏轼终身不再听唱此词。这样的婉约词，已经与一般意义上的抒情诗完全合流了。

到达惠州的第三年，朝云去世。苏轼老泪纵横，作《西江月》悼之：

玉骨那愁瘴雾，冰姿自有仙风。海仙时遣探芳丛，倒挂绿毛幺凤。　　素面翻嫌粉涴，洗妆不褪唇红。高情已逐晓云空，不与梨花同梦！

明人杨慎说："古今梅词，以坡仙'绿毛幺凤'为第一。"（《词品》）但此词名为咏梅，实即悼亡。朝云不仅是以貌美艺精见宠于苏轼的侍妾，而且是对苏轼的为人理解很深的闺中知己。她对苏轼始终忠敬如一，当苏轼被贬到荒远的惠州时，朝云主动请求同行。无怪苏轼要以高标绝俗、不畏蛮烟瘴雨的梅花来为她写照。从字面上看，此词句句都是咏梅。但仔细体味，却句句都是写人。若隐若现，不即不离。花耶？人耶？两者已经融为一体。花即人，人即花。惜花即是悼亡，悼亡即是惜花。谁说苏轼作词"短于情"？这首《西江月》就是最好的反证。

苏轼好不容易在城外的白鹤峰上自建一所住宅，并将留在宜兴的两房儿孙接来同住，准备长做惠州土著了，却突然被朝廷再度贬往海南的儋州。绍圣四年（1097）六月，六十二岁的苏轼在幼子苏过的陪伴下，渡海前往儋州。儋州地处海南岛的西北角，气候炎热，冬季的海风却相当寒冷，山里林木阴翳，非雨即雾，是名副其实的瘴疠之地，中原人士一向将之视为十去九不还的鬼门关。章惇等人把六十二岁的苏轼贬往儋州，其险恶用心路人皆知。儋州的贫穷落后更是超出了苏轼的想象，他写信给友人说：“此地食无肉，病无药，居无室，出无友，冬无炭，夏无寒泉。然亦未易悉数，大率皆无耳！”（《与程秀才》）除了“大率皆无”之外，儋州还有令中原人士头痛之极的困难，即风俗迥异，言语不通。苏轼用什么办法来抵御如此恶劣的气候与环境呢？他的精神武器就是旷达乐观的心态和坚毅刚强的意志，就是抽身一步天地宽的积极人生观。正因如此，苏轼在精神上始终处于居高临下的优势地位，他能傲视一切苦难。虽然章惇之流一心盼望着苏轼在海南的绝境中忧郁而卒，他却悠然自得地背着大瓢在田间边走边歌。苏轼在儋州完成了《易传》、《书传》和《论语说》等三部著作，这是他平生学术思考的结晶。苏轼在海南的诗文也进入了新的境界，繁华落尽，平淡自然，其中尤以《和陶诗》最为显著。三年以后，尽管海南的瘴雨蛮风严重地损害了苏轼生理上的健康，北归途中的他已经面呈土色，鬓发尽脱，但是他在精神上依然健全刚强，依然是那个乐观旷达、潇洒自在的“东坡居士”。岭海七年是苏轼生命中的最后一程，是最为艰难困苦的一个阶段，然而也是其生命之光最为辉煌灿烂的一个阶段。尽管苏轼也曾出入玉堂金马，但他在儋州时戴笠着屐的形象成为“东坡居士”永久的历史定格。所以“问汝平生功业，黄州惠州儋州”两句诗，如论仕途功名，当然是苏轼的自嘲，如论文学业绩和人生意义，则此语堪称对苏轼生平的确切评价。黄州时期使壮年的苏轼爆发出耀眼的生命火花，岭海时期则创造了余霞满天的晚年辉煌，这是中国文化史上的一大奇观。

二、面折廷争与万家忧乐

苏轼幼时，曾与其母程夫人一起读《后汉书》中的《范滂传》，读到范滂因反对宦官被捕、范母鼓励儿子从容就义的事迹时，程夫人慨然长叹。年方十岁的苏轼问母亲：“轼若为滂，夫人亦许之否乎？”程夫人说：“汝能为滂，吾顾不能为滂母耶？”①苏轼入仕后经常遇贬或放于外任，一生中真正在朝任职的时间总共只有八年零十一个月，但是他忠心耿耿，遇事敢言，往往奋不顾身地面折廷争，真正实现了儿时的誓言。

苏轼的政治思想与当时执掌朝政的王安石南辕北辙，两人互相讥评，苏轼指责王安石好为管仲、商鞅之术，王安石则批评苏轼之学出于战国纵横之家。平心而论，苏轼的话撕掉了王安石思想的外层包装而击中其要害，王安石的话却仅仅涉及苏轼学说的外表而未能中其肯綮。王安石精于经术，并以此妄自尊大，他的变法理论包装着一层儒家经术的外衣，新法的每个名目似乎都能从周礼古制中找到依据，其实质却是管仲、商鞅有关富国强兵的法家学说，苏轼对此了如指掌。其实苏轼并不反对革新朝政，早在嘉祐六年（1061），他就在应制举的策论中初步阐述了对于朝政的看法，既反对因循苟且，也反对急于求成而用“悍药毒石”来治病。这些策论虽然是为应制举考试而作，但它们的内容具有很强的现实意义，完全可以视为东坡要求改革的政治纲领。苏轼认为要想消除“三冗”、“两积”的积弊，一定要汰除冗官，裁汰兵员，减省冗费，同时也要整顿吏治，训练军队，以达到革新政治、增强军队战斗力的目标。然而苏轼虽然要求革新，并希望通过革新来解除朝廷面临的困境，但他不主张采取急剧地变更法令的方法，他说：“苟不至于害民而不可不去者，皆不变也。”他认为变法一定要非常慎重，千万不可朝令夕改，否则的话，“虽得贤人千万，一日百变法，天下益

① 见苏辙《亡兄子瞻端明墓志铭》，《栾城集·后集》卷二二，上海古籍出版社1987年版，第1411页。

不可治”。由此可见苏轼所主张的革新朝政的最终目的和具体手段都与王安石大异其趣，所以当宋神宗与王安石轰轰烈烈地变法时，力主改革的苏轼却表示坚决反对。熙宁二年（1069），正当新政如火如荼地急速推进时，苏轼接连上书，旗帜鲜明地表明反对轻易变法，在《上神宗皇帝书》中，他揭起三面大旗：“结人心”、“厚风俗”、“存纪纲”。从表面上看，苏轼的言论与王安石的《上仁宗皇帝言事书》都是道、术并重的，但就其本质而言，则前者是基于儒家仁政爱民之道，后者却是基于法家富国强兵之术，泾渭分明，南辕北辙。苏轼的政治思想是以儒学为本的，其精髓就是仁政之说，这是他思考一切政治问题的出发点。苏轼的《上神宗皇帝书》，是他“思之经月，夜以继昼，表成复毁，至于再三”的心血结晶，堪称深思熟虑之计、披肝沥胆之言。清人顾炎武对此书大为赞叹：“当时论新法者多矣，未有若此之深切者。根本之言，人主所宜独观而三复也！”可惜急于求成的神宗根本没有心思来“独观而三复”。

苏轼进谏的范围非常广泛，真正做到了知无不言、言无不尽。他在熙宁年间进谏的主要对象是新法，但他对朝政的其他缺失也没有缄口不言。无论是新党执政的熙宁年间还是旧党执政的元祐时期，凡是与朝廷除弊兴利有关的事情，总能听到苏轼的声音。更加难能可贵的是，苏轼反对新法，完全是出于公心。当新法正在势不可挡地推进时，他力挽狂澜坚决反对。但一旦时移势异，新法遭到全面废除时，他又挺身而出呼吁保留其中的合理部分。元丰八年（1085），新党失势，司马光东山再起，就像当年王安石雷厉风行地推行新法一样，司马光也以同样的热情和效率废除新法。苏轼就在此时从黄州贬所回到朝廷，不久，他就公开反对司马光废除免役法。他认为“差役、免役各有利害”。既然如今免役法已经施行近二十年，吏民都已习惯，就主张保留免役法，只要革除其中的不合理部分即可。为此，苏轼惹得司马光怒不可遏。

从熙宁到元祐，新、旧两党此起彼伏，政局像棋局一样翻覆不定。当时的士大夫只要肯趋炎附势，或首鼠两端，猎取富贵就像探囊取物一般容易。聪明过人的苏轼对上述政治态势了然于胸，他完全明白只要自己在熙宁年间附和王安石的旨意，或在元祐初年惟司马光马首是瞻，则荣华富贵可以立致，但是他偏偏反其道而行之。这种一心报国，只考虑国家利益而丝毫不计个人得失的精神，正是苏轼政治品质中最为耀眼的闪光点。苏轼以自身的行为实现了范仲淹、欧阳修等人革新士风的道德追求，若与混迹于新、旧两党以谋私利的吕惠卿、刘挚之流相比，或与遇事从不表态的“三旨相公”王珪相比，苏轼简直像是杜诗所说的“万古云霄一羽毛”。正因如此，与二程一脉相承的朱熹虽因理学的门户之见而对苏轼多有讥评，但仍承认其气节过人：“东坡议论虽不能无偏颇，其气节直是有过人处！”（《朱子语类》卷三五）虽然词不是特别适合抒发政治情怀的诗体，但苏轼的词作也曾表露其心迹，例如《沁园春》：

> 孤馆灯青，野店鸡号，旅枕梦残。渐月华收练，晨霜耿耿；云山摛锦，朝露漙漙。世路无穷，劳生有限，似此区区长鲜欢。微吟罢，凭征鞍无语，往事千端。　　当时共客长安，似二陆初来俱少年。有笔头千字，胸中万卷，致君尧舜，此事何难。用舍由时，行藏在我，袖手何妨闲处看。身长健，但优游卒岁，且斗尊前。

金人元好问对此词极表怀疑，他说：“‘野店鸡号’一篇，极害义理，不知谁所作，世人误为东坡，而小说家又以神宗之言实之云：‘神宗闻此词，不能平，乃贬黄州。且言：教苏某闲处袖手，看朕与王安石治天下。’”（《东坡乐府集选引》）元氏的怀疑并无根据，此词在苏词的各种版本中都有，不能因“极害义理”就说它不是苏轼所作。那么元氏为什么会怀疑它呢？原因在于此词中所抒写的那种人生志向与牢骚之情，在苏轼以往的词作中很少出现。元氏所说的“小说家言”确实是齐东野语，不足凭信。因为此词在当时肯定没有引起神宗的注意，否则的话，在“乌台诗案”发生时肯定会被御史们罗织入罪，苏轼就难以得到神宗的宽恕了。由于词体向来不具有政治功能，所以在御史们搜集苏轼的罪证时根本不会注意到其词作。其实对于苏轼来说，词与五七言诗在性质和功能上都并无根本的区别。此词作于熙宁七年（1074）前往密州的途中，当时苏轼正因反对新法而受到新党排斥，辗转于地方官任上。政治理想难以实现，政治才能难以施展，却在宦海浮沉中消磨了岁月和壮心。面对着如此的时局，苏轼除了袖手旁观还能有什么作为？身处如此的人生困境，苏轼在词中发发牢骚又有何不可？

苏轼入仕以后，在外地任地方官的时间长达十三年半，他先后辗转于凤翔、杭州、密州、徐州、湖州、登州（今山东蓬莱）、杭州、颍州（今安徽阜阳）、扬州、定州等地，担任签判、通判、知州等职，其中时间最长的是凤翔签判，做满了整整三年的任期，时间最短的是登州知州，到任五天便奉命调离。后人来到东坡曾经为官的地方，看见到处铭刻着他的名章迥句，也许会误以为这位风流潇洒的大名士成天都在吟赏风月、品题山水，不知他其实是一位兢兢业业地勤于政事的循吏。苏轼每到一地，都要细致深入地调查民情风俗，访问民间疾苦，除弊兴利，政绩卓著，深受各地人民的爱戴。且看两例：

熙宁十年（1077），苏轼出知徐州，到任四个月后就遇上了历史上罕见的一场洪灾。因黄河泛滥，滔天的洪水直扑徐州城而来，几天之后，徐州城外的积水深达二丈八尺，水面高于城中平地一丈有余，与外城墙的顶端则仅差数寸。苏轼临危不惧，他一边向父老请教以往抗洪的经验，一边火速征集民夫五千人，抢修堤坝，加固城墙。形势越来越危急，苏轼又不顾朝廷禁令，亲自去向驻扎在当地的禁军求援。在长达两个多月的抗洪斗争中，苏轼忧心如焚，日理万机，既要指挥军民抢险堵水，又要筹集粮款救济灾民，连从哪里取土来筑堤修城都使他绞尽脑汁。他昼夜不得休息，身披蓑衣，手拄木杖，东奔西走，指挥调度，夜里就在临时搭建在城头的草棚里打个盹，一连多日过家门而不入。直到两个月后，水势才开始减退。仁者必勇，苏轼正是以一颗仁者之心勇敢地承担了领导抗洪的重大责任。洪水退后，苏轼又考虑如何预防下一场洪水。他知道黄河每隔五六十年就会溃决一次，徐州地处汴河、泗河的下游，地势又相当低洼，如不未雨绸缪，就难免再度受灾。第二年春天，苏轼便动工改修外城，并修缮新的防洪大堤。徐州的这场抗洪斗争，充分体现了苏轼临危不乱的大将风度和应对有方的行政才干，更体现了他以天下为己任的儒家风范。如果没有前一点，他就难以对付那场突如其来的迅猛洪灾。如果没有后一点，洪水既已退去，苏轼明知北宋的官制规定地方长官的任期不得超过三年，在他的任期内绝对不会有第二次洪水了，又何必劳心焦思地筹措徐州防洪的百年大计？

元祐四年（1089）七月，苏轼出知杭州，此时距离他离开杭州已经整整十五年了。他上次在杭州任职通判，此次则身为独当一面的地方长官，心中既感慨又高兴。没想到刚到任便面临着灾难不断的严峻局势，先是稻米歉收，粮价飞涨，后又疾疫流行，人心惶惶。苏轼劳心焦思，采取各种措施调集粮食，平揭粮价。又捐出自己积蓄的五十两黄金，建立了一所“安乐坊”，延请懂得医道的僧人坐堂治病，并熬制名为“圣散子”的防疫汤剂免费发放给百姓，终于成功地遏制了疾疫的流行。苏轼在杭州任上最大的政绩是兴修水利，这是一个包括修缮水井以及疏浚运河和西湖的系统水利工程，其中对西湖的疏浚一直垂惠至今。苏轼一上任便发现西湖隐患丛生。原来西湖的水源不足，又极易滋生葑草，堆积淤泥，形成大片的葑田。苏轼急百姓之所急，上任不久便千方百计筹措经费，调集人力，来清除葑草，挖掘淤泥。然而湖面的葑田面积已达二十五万方丈，淤泥更是不计其数，这么多的葑草和淤泥又如何处置呢？苏轼为此绞尽脑汁，终于想出一个两全之策。原来西湖上原有一道自东至西的白堤，但是南北向却无堤。于是他下令用葑草和淤泥在湖中新筑一道由南往北的长堤，变废为宝，而且就地取材，省去了运输之劳。为了更好地指挥工程，苏轼干脆在钱塘门外的石佛院里设立了临时办公处，每天都亲临工地进行督察。四个月后，一道新堤便如长龙卧波般出现在湖上。此堤长八百八十丈，宽五丈，它南起南屏山，北至栖霞岭，堤上建有六座石桥，让湖水在桥下自由流动。又建有九座凉亭，便于行人歇脚、避雨。堤上遍植杨柳和芙蓉，一则美观，二则利用树根巩固堤岸。竣工那天，杭州的百姓倾城而至，叹为观止。浚湖大功告成后，苏轼又开始谋划如何使西湖长期保持清澈。他听从属吏的建议，下令把原来的葑田全部改成菱荡，租给湖边的农民种菱。越人种菱，每年春天都要把水中的藻荇杂草芟除得寸草不留，然后才能下种。这样，葑草的危害就能彻底根除了。苏轼制订了严密的计划，只让农民在湖边易生葑草的区域内除草种菱，不得侵占主要的湖面，为了便于人们识别边界，还在湖中竖立了几座小石塔，明令禁止在石塔内侧的湖心种菱。时过九百年，西湖里还保留着三座石塔，就是“三潭印月”。经过一番苦心经营，西湖又恢复了往昔的美丽。苏轼离任后，新任知州把湖中新堤命名为“苏公堤”，后人简称为“苏堤”，直至如今。

苏轼在地方官任上的所作所为，充分说明他对儒家的仁政学说不但衷心服膺，而且身体力行。他将儒学的精神贯彻在日用人伦之中，他忧与民同，乐与民同，他最关心的不是自己的政绩，而是百姓的安居乐业。即使当他以罪官的身份生活在贬谪之地时，当地百姓的疾苦依然使他不能释怀，他仍然主动为地方上做一些力所能及的事情。南宋诗人陆游说：“身为野老已无责，路有流民终动心。”（《春日杂兴》）作为不在其位的士人，只要心中有这样一份关怀也就足以称道了。可是苏轼却进而向当地官府献计献策，甚至亲自参与地方上的公益事务，仿佛他对当地的百姓依然负有不可推卸的责任。对于苏轼来说，儒家的仁政思想已经成为沦肌浃髓的自觉信念，为百姓解除疾苦已经成为他的本能行为，他在地方官任上的责任感一直延伸到解职之后。当苏轼被贬至岭南时，他已经处于自顾不暇的窘境，一举一动都会引起朝中政敌的疑忌，他依然毫不迟疑地为当地百姓的福祉尽心尽力。南宋人费衮在《梁溪漫志》中历数苏轼在惠州参与的各项公益事务后赞扬说：“凡此等事，多涉官政，亦易指以为恩怨。而坡奋然行之不疑，其勇于为义如此！谪居尚尔，则立朝之际，其可以死生祸福动之哉！”的确，东坡对儒家仁爱精神的贯彻发扬，真可谓“造次必于是，颠沛必于是”。仁者必勇，真正服膺仁爱思想的人必然会奋不顾身地付诸实践，苏轼就是一个杰出的典型。

三、热爱人生与奋发有为

苏轼在政治与学术等方面都有杰出的建树，即使他只是一位政治家或学者，已足以名垂青史了。然而文学与艺术才是苏轼充分发挥其巨大创造力的广阔天地。如果把文学与艺术两方面的成就综合起来予以考察的话，苏轼堪称千古独步，整个中国文化史上没有第二个人可以与他并驾齐驱。在古文方面，苏轼是“唐宋八大家”之一，实为宋代最杰出的古文家。在诗歌方面，他在北宋诗坛上与黄庭坚齐名，在整个宋代则与陆游齐名，堪称宋代最大的诗人。在词的方面，他与辛弃疾并称“苏辛”，是宋词最高成就的代表。在书法方面，苏轼与黄庭坚、米芾、蔡襄并称宋四家。在绘画方面，苏轼的墨竹及枯木怪石在绘画史上享有盛名，他还是文人画的开创者。是什么原因使苏轼得以一人之身在这么多的艺术领域内登峰造极？毫无疑问，苏轼的成就得益于其与生俱来的过人才华。相传在他呱呱落地时，家乡的彭老山上的草木忽然全部枯死，直到他死后才重现苍翠。难怪李廌在哀悼苏轼的疏文中说：“名山大川，还千古英灵之气。”然而，更重要的原因则在于苏轼后天的努力：他热爱人生、珍惜光阴，从而以迥然不群的勤奋精神对待人生，才能如此奋发有为。

苏轼热爱人生，热爱人间。熙宁九年（1076）的中秋之夜，苏轼在密州的超然台上举头望月，思念远在济南的弟弟苏辙，写下了千古传诵的中秋词《水调歌头》：

> 明月几时有？把酒问青天。不知天上宫阙，今夕是何年？我欲乘风归去，又恐琼楼玉宇，高处不胜寒。起舞弄清影，何似在人间！
>
> 转朱阁，低绮户，照无眠。不应有恨，何事长向别时圆？人有悲欢离合，月有阴晴圆缺，此事古难全。但愿人长久，千里共婵娟。

据说宋神宗读后说：“苏轼终是爱君。”其实苏轼的意思不是爱君，而是热爱人间。所以连凡人最希望的白日飞升，他也弃之不顾。在他看来，即使像嫦娥那样飞升入月，永久居住在广寒宫的琼楼玉宇里，又有何益？ 高处寒冷，而且孤寂，远不如人间温暖可爱。 这首中秋词不仅是中秋佳节或天上明月的颂歌，它更是一首人间的颂歌。

正因如此，苏轼词中洋溢着对亲友的款款深情。 治平二年（1065）正月二十日之夜，苏轼梦见已经去世十年的前妻王弗，作《江城子》记梦：

> 十年生死两茫茫。不思量，自难忘。千里孤坟，无处话凄凉。纵使相逢应不识，尘满面，鬓如霜。　　夜来幽梦忽还乡。小轩窗，正梳妆。相顾无言，惟有泪千行。料得年年肠断处，明月夜，短松冈。

中国古典诗歌中的悼亡诗词中，名作无数，这首《江城子》是感人最深的几首之一。 它质朴无华，直诉胸臆，纯如夫妻间的喃喃私语。 王弗的孤坟远在千里之外的眉山，自己却依然在人世间四处漂流，历尽沧桑，两鬓如霜。 即使在梦中相见，也只能默默无言地相对流泪而已。幽明相隔，但怎能隔绝夫妻间的刻骨相思？ 那月光如水、松影扶疏的小山冈，正是永远的伤心之处!

苏轼把情看作人类最根本的自然属性，在他的人生观价值体系中，情感具有最基本、最重要的本体论的意义。 在苏轼看来，政治理想也好，人伦道德也好，都应根于人情，而不应违背人情。 他认为儒家经典都是本于人情的，他在《中庸论》中说：“圣人之道，自本而观之，则皆出于人情。”苏轼性情忠厚，胸襟开阔，性格坦荡，他总是以善良的眼光去看待别人，与三教九流都有交往，自称上可以陪玉皇大帝，下可以陪悲田院中的乞丐。 的确，上至达官贵人，下至平头百姓，苏轼都能与他们推心置腹。 近在京畿都邑，远至天涯海角，苏轼的交游遍布天下。文同比苏轼年长十八岁，米芾比苏轼年轻十四岁，他们都与苏轼结成忘年之好。刘景文出身将门，释道潜身为衲子，他们都与苏轼成为生死之交。请看苏轼赠给方外之友道潜的《八声甘州》：

有情风万里卷潮来，无情送潮归。问钱塘江上，西兴浦口，几度斜晖？不用思量今古，俯仰昔人非。谁似东坡老，白首忘机。　记取西湖西畔，正春山好处，空翠烟霏。算诗人相得，如我与君稀。约他年东还海道，愿谢公雅志莫相违。西州路，不应回首，为我沾衣。

道潜是位僧人，他既是苏轼的诗友，又是其生死之交，曾受苏轼的牵累而被勒令还俗，编管兖州。元祐六年（1091），苏轼被召还朝，即将离开杭州，作此词留别道潜。词中用了晋人谢安的典故：谢安本有隐逸之志，病危归建业时路经西州门，十分感慨。谢安卒后，其外甥羊昙因敬爱谢安，从此不走西州之路。有一次羊昙醉中误经西州门，忆及谢安，恸哭而去。苏词用此典，意思是希望在生前实现隐逸之愿，以免留下遗憾而使故人像羊昙那样为我流泪。词中不无牢骚，也不无迟暮之感，但措辞平和温厚，宛然一位长者对年轻友人的和蔼口吻。所谓“有情风”者，实乃词人心中多情之故也。

苏轼还交了一大群平民朋友，例如黄州的市井小民潘丙、古耕道，儋州的黎族老乡黎子云、符林，有姓名可考的就有十多人。苏轼曾在儋州的集市上偶遇一个进城卖柴的黎族山民，两人言语不通，却用手势热切地交谈了一番，山民还将一块木棉布赠给苏轼以御海风之寒。苏轼非常感动，特作《和陶拟古》一首以纪其事。即使是对政敌，苏轼也以忠厚之心待之。章惇本是苏轼的进士同年，交好多年。但绍圣年间章惇登上相位后，迫害苏轼无所不用其极。几年后形势突变，苏轼遇赦北归，章惇却被贬南行。当章惇之子章援代父向苏轼求援时，苏轼不但不念旧恶，好言抚慰，而且亲书“白术方”一道让章惇服用以求延年。

由于热爱人生，苏轼就热爱生活，善于享受日常生活的各种乐趣，即使是平凡简朴的生活，他也觉得滋味无穷。无论是珍馐奇肴还是普通的食品，苏轼都会津津有味地品尝，还时时著于诗文公诸同好。古今诗人题咏食品既多且好者，苏轼堪称是第一人。儒家本来并不排斥物质享受，但他们更注重在箪食瓢饮的简朴生活中不改其乐，这就是后儒赞叹不已的“孔颜乐处”。苏轼继承了这种精神，但又与孔、颜同中有异。孔子与颜回以“固穷”的心态对待简朴乃至贫困的生活，是出于对自身道德人格的自信，有时甚至是出于对导致其穷困简朴生活的外在环境的抗争，苏轼在遭受政治迫害而贬逐蛮荒时也有类似的心态，但他更多的时候却是出于对简朴生活自身的热爱，他常常以一种近于审美愉悦的态度去拥抱生活，他对平凡、简朴的物质生活倾注了更多的感情。所以苏轼的心态更加平和，更加真诚，也更加贴近普通人的切身感受。他从普普通通的日常生活中获得了幸福感，还发现了美感和诗意。苏轼谪居海南，有时米粮匮乏，苏过就用山芋做成一道“玉糁羹”，东坡赞美说：“天上酥陀则不可知，人间决无此味也！”苏轼曾住杭州，日后作《青玉案》词送人返吴，词中说道：“春衫犹是、小蛮针线，曾湿西湖雨。”一味由苏过用山芋做成的羹汤，一件由朝云亲手缝制的旧衣裳，都是再平常不过的物品，可是在苏轼的笔下，它们是多么美好，多么深情绵邈！

当然，苏轼一生中遭遇了太多的挫折和磨难，曾多次流露过“人生如梦”的幻灭感。李泽厚认为这是“对整个人生、世上的纷纷扰扰究竟有何目的和意义这个根本问题的怀疑、厌倦和企求解脱与舍弃”

（《美的历程》），这是见木而不见林的误读。要是果真怀疑人生的意义，果真对人生感到厌倦，苏轼怎么可能在“黄州、惠州、儋州”的险恶环境中走完整个人生？他怎么能够在政治、学术、文学、艺术、工艺等方面做出那么巨大的贡献？他又怎么可能在临终前仍然神志清醒地坚决拒绝皈依佛门的劝诱？我们只要读几首苏轼的黄州词，就可清楚地看到他的心路历程。先看《浣溪沙》：

山下兰芽短浸溪，松间沙路净无泥，萧萧暮雨子规啼。　　谁道人生无再少？门前流水尚能西。休将白发唱黄鸡。

元丰五年（1082）春，苏轼游览蕲水的清泉寺。他看到寺前的兰溪竟是朝西而流的，浮想联翩，遂作此词。自古以来，人们都将东流不息的河水比喻时间。汉乐府《长歌行》中说：“百川东到海，何时复西归？”这个堪称“千古一问”的问题，此刻在苏轼心头引起了新的疑问。白居易在《醉歌》中说：“黄鸡催晓丑时鸣，白日催年酉时没。腰间红绶系未稳，镜里朱颜看已失。”这首传诵万口的唐诗名篇，也触发了苏轼的反诘。是啊，既然眼前的兰溪水能够向西奔流，那又安知时间不会逆向而行？当然苏轼并非果真认为人生能够老而复少，但与其悲叹时光迅速流逝而消极失望，何如以乐观的精神来对待人生，让有限的时间变得更加充实，让短促的人生变得更有价值？

再看《念奴娇》：

凭高眺远，见长空万里，云无留迹。桂魄飞来光射处，冷浸一天秋碧。玉宇琼楼，乘鸾来去，人在清凉国。江山如画，望中烟树历历。　　我醉拍手狂歌，举杯邀月，对影成三客。起舞徘徊风露下，今夕不知何夕。便欲乘风，翻然归去，何用骑鹏翼。水晶宫里，一声吹断横笛。

此词作于元丰五年秋。中年获罪，流落异乡，逢此中秋佳节，苏轼心头该有多少忧郁、烦恼！然而他乘醉狂歌，翩翩起舞，仿佛正在愉快地享受这良辰美景。词中展现的“清凉国”是多么美好：上有万里无云的碧空，下有浩渺无际的秋江，月光皎洁，水天相接，简直是一个晶莹澄澈的水晶宫。整个环境是如此的幽雅、洁净，仿佛是不染凡尘的仙境，难怪词人恍然羽化登仙，不需借助鹏翼便能乘风飞去。全词以“一声吹断横笛”戛然作结，但词人的满腹情思随着悠扬的笛声不绝如缕，使读者浸入无穷的遐想。这是厌倦人生，还是热爱人生？我们只能采取第二种解读。

苏轼在《易传》中阐释“天行健，君子以自强不息”一句说：“夫天岂以刚故能健哉？以不息故健也。流水不腐，用器不蛊。故君子庄敬日强，安肆日婾。强则日长，婾则日消。”此几句话是他终身遵循的座右铭，他正是以“自强不息”的积极态度来对待人生的。苏轼一生中无论在朝在野，也无论顺境逆境，他总是脚踏实地地从事实践，从不沉溺于无所事事的虚无缥缈之境。苏轼对待各家的学说兼收并蓄，但尤其重视切合实际、有益于世事的理论，反对谈空说有的清谈。苏轼任杭州通判时，与知州陈述古都爱好禅学，但苏轼只取禅学中有益于人生修养的内容，陈述古却专喜那些玄妙虚空的禅理，两人格格不入。苏轼日后回忆这段往事说：“往时陈述古好论禅，自以为至矣，而鄙仆所言为浅陋。仆尝语述古：‘公之所谈，譬之饮食，龙肉也。而仆之所学，猪肉也。猪之与龙，则有间矣。然公终日说龙肉，不如仆之食猪肉实美而真饱也！’”（《答毕仲举》）他认为与其空谈子虚乌有的龙肉，不如饱吃实实在在的猪肉。也就是说与其沉溺于玄虚奥妙而不切实际的高论，不如掌握浅显而实用的学说并付诸实践为好。重视实践者必然会主张勤恪而反对懒散，苏轼又说："学佛老者，本期于静而达，静似懒，达似放，学者或未至其所期，而先得其所似，不为无害。仆常以此自疑，故亦以为献。"（《答毕仲举》）正因对佛、道二家的流弊保持着足够的警惕，所以尽管苏轼与许多僧人、道士有亲密无间的交往，尽管对佛经、道藏有广泛的涉猎，却很少受到消极的影响，那种在习禅学道之士身上容易产生的懒散、放逸等缺点在他的行为中不见踪影。我们不必说在徐州城头浑身泥浆地指挥抗洪或在西湖筑堤工地上与民工同食陈仓米饭的知州，即使作为安坐在翰林院里待诏草制的学士或是栖身于不避风雨的桄榔庵里的逐客，苏轼也始终勤勉地对待人生，从不虚度光阴。古代的文人往往鄙薄生产劳动，甚至把有益的技术发明也视为奇技淫巧而不屑一顾。苏轼则与众不同。作为书画家的他不但对笔墨纸砚的制造工艺了如指掌，而且曾亲自动手制墨。作为地方官的他不但关心农业生产，对水利、灭蝗、农具、良种等技术孜孜以求，热心推广，而且对开矿、冶炼等工业技术也留意研求，以求有利于民生。至于日常生活中的各种技艺，诸如医药、酿酒、烹饪、服装等，苏轼简直是无一不精，且多有发明。当时在汴京城中流行一时的"子瞻帽"，至今脍炙人口的"东坡肉"，都是显例。苏轼一生中留下的学术著作、文学作品以及书画作品，其数量之多，质量之高，都达到了惊人的程度。如果不是惜时如金的话，他怎么可能在短短的一生中做出如此巨大的贡献？元符三年（1100）冬，苏轼北归行至曲江，一叶扁舟搁浅在险滩上，四周都是涛濑，他却神色自若地在舟中写字。他自述其心态说："吾更变亦多矣，置笔而起，终不能一事，孰与且作字乎？"（《书舟中作字》）此事不但体现了东坡处变不惊的度量，而且体现了他自强不息的精神。次年五月，苏轼返至金陵，即写信给程之元，请他代购程奕所制的毛笔一百枝、越州纸二千幅。此时的苏轼老病交加，已经走到人生的最后关头，但他依然规划了巨大的工作量，要不是在两个月后遽然辞世，他不知还要创作出多少书画作品来！

在漫长的中国历史上，生前做出重大建树、身后受到广泛爱戴的杰出文化人物不在少数，但如果把雅俗共赏、妇孺皆知作为衡量标准的话，苏轼堪称古今第一人。当我们漫步在苏堤上观赏那碧波荡漾的西湖时，当我们品尝肥而不腻、入口即化的东坡肉时，当然会联想起天才横溢的东坡老人。这些物质形态的遗产诚然可贵，但是苏轼留给我们的最宝贵的遗产还是体现为精神形态的思想文化。他给后人留下了数量惊人的文学作品和书画作品，是我们获得心灵滋润和审美熏陶的不竭源泉。苏轼的各类作品数量巨大，内容丰富，风格则多姿多彩，他们是作者丰富的人生经历和巨大的创造活动的结晶。正因如此，后人对苏轼的成就冠以“苏海”的称号。南宋人李涂在《文章精义》中评诸家古文说：“韩如海，柳如泉，欧如澜，苏如潮。”明末吴伟业对此不以为然，他在《苏长公文集序》中说：“李耆卿评文有云：‘韩如海，柳如泉，欧如澜，苏如潮。’非确论也，请易之曰：‘韩如潮，欧如澜，柳如江，苏其如海乎！’夫观至于海，宇宙第一之大观也！”事实上苏轼这个人也像大海一样气象万千，他以奋发有为的积极精神度过了波澜壮阔的人生。

四、一蓑烟雨任平生

苏轼一生中经受的磨难可谓多矣！他曾感慨万分地说：“退之诗云：‘我生之辰，月宿直斗。’乃知退之得磨蝎为身宫，而仆乃以磨蝎为命宫，平生多得谤誉，殆是同病也。”（《书退之诗》）南宋的葛立方因而慨叹说：“则是东坡亦磨蝎为身宫，而乃云磨蝎为命，岂非身与命同宫乎？寻常算五星者，以谓命宫灾福，不及身宫之重。东坡以身、命同宫，故谤誉尤重于退之。职銮坡而代言，犯鲸波而远谪，退之之荣悴，未至如是也！”（《韵语阳秋》）古人以出生时月亮所在的宫位为“身宫”，以上升星座为“命宫”，而磨蝎座向被认为是“主得谤誉”的星座，苏轼身、命两宫俱值磨蝎，当然会遭受到比韩愈更多的诽谤与磨难。然而苏轼一生中心情忧伤哀怨的时候并不太多，他更多地以一副乐观、愉快的面容出现于世人面前，以至于林语堂把他写的苏轼传记题作“一位愉快的天才”（The Gay Genius），这又是什么原因呢？

苏轼性格平和，恬于荣利。他二十六岁初入仕途，离开汴京赶赴凤翔任所，在郑州西门外与弟弟苏辙挥泪告别，想起兄弟俩人去年在夜雨潇潇的怀远驿里立下的及早退隐的誓约，便写诗嘱咐弟弟：“寒灯相对记畴昔，夜雨何时听萧瑟。君知此意不可忘，慎莫苦爱高官职！”（《辛丑年十一月十九日既与子由别于郑州西门之外马上赋诗一篇寄之》）一个两度金榜题名的风华正茂的青年，一个初入仕途且前程似锦的官员，却谆谆叮咛弟弟千万不要贪恋高官厚禄，这是何等高洁的情怀！当然苏轼平生不是没有经历过荣华富贵，他青春入仕，元祐初返朝后更是春风得意。元祐三年（1088）的一个傍晚，高太后把正在翰林院值班的苏轼召至内殿，抚慰再三。谈话结束，高太后命左右把御前的金莲烛取下来，护送苏轼返回翰林院。对于一个文臣而言，位至翰林学士知制诰，兼任迩英殿讲读，又得到垂帘听政的太后如此的恩宠，可谓尊荣已极。然而苏轼视荣华富贵如天上浮云，所以他以平淡、从容的心态看待官职的升迁或黜降，真正做到了“得何足喜，失何足忧”。半年以后，苏轼就上书请求外任，这当然与受到政敌攻讦有关，但也是他视富贵如浮云的一种表现。要是换了“三旨相公”王珪之流，即使满朝上下齐声反对，也断然不肯主动辞职。十年以后，苏轼已被贬至海南的儋州。一天他背着一个大瓢，在田野里边走边歌。忽然遇到一个老婆婆，她说：“内翰昔日富贵，都是一场春梦！”苏轼听了哈哈大笑，认为她说得很对，从此称她为“春梦婆”①。可见对于苏轼来说，富贵荣华本如过眼烟云，不过是转瞬即逝的一种人生体验而已，有什么特别可贵的价值？当年高太后的恩遇分明是想用高官厚禄来鼓励苏轼为朝廷出力，岂知苏轼虽然忠于朝廷，但高官厚禄对他并无吸引力。后人纷纷称道高太后对苏轼的知遇之恩，其实“春梦婆”才是他的真正知音！

可惜的是，命运没有满足苏轼急流勇退、早日归耕的愿望，宋代的政治环境已经不允许陶渊明的存在了。险恶的政治风波先是将苏轼投入牢狱，然后又接二连三地将他抛到贬谪之地。从长江边的黄州，到南海边的惠州，再到海南岛的儋州，地方越来越僻远，也越来越荒凉。苏轼在贬谪地先后度过了九年零十个月，比他在朝中任职的时间还要多一年。那么，如此漫长的贬谪生涯，苏轼是如何打发的呢？他怎么能在如此艰难乃至险恶的环境中生存下来的呢？

后人说到苏轼的贬谪生涯，往往简单地归因于其旷达性格。仿佛苏轼对于苦难毫不在意，仿佛只要有了旷达的性格，一切艰难困苦便会消失得无影无踪，这是对苏轼的极度误解。事实上苏轼在苦难突然降临时也曾措手不及，元丰二年（1079）七月二十九日的夜晚，正被钦差

---

① 赵令畤《侯鲭录》卷七记载此事云：“里人呼此媪为春梦婆。”但苏诗有句云“换扇惟逢春梦婆”（《被酒独行遍至子云威徽先觉四黎之舍三首》之三），可见苏轼亦以此名呼之。

押往汴京的苏轼在舟过扬子江时曾动过投江自尽的念头①。进了御史台的监狱，在日夜不休的逼供的折磨下，苏轼也曾暗中积储金青丹以备在受辱不过时吞服自尽。他还在狱中写过两首绝命诗，语意沉痛，不可卒读。即使出狱后到了黄州，苏轼也饱尝苦闷、孤独的滋味。元丰五年（1082）的寒食节，苏轼心情郁闷，作《黄州寒食诗》云："春江欲入户，雨势来不已。小屋如渔舟，濛濛水云里。空庖煮寒菜，破灶烧湿苇。那知是寒食，但见乌衔纸。君门深九重，坟墓在万里。也拟哭途穷，死灰吹不起！"苏轼自嗟进退两难，他的处境比穷途痛哭的阮籍更加不堪，他的心情比那寒雨霏霏的天气更加阴沉、凄冷。此诗的手稿后来被誉为"天下第三行书"，其字迹忽大忽小，字里行间分明渗透着抑郁、牢骚与悲怆，哪里有什么旷达可言！同年九月的一个夜晚，苏轼在雪堂夜饮，醉归临皋，作《临江仙》：

夜饮东坡醒复醉，归来仿佛三更。家童鼻息已雷鸣。敲门都不应，倚杖听江声。　　长恨此身非我有，何时忘却营营？夜阑风静縠纹平。小舟从此逝，江海寄余生。

此词在次日就传将开来，人们相传昨夜苏轼写了此词，将官帽挂在江边的树上，驾着小舟长啸而去。黄州知州徐君猷闻之，大惊失色，心想苏轼是朝廷交给黄州地方上看管的犯人，怎能让他无故失踪？徐君猷火急驾车赶往苏轼栖身的临皋亭去探看虚实。没想到苏轼正睡在榻上，鼻息如雷。但是这首词和相关传说还是传进京城，连神宗皇帝听

① 详见《杭州召还乞郡状》，《苏轼文集》卷三二，中华书局 1986 年版，第 912 页。按：孔平仲《孔氏谈苑》卷一记载此事发生在舟过太湖时，当是出于传闻。

了也惊疑不已。事实上苏轼只是乘着醉意抒发胸中牢骚，他痛惜身不由己，难得自由，故乘着醉意幻想驾着一叶扁舟驶进那渺无边际的烟波中去，从此与充满忧患的人间彻底告别。可是，这仅是醉后忽发狂言而已，现实中的苏轼哪有可能真的“江海寄余生”！

苏轼在贬谪生涯中能够坚持到最后，最重要的原因是他的道德修养和淑世情怀。刚毅近仁，仁者必刚，高尚的道德修养和深挚的淑世情怀使苏轼具有一副铁石心肠。他在黄州写给友人的信中自称：“平生为道，专以待外物之变。非意之来，正须理遣耳！”（《与滕达道》之二十）可见“乌台诗案”虽然来得非常突然，但东坡的内心却早储备了足以应对各种灾祸的精神力量。东坡刚到黄州时，好友李常来信安慰其不幸遭遇，东坡在回信中自表心迹说：“示及新诗，皆有远别惘然之意，虽兄之爱我厚，然仆本以铁心石肠待公，何乃尔耶？吾侪虽老且穷，而道理贯心肝，忠义填骨髓，直须谈笑于死生之际。若见仆困穷，便相于邑，则与不学道者大不相远矣。兄造道深，中必不尔，出于相好之笃而已。然朋友之意，专务规谏，辄以狂言广兄之意尔。兄虽怀坎壈于时，遇事有可尊主泽民者，便忘躯为之，祸福得丧，付与造物！”（《与李公择》）正因具有如此心胸，苏轼才能在艰难困苦的窘境中保持乐观旷达的潇洒风神，旷达仅为其表，坚毅才是其里。

苏轼在黄州惊魂初定之后，便开始规划久留之计。他想买一块好地，来为全家人提供衣食。元丰五年（1082）三月七日，苏轼在几个友人的陪同下到沙湖去相田。出门时天色阴沉，苏轼让家僮带了雨具先行一步，不久风雨骤至，友人都被淋得狼狈不堪，只有苏轼毫无惧色，一边吟啸，一边徐步前行。待到下午踏上归途时，业已雨散云收，斜阳复出。苏轼此行没有买成田，但是催生了一首《定风波》：

莫听穿林打叶声，何妨吟啸且徐行。竹杖芒鞋轻胜马，谁怕？一蓑烟雨任平生。　料峭春风吹酒醒，微冷。山头斜照却相迎。回首向来萧瑟处，归去，也无风雨也无晴。

如果说风雨是坎坷人生的象征，晴朗是通达人生的象征，那么“也无风雨也无晴”就意味着平平淡淡的人生，也意味着平和、淡泊、安详、从容的君子人格。经历过玉堂金马的荣耀和锒铛入狱的耻辱，又在黄州的躬耕生涯中备尝生活艰辛的东坡居士已经炼就一副宠辱不惊、履险如夷的人生态度，不期而至的雨丝风片，又能奈他何?

正因如此，苏轼才能把四海之内都视同桑梓，即使在贬谪之地也能恬淡自安。元丰七年（1084），苏轼即将离开黄州，作《满庭芳》述怀:

归去来兮，吾归何处，万里家在岷峨。百年强半，来日苦无多。坐见黄州再闰，儿童尽楚语吴歌。山中夜，鸡豚社酒，相劝老东坡。

云何。当此去，人生底事，来往如梭。待闲看，秋风洛水清波。好在堂前细柳，应念我，莫剪柔柯。仍传语，江南父老，时与晒渔蓑。

苏轼虽然思念远在岷江峨眉之间的家乡，但是业已入仕的他身不由己，便把贬谪之地视为第二故乡。在苏轼的笔下，黄州的风土人情是多么可亲！他对黄州的依恋之情又是何等深挚！此时的苏轼即将离开黄州，于是他谆谆嘱托黄州的父老乡亲代他照料手栽的细柳，代他晾晒曾为他遮蔽风雨的蓑笠，因为他将来还会回到黄州，就像回归故里一样。

苏轼对异乡的热爱是从内心奔涌出来的，既非无可奈何的权宜之计，也非强自排遣的自我慰藉。苏轼总是以平和、愉快的心态去拥抱人生，既然简陋的物质生活都能使他感到津津有味，既然普通的山川风景都能使他流连忘返，那么异乡的风土人情当然也使他觉得亲切可爱。“四海为家”这句话，在别人口中也许带有几分无奈或悲愤，在苏轼心目中却洋溢着发自内心的愉悦。从出生地眉山到终老之地常州，从玉堂金马的汴京到棘篱柴门的儋州，从湖山秀丽的杭州到黄尘漫天的定州，苏轼都留下了吟咏当地自然风光与风土人情的诗词佳作，都留下了与当地人民亲密相处的动人故事。请看《蝶恋花》：

灯火钱塘三五夜，明月如霜，照见人如画。帐底吹笙香吐麝，更无一点尘随马。　　寂寞山城人老也。击鼓吹箫，却入农桑社。火冷灯稀霜露下，昏昏雪意云垂野。

苏轼于熙宁七年（1074）从杭州调任密州，此词作于次年的上元日。杭州既是风光秀丽的山水窟，又是物产丰盛的人间天堂，而密州却是地瘠人贫的小山城，除了桑麻之野与平冈荒山外无景可赏。苏轼当然不会泯灭两地的区别，在此词的上、下片中，杭州上元夜的旖旎风光和密州的寂寞荒凉形成鲜明的对照。然而细品全词，作者对两者的态度并无轩轾。苏轼当然喜爱杭州的风月，但他对密州农桑社里的百姓箫鼓也颇感亲切，对雪云垂野的描写同样充满诗意。

苏轼的旷达性格，也是在苦难经历中逐步磨炼而成的。他在黄州时尚不免苦闷、悲愤，即使面对着江山风月都会“悄然而悲，肃然而恐”（《后赤壁赋》）。待到谪居惠州，便已炼成金刚不坏之躯了。苏轼在惠州、儋州的生活细节，生动地展现出他的心路历程。他在惠州曾寄寓于嘉祐寺，在半山上的松风亭里安身。一次他外出归来，双腿酸软，很想到亭子里休息。但抬头仰望，松风亭还在树梢之上，不禁发愁何时才能走到。忽然他换了一种思路，顿时烦恼全消。他在《记游松风亭》中记其心态：

> 余尝寓居惠州嘉祐寺，纵步松风亭下。足力疲乏，思欲就床止息。仰望亭宇，尚在木末，意谓如何得到？良久，忽曰："此间有甚么歇不得处？"由是心如挂钩之鱼，忽得解脱。若人悟此，虽两阵相接，鼓声如雷霆，进则死敌，退则死法，当恁么时，也不妨熟歇。

是啊，一切目标都是人们自己制定的，一切禁忌都是人们自己设置的，人们所以会焦虑、烦恼、忧伤、悲痛，都是由于他们把目标和禁忌看作固定的、僵死的、绝对不可更改的，因此自寻烦恼。假如认识到目标和禁忌都是可以改变的，那么解铃自有系铃人，任何困难都会迎刃而解，任何烦恼也就一扫而空了。到达海南以后，苏轼的旷达性格又有进一步的发展。试看他在元符元年（1098）写的《试笔自书》：

> 吾始至南海，环视天水无际，凄然伤之，曰："何时得出此岛耶？"已而思之，天地在积水中，九州在大瀛海中，中国在少海中，有生孰不在岛者？覆盆水于地，芥浮于水，蚁附于芥，茫然不知所济。少焉水涸，蚁径去，见其类，出涕曰："几不复与子相见！岂知俯仰之间，有方轨八达之路乎？"念此可以一笑。

若把两篇短文对照一下，就可看出苏轼对待逆境的态度在原有的基础上又有了提升。他在前往松风亭的途中停下歇息，是出于随遇而安的态度，也就是安于目前情境的客观存在。而他在海岛上摆脱忧伤心境的方法却是跳出目前情境的有限范围，置身于更广阔的时空背景来考察它，也就是以一种超越的心态来对待眼下的困境。正因如此，苏轼就在精神上始终处于居高临下的优势地位，他就能傲视一切苦难。所以苏轼用来战胜“大率皆无”的恶劣处境的精神武器就是旷达乐观的心态和坚毅刚强的意志，就是抽身一步天地宽的积极人生观。

以坚毅为底，以旷达为表，苏轼在惠州、儋州时把这种人生观发展到了极致。在旁人看来，此时的他已经身陷绝境：已臻垂暮之年，却以戴罪之身远贬南荒，不但还朝无望、返乡无期，而且家人也离散在万里之外……凡此种种，人何以堪？但在苏轼看来，上述的种种烦恼都不足挂齿。绍圣二年（1095），他写信向友人叙述自己在惠州的生活：“某到贬所半年，凡百粗遣，更不能细说。大略只似灵隐天竺和尚退院后，却住一个小村院子，折足铛中罨糙米饭吃，便过一生也得。其余瘴疠病人，北方何尝不病，是病皆死得人，何必瘴气？但苦无医药，京师国医手里死汉尤多。参寥闻此一笑，当不复忧我也。”（《与参寥子》）苏轼的这种生活态度的精神本质是什么？是什么思想源泉赋予他坚不可摧的精神力量？对此，人们众说纷纭：儒家、道家、佛家，或三教兼融。其实苏轼确实对儒、道、佛三家思想都曾汲取其精华为我所用，但他在兼收并蓄的基础上更进一步，从而创造了独特的人生观。道家本来鄙视物质而独重精神，主张摆脱对物质世界的依赖。佛家本有禁欲主义的色彩，倡导对红尘世界中的物质享受无动于衷的精神。儒家虽然不摒弃精致的物质生活，但他们极端鄙视不符合道义的富贵荣华，崇尚“饭蔬食，饮水，曲肱而枕之”的俭朴生活，主张以“穷且益坚”的态度对待人生中的困境。苏轼对上述思想都有所汲取，但又渗入了他自己对生活的独特领悟。东坡并不反对美好的衣食，要是惠州市井上能买到上好的羊肉，他肯定也会大快朵颐。但是在没有羊肉可吃的实际环境中，从羊脊骨上剔下来的一点“微肉”也能使他津津有味，以至于美如蟹螯。东坡并不泯灭物体间的差别，但是他善于发现各种事物的异量之美，且能取其长而弃其短，所以在他看来，岭南、中原各有所长，居于中原不必欢欣，居于岭南也无须悲伤。更重要的是，苏轼有意忽略物质条件的差异不仅仅为了避免忧能伤人的恶果，也不仅仅出于对“士有志于道而耻恶衣恶食者，未足与议也”（《论语·里仁》）的儒家信念的认同。由于苏轼所遭受的艰难困苦全都来源于政敌的迫害，他的漠视苦难就意味着对黑暗势力的蔑视，他的安贫乐道就意味着对自身人格精神的坚持。绍圣三年（1096）八月，苏轼在惠州的生涯已进入第三年，此时他的红颜知己朝云刚刚去世，他的处境简直是雪上加霜。可是当章质夫来信表示慰问时，苏轼却回答说：“数日前，飓风淫雨继作，寓居墙穿屋漏，草市已在水底，蔬肉皆缺。方振履而歌商颂，书生强项类如此，想闻此当捧腹掀髯一绝倒也！”（《与章质夫》）相传曾参居卫，“捉衿而肘见，纳履而踵决，曳屣而歌商颂，声满天地，若出金石”（《庄子·让王》）。东汉时洛阳令董宣不畏强暴，坚决不向纵奴作恶的湖阳公主俯首，被汉光武帝称为“强项令”。苏轼用此二典，表示自己坚强不屈的意志。“书生强项”，就是他直面苦难而发出的战斗的宣言。“掀髯绝倒”，就是他傲视苦难而发出的骄傲的笑声。

苏轼的这种心态，连他的政敌都有所了解。绍圣四年（1097），苏轼在惠州写了一首《纵笔》：“白头萧散满霜风，小阁藤床寄病容。报道先生春睡美，道人轻打五更钟。”此诗传到汴京，章惇狞笑着说：“苏子瞻竟还这么快活！”就立即下令把苏轼贬往天涯海角的儋州。可见苏轼的乐观旷达其实是以刚毅坚韧为内核的，他在逆境中发出的爽朗笑声其实是对政治迫害的严正抗争。这种傲视苦难的笑声中当然包含着幽默感，但其精神内蕴却是对黑暗势力的不屈和抵抗，所以幽默中蕴含着严肃的态度，潇洒中蕴含着执着的追求。这种笑声是苏轼心态的真实流露。章惇气急败坏地把苏轼再贬海南，他确实听出了苏轼笑声中的含意。苏轼的弟子黄庭坚说：“子瞻谪岭南，时宰欲杀之。饱吃惠州饭，细和渊明诗。”（《跋子瞻和陶诗》）他更加深刻地领会了苏轼笑声的意义。请看苏轼在儋州写的《千秋岁》：

> 岛外天边，未老身先退。珠泪溅，丹衷碎。声摇苍玉佩，色重黄金带。一万里，斜阳正与长安对。　　道远谁云会。罪大天能盖。君命重，臣节在。新恩犹可觊，旧学终难改。吾已老，乘桴且恁浮于海。

此词作于元符二年（1099），苏轼在海南岛上生活已进入第二个年头。此词是次韵秦观的同调之作的，秦词的下片云：“日边清梦断，镜里朱颜改。春去也，飞红万点愁如海。”意谓北还京都的梦想已经断绝，自身也已年老颜衰。此时面对着落红万点，故愁深如海。词意甚怨。苏词却一反秦词的情调，坚定地声称自己“旧学终难改”，也就是抱定原有的政治态度和人生信念，决不随波逐流。虽然年岁已老，漂沦海外，但决心像孔子一样，“道不行，乘桴浮于海”（《论语·公冶长》）。这是何等宽广、潇洒的胸怀！

苏轼的人生，既充满了苦难，也洋溢着诗意。苏轼一生中历尽坎坷，阅尽沧桑，既遭遇了宦海中的大起大落，也经历了人事上的悲欢离合。他以宠辱不惊、从容淡定的心态对待人生中的一切变故，以坚忍不拔、乐观旷达的精神对待人生中的一切苦难。苏轼既以文采风流流芳千古，也以人格精神光耀青史。苏轼面折廷争的凛然风节、勤政爱民的仁爱胸怀受到后人的高度崇敬，他在艰难处境中所凸现的坚强刚毅、乐观潇洒的精神更得到后人的由衷钦佩。人生在世，谁都难免不期而遇的风风雨雨。让我们像苏轼一样“一蓑烟雨任平生”吧！

第七章　辛弃疾

一、却将万字平戎策，换得东家种树书

南宋绍兴十年（1140），辛弃疾出生于山东济南。此时上距靖康事变已有十三年，宋金隔着淮河对峙的局势也已维持了十年。辛弃疾虽然出生在金人占领的地区，但他自幼接受祖父辛赞爱国思想的熏陶，始终把南宋视为自己的祖国。辛赞其人，在靖康事变时因家口之累未能脱身南奔，后来被迫接受了金国的伪职，但内心始终忠于宋朝，盼望着有机会为恢复故国出力。他经常带着年幼的辛弃疾登高望远，指点江山，还曾让辛弃疾两度北上燕京，观察形势。辛弃疾幼时不但诵习经典，撰写诗文，而且熟读兵书，苦练武艺。辛弃疾就在这种特殊的环境中成长起来了，他不像宋代文坛上常见的手无缚鸡之力的文弱书生，而是一位肤硕体壮、颊红眼青、目光有棱的壮士。

绍兴末年，金主完颜亮为了南下攻宋，对中原地区横征暴敛，残酷

镇压。河北、山东一带的汉族人民早就苦于金人的残暴统治，大大小小的抗金起义从靖康以来一直没有中断，此时更是风起云涌，烽烟遍地，其中以济南耿京率领的义军规模最大，号称二十五万人。二十二岁的辛弃疾也聚众两千人，投奔耿京。耿京的义军本以农民为主，如今来了一位青年文士，喜出望外，任命辛弃疾为掌书记。当时有一个名叫义端的和尚，自行纠合千余人起义反金。经辛弃疾的劝告，义端率众前来投靠耿京。不料义端很快就生异心，从辛弃疾处窃取军印，逃往金营。事发后辛弃疾亲自追赶，生擒义端并当场斩首，夺回军印。掌书记的职责本是掌管书檄文告，然而辛弃疾不但能下马草檄，而且能上马杀贼。不久，辛弃疾力劝耿京归附南宋朝廷。耿京听从其言，便命辛弃疾起草章表，并派副将贾瑞南下接洽，辛弃疾随行。次年正月，贾、辛等人到达建康（今江苏南京）觐见正在那里视师的宋高宗，完成使命后即返回山东。没想到才到半途，便传来了不幸的消息。原来新近登基的金世宗采取措施瓦解各路反金义军，耿京已被其裨将张安国杀害，其麾下义军也已溃散大半。在此紧急关头，辛弃疾亲率骑兵五十人，深入金境六百里，直奔张安国所在的济州，乘其不备直入其五万人的大营，生擒张安国系于马上，当场号召耿京的部分旧部反正，然后星夜兼程，渡过淮河、长江，直抵临安，献俘于朝廷而戮之。这段战斗生活给辛弃疾留下了深刻的记忆，请读其《鹧鸪天》：

> 壮岁旌旗拥万夫，锦襜突骑渡江初。燕兵夜娖银胡簶，汉箭朝飞金仆姑。　　追往事，叹今吾。春风不染白髭须。却将万字平戎策，换得东家种树书！

上片追忆铁骑渡江的戎马生涯，雄壮奔放，豪气盖世。下片悲叹晚岁归隐田园，机会尽失，壮志难酬。从总体上看，此词仍是一首慷慨激昂的壮词，无怪多年之后，洪迈仍赞之曰："壮声英概，懦士为之兴起！"（《稼轩记》）

南归之后，辛弃疾被任命为江阴军签判，开始了仕途生涯。不久，宋高宗退位，孝宗继位。孝宗有恢复之志，登基后即任主战派张浚为枢密使，都督江淮东西路军马。辛弃疾闻之，冒昧前往建康求见张浚，面陈攻金之计。隆兴二年（1164），辛弃疾改任广德军（今安徽广德）通判。次年，他不顾官职低微，越职上书，向孝宗上呈《美芹十论》。"十论"者，"其三言虏人之弊，其七言朝廷之所当行"。兵法云：知己知彼，百战不殆。辛弃疾的"十论"，体现了他对敌我双方实际形势的深刻理解，从而提出了深谋远虑且切实可行的战略方针。他一针见血地指出南宋朝廷长期奉行的求和路线之不可行："秦桧之和，反以滋逆亮之狂。彼利则战，倦则和，诡谲狙诈，我实何有？"还鼓励孝宗效法扫平突厥以雪国耻的唐太宗："惟陛下留乙夜之神，沈先物之几，志在必行，无惑群议，庶乎'雪耻酬百王，除凶报千古'之烈无逊于唐太宗。"一个位居州郡副职的小官，又是深受朝廷猜忌的"归正人"，竟然如此直言不讳地上书皇帝建言国家大政，不但体现了辛弃疾的远见卓识，而且表露其忠肝义胆。正如其表中所云："负抱愚忠，填郁肠肺！"

乾道三年（1167），辛弃疾升任建康府通判。又过了三年，辛弃疾任满回临安，受到孝宗的召见，后授司农寺主簿。不久，他作《九议》上呈宰相虞允文。《九议》也是长篇奏议，它不但对《十论》中的意见作了更深入细致的论说，还补充了关于练军、造舰、用间等具体的战术，更重要的是，《九议》旗帜鲜明地阐述了抗金事业的正义性和必要性："且恢复之事，为祖宗，为社稷，为生民而已。此亦明主所与天下智勇之士之所共也，顾岂吾君吾相之私哉！”联想到宋孝宗与虞允文皆有恢复之志，而朝廷中仍有不少畏葸苟安之臣、主和之论时时沉渣泛起的事实，辛弃疾的这番议论可谓义正词严的正义之声。辛弃疾二十五岁上《十论》，三十二岁又上《九议》，思虑深刻而言辞剀切，丝毫不见轻率浮浅的缺点，这是他平生积储胸中的真学问、真本领。诚如朱熹在《朱子语类》卷一三二中所言，辛弃疾是一位难得的“帅材”。可惜历史没有给这位帅材提供一展身手的机会！

从三十三岁到四十二岁的十年里，正当盛年的辛弃疾频繁地调动官职，用他自己的话说，便是“顷列郎星，继联卿月。两分帅阃，三驾使轺”（《新居上梁文》）。南宋朝廷对于从中原沦陷区归来的人士一向心存猜忌和轻视，“归正人”这个称呼就多少带有轻蔑的意味。辛弃疾当然也不例外。虽然他文才武略都很出众，仍然难得朝廷的信任重用，经常在外地任职，且朝命暮改，很难在一个职位上尽心尽责。尽管如此，辛弃疾还是取得了不俗的政绩。乾道八年（1172），辛弃疾任滁州知州。这是他第一次担任独当一面的地方长官，可惜滁州虽属上州，但地处宋金交战的要冲，屡经兵火的蹂躏，已是一片荒芜。辛弃疾到任之时，城邑荡然成墟，惨不忍睹。难怪某些朝臣称滁州为“极边”可弃之地，甚至不愿到那里为官。辛弃疾则认为地处淮南的滁州正是南宋的战略要地，是保卫江南的重要屏障，尤需下力整治。他下马伊始，即日夜操劳。他招抚流民，为他们提供安居耕垦的必要条件。他招徕商贾，减免他们的税收。两年之后，滁州的面貌大为改观。城里新建了名为“繁雄馆”的市场，又修成一座供市民游观的“奠枕楼”，民兵屯田的局面也基本形成。淳熙二年（1175），辛弃疾自仓部郎中出任江西提点刑狱，其主要任务是节制诸军，扑灭横行湘、赣一带的赖文政茶商军。茶商军原为盗贩茶叶的武装商贩，后来发展成公然与官府对抗的流寇。赖文政其人足智多谋，他率领的茶商军不但啸聚山林，而且屡败官军，震动朝廷。辛弃疾受命于危难之际，到任后即调集兵力，拣汰老弱，择其精壮者扼守要冲；又征集熟悉地形的当地乡丁，组成敢死军深入山林尾随追击。茶商军疲于奔命，溃不成军，终于接受了辛弃疾的招降。辛弃疾将赖文政押至赣州处死，对余众或遣散归乡，或招募为兵。短短的两个月中，被周必大称为“上烦朝廷，远调江、鄂之师，益以赣、吉将兵，又会合诸邑土军弓手几至万人，犹未有胜之之策”（《论任官理财训兵三事》，《周益公文集》卷一三七）的茶商军，即被辛弃疾彻底敉平。牛刀小试，便体现出辛弃疾卓越的军事才能。只可惜如此杰出的才略未能到抗金战场上充分地施展一番！

尽管辛弃疾在各种职位上都表现出过人的才干，但他毕竟是一个“归正人”，越是有才就越是遭忌。况且辛弃疾性格刚强，作风泼辣，与朝廷上下懦弱苟且的固有习气格格不入，难免受到朝臣的无端攻讦，被劾罢官是早晚之事。早在淳熙六年（1179），辛弃疾便对此有所觉察，且极为郁闷，请看此年所写的《摸鱼儿》：

> 更能消几番风雨，匆匆春又归去。惜春长怕花开早，何况落红无数。春且住，见说道，天涯芳草无归路。怨春不语。算只有殷勤，画檐蛛网，尽日惹飞絮。　　长门事，准拟佳期又误。蛾眉曾有人妒。千金纵买相如赋，脉脉此情谁诉？君莫舞。君不见，玉环飞燕皆尘土。闲愁最苦。休去倚危栏，斜阳正在，烟柳断肠处。

此时上距辛弃疾铁骑渡江已有十七年了，他的一腔热血无处可洒，满腹经纶更无处可施。虽然沉沦下僚，流转外任，他也没能躲避各种流言蜚语的中伤，甚至接连不断地受到朝官的诽谤和攻讦。雄心壮志根本无法实现，岁月却在无情地消逝。暮春时节，落红无数，词人心里的苦闷无处倾诉。于是他像行吟泽畔的屈原一样，用“美人芳草”的隐喻意象来诉说心曲。这种欲言又止的低沉心声，出于性格豪迈的英雄之口，这是何等的无奈！辛弃疾在《论盗贼札子》中对孝宗说：“臣生平刚拙自信，年来不为众人所容，顾恐言未脱口而祸不旋踵。”这种畏祸心理，便是我们解读《摸鱼儿》的必要前提。

于是辛弃疾未雨绸缪，在信州（今江西上饶）城北的带湖之畔买地筑屋，准备退职后前往归隐，他将新居的一间命名为“稼轩”，自号“稼轩居士”，且作《沁园春》以见意：

三径初成，鹤怨猿惊，稼轩未来。甚云山自许，平生意气；衣冠人笑，抵死尘埃。意倦须还，身闲贵早，岂为莼羹鲈脍哉！秋江上，看惊弦雁避，骇浪船回。　　东冈更葺茅斋，好都把轩窗临水开。要小舟行钓，先应种柳；疏篱护竹，莫碍观梅。秋菊堪餐，春兰可佩，留待先生手自栽。沉吟久，怕君恩未许，此意徘徊。

词中对归隐生活的热爱是发自肺腑的，“惊弦雁避，骇浪船回”之句分明是指宦海风波之险恶，“意倦须还，身闲贵早”之句也清楚地表露了对官场丑态的厌恶嫌弃。果然，就在此词写成不久的淳熙八年（1181）之冬，辛弃疾终于因在湖南创建飞虎军时动用钱财太多等罪名受到言官弹劾，随即落职。从此，辛弃疾便在带湖闲居十年。直到光宗绍熙二年（1191）才得复出，任福建提刑，三年后再次被劾落职，复归带湖。庆元二年（1196），因带湖旧居失火，乃移居铅山期思之瓢泉，又在那里闲居七年。也就是说，从四十二岁到六十四岁的二十多年里，辛弃疾多半时间是在乡间闲居。虽然他重视稼穑，认为“人生在勤，当以力田为先”（《宋史·辛弃疾传》），虽然他热爱乡村，在带湖、瓢泉写下了大量优美的田园词，但他毕竟是时刻惦念着恢复大业的爱国志士，春雨江南的宁静生活怎能彻底取代胸中的铁马秋风？“追往事，叹今吾。春风不染白髭须。却将万字平戎策，换得东家种树书！”（《鹧鸪天》）虽是淡淡说来，却蕴含着多少辛酸和悲怆！在一个风雨交加的秋夜，辛弃疾借宿在一间乡村破屋里，夜深梦回，乃作《清平乐》：

绕床饥鼠，蝙蝠翻灯舞。屋上松风吹急雨，破纸窗间自语。平生塞北江南，归来华发苍颜。布被秋宵梦觉，眼前万里江山。

独自打发寂寞的秋夜，却在梦中行遍万里江山，他是多么难忘那驰骋疆场的军旅生涯，他是多么难忘那沦陷的中原大地！

正如辛弃疾的好友陆游在《鹧鸪天》一词中所云：“原知造物心肠别，老却英雄似等闲。”辛弃疾终于在漫长的乡居生活中耗尽了生命。宁宗嘉泰三年（1203），六十三岁的辛弃疾复出，知绍兴府兼浙东安抚使。次年改知镇江府。一年后罢归铅山。等到开禧三年（1207），辛弃疾被召为兵部侍郎，他终于等来了掌管兵权的要职，但此时的他已是六十八岁的老病交加之人，只能上表辞免。就在此年九月，这位龙腾虎跃的一代英雄因病去世。辛弃疾未能马革裹尸，更未能立功封侯，他的悲剧命运，若移用刘克庄《沁园春》词中的句子来予以评说，真是确切无比：

叹年光过尽，功名未立；书生老去，机会方来。使李将军、遇高皇帝，万户侯何足道哉！

二、雄才大略与事必躬亲

辛弃疾自幼怀抱保卫社稷、收复失土的雄心壮志，也具备明察形势、足智多谋的雄才大略。早在隆兴二年（1164），年方二十五岁的辛弃疾越职上书，向孝宗上呈《美芹十论》。七年之后，辛弃疾又向宰相虞允文上呈《九议》。《十论》与《九议》不是泛泛而谈的主战议论，而是在洞察大势的基础上提出的深谋远虑，堪称南宋初期最具远见卓识的战略纲领。当时的朝廷中，主和派往往一味夸大金人如何强大，宋军绝非其敌手；而主战派则往往强调金人其实不堪一击，宋军可一战而收复中原。只有辛弃疾深明知己知彼的重要性，他在《九议》中指出："凡战之道，当先取彼己之长短而论之，故曰：'知己知彼，百战不殆。'今土地不如虏之广，士马不如虏之强，钱谷不如虏之富，赏罚号令不如虏之严，是数者彼之所长，吾之所短也。"他又指出，虽然金人的四点优势非常明显，但是我方也有四点优势：一是我方深得人心；二是我方可以迅速调集兵力，而金人后方遥远，召集兵力须一年方成；三是我方出兵由政府承担军费，金人则全取于民，会激起民变；四是金人渡淮攻我，前有长江天堑和我方舟师，仅能骚扰而已，而我方渡淮攻金，则可深入其腹地。在对敌我双方的优劣进行详尽分析之后，辛弃疾得出结论说："彼之所长，吾之所短，可以计胜也。吾之所长，彼之所短，是逆顺之势不可易，彼将听之，以为无奈此何也。"这种分析显然要比胡铨等人仅凭义愤的主战言论更加切合实际。

南宋初年，有一种说法颇能蛊惑人心，即所谓"南北有定势，吴楚之脆弱不足以争衡于中原"。其根据是西晋灭吴、隋平南朝、北宋平南唐等史实。辛弃疾对上述史实进行了具体的分析，指出其都有偶然性而并非定势。更重要的是，宋金对峙的形势今非昔比，不能简单地套用历史。他还以秦楚之争的史实来驳斥所谓的“南北有定势”：秦国灭楚固然是“南北勇怯不敌之明验”，但后来项羽率楚军击败秦军，势如破竹，“是又可以南北勇怯论哉”？辛弃疾又进而针锋相对地指出：“古今有常理，夷狄之腥秽不可久安于华夏。”“夫所谓古今常理者，逆顺之相形，盛衰之相寻，如符契之必合，寒暑之必至。今夷狄所以取之者至逆也，然其所居者亦盛矣。以顺居盛，犹有衰焉，以逆居盛，固无衰乎？臣之所谓理者此也。不然，裔夷之长而据有中夏，子孙又有泰山万世之安，古今岂有是事哉！”

从理论上确立主战观点以后，辛弃疾又提出了具体的方略。首先是集中优势兵力固守沿淮前线，他指出从前宋军守淮的兵力过于分散：“臣尝观两淮之战，皆以备多而力寡，兵慑而气沮，奔走于不必守之地，而婴虏人远斗之锋，故十战而九败。”他主张集中精兵十万，分屯于山阳（今江苏淮安）、濠梁（今安徽凤阳）、襄阳三处，再于扬州或和州（今安徽和县）置一帅府以统领三军。这样，无论金人从哪条路线来犯，我方都可以互相呼应，左右夹击，甚或骚扰其后方。他认为这不但符合孙膑关于“批亢捣虚，形格势禁”的军事思想，而且有孙膑围魏救赵以及后唐庄宗用郭崇韬之计轻兵袭梁的成功先例，故为上策。

其次是在淮南地区召集归正人屯田，他指出从前在淮南屯田所以没有成效，是由于只用军士，而军士的来源多为市井无赖，他们入伍的原因就是不愿从事生产，又迫于饥寒，如今让他们从事屯田耕种，肯定会心生怨愤，“所以驱而使之耕者非其人，所以为之任其责者非其吏，故利未十百而害已千万矣”。那么如何纠正呢？他指出不如改由归正人来从事屯田，因为归正人本身就是中原的农民，只因在异族的残酷统治下无法生存，才渡淮南归。他们南归时往往拖家带口，举族同迁，如果把淮南的无主田地分配给他们耕种，再为他们提供必要的生产条件，“彼必忘其流徙，便于生养”。辛弃疾还设计了具体的实行方案：“归正之人，家给百亩，而分为二等：为之兵者，田之所收，尽以予之。为之民者，十分税一，则以为凶荒赈济之储。”

再次是确立对金作战的主攻方向。宋金对峙的局势确立之后，金人把关中、洛阳、汴京三处认作最关键的战略要地，重兵防守。南宋朝廷里议战时也经常把这三处认作主攻方向，此外也有人主张从海道出击。辛弃疾指出兵法以虚虚实实为上策，我方应该虚张声势，大力宣扬关中在战略上如何重要，洛阳乃北宋诸帝陵寝所在，汴京则是故都，来诱导金人重兵防守三地。事实上则把主攻方向定于山东：“今日中原之地，其形易、其势重者果安在哉？曰山东是也。不得山东，则河北不可取。不得山东，则中原不可复。”他具体分析了主攻山东的有利之处：山东地近金人的巢穴燕地，从山东北至河北无江河险阻，山东之民劲勇好战，故一旦战事起，我方“将以海道、三路之兵为正，而以山东为奇。奇者以强，正者以弱，弱者牵制之师，而强者必取之兵也”。

除此以外，辛弃疾还对一些貌似不急之务，却有关国家长治久安的问题提出对策。他指出历史上就有“楚材晋用”的史实，如今也有在南宋不得意的士人或匠人投奔北方为敌人效力的情况，一定要事先加以提防。他指出朝廷往往急于求成，故不能对宰辅或大将专信久任，却在朝夕之间责其成功，这种做法一定要改变。辛弃疾的这些建议，表面上不如上述数点那样切于时用，其实也非常重要，所以在奏议中详细地论述之，言辞剀切，富有说服力。例如关于培育军人的勇武精神，提升军队作战能力的意见，他痛心地指出南宋军队士气不振的致命缺点：“将骄卒惰，无事则已，有事而其弊犹尔，则望贼先遁，临敌遂奔，几何不败国家事！”他认为造成这种现象的一个原因是朝廷御将不得法，故“儒臣不知兵，而武臣有以要其上”。他提出了纠正这种局面的对策，就是调整御将之法。由于宋朝一向奉行重文抑武的国策，辛弃疾不能无所顾忌，故提议选择合格的文臣任军中参谋，让他们熟悉军务，但不能像唐代的监军那样妨碍将领的指挥权；同时让武臣既心存顾忌杜绝拥兵自重，又能充分运用他们指挥作战的实权。另一个原因则是军中苦乐不均，“营幕之间，饱暖有不充，而主将歌舞无休时。锋镝之下，肝脑不敢保，而主将雍容于帐中，此亦危且勚矣”。他还沉痛地指出兵士的悲惨命运及其严重后果：“不幸而死，妻离子散，香火萧然，万事瓦解。未死者见之，谁不生心？”在此基础上，辛弃疾提出了具体的解决办法，一是明令禁止将领为私事役使兵士，二是禁止将领冒领兵士的功劳，且厚恤牺牲的兵士。“如此则骄者化而为锐，惰者化而为力。有不守矣，守之而无不固；有不战矣，战之而无不克。”

辛弃疾的奏议，说明他是一位胸怀韬略的大将，而不是只知纸上谈兵的文士。他在论证南宋对金战争的正义性的同时，也不忘兵不厌诈的性质。比如他提出应灵活运用以卑辞重币以骄敌，用离间手法挑动金人内部纷争等谋略。他是熟悉时势、随机应变的军事家，而不是固执已见、不知变通的迂儒，比如南宋朝廷里常有关于迁都建康的意见，辛弃疾亦赞成此计，但又认为目前应该缓行，“故先事而迁，是兵未战而术已尽也”，“故先事而迁，是趣虏人制中原之变也。此未可得而迁者也。”那么究竟何时才能迁都建康呢？他指出：“异时兵已临淮，则车驾即日上道，驻跸建业以张声势；兵已渡淮，则亲幸庐、扬以决胜负。”

辛弃疾虽然怀负经纶之才，但怀才不遇，落落寡合，他在《十论》中已慨叹说："呜呼，安得斯人而与之论天下也哉！"然而他并未因壮志难酬而灰心丧气，更未因身居外任而敷衍塞责。无论居于何种职位，无论处理何种职事，辛弃疾都是全身心地投入其中，无分巨细，事必躬亲；不论难易，志在必成。淳熙七年（1180），正在湖南安抚使任上的辛弃疾决心创建一支有实战能力的地方部队。他上疏朝廷，建议依照广东路摧锋军、福建左翼军的先例，创建湖南飞虎军。获得朝廷批准后，他便雷厉风行地行动起来。白手起家创建一支军队，谈何容易！当务之急是修建营房，辛弃疾亲自筹划，解决各种困难。建造营房道路需要大量石料，他便征调当地囚犯往麻潭凿石，让他们以此赎罪减刑，很快就解决了问题。因整个工程耗费巨大，朝廷里有人反对，孝宗受到蛊惑，一度下旨停建。辛弃疾接到朝廷金牌后，匿不示人，下令限期一月建成营房。当时正值多雨季节，瓦坯无法晾晒，尚缺瓦二十万片，监办者束手无策。辛弃疾获悉后，立即下令潭州居民每户以一百文的价格向官府出让檐前瓦二十片，两日之内便全部凑齐。此外如招募兵员、添置兵器马匹等事务，辛弃疾莫不亲自操办，终于建成一支威震湖南的地方军队，成为长江江防的重要力量，连金人都颇为畏惧，称为"虎儿军"。辛弃疾在南昌赈灾的措施也是同样雷厉风行，他到任后发现灾情严重，人心惶惶，于是张榜严禁囤积闭籴和抢劫粮食，榜文只有八个字："闭籴者配，强籴者斩！"结果很快就稳定了局势，进而取得良好的赈灾效果。这种快刀斩乱麻的处事方式，体现出军人的勇决性格及强悍作风，但与南宋朝野因循守旧、畏难怕事的习气格格不入，这也是辛弃疾屡遭猜忌的重要原因。

一般说来，胸怀全局者往往轻视琐碎的具体事务，而善办具体事务者往往器局狭小。辛弃疾兼有二者之长而无其短，与他素来敬佩的诸葛亮颇为相似。诸葛亮尚未出山便对天下形势了如指掌，准确地预料了日后蜀汉与魏、吴三足鼎立的局势。辛弃疾也有类似的惊人远见。早在乾道八年（1172），年方三十三岁的辛弃疾向朝廷上书说："仇虏六十年必亡，虏亡则中国之忧方大。"当时宋金对峙，金国正是南宋朝廷的最大祸患。孰知六十二年以后，金国果真在宋军与蒙古军的夹击之下宣告灭亡。更孰知金亡后南宋直接面对更强大的敌人蒙古，勉强支撑四十余年后不免亡国。历史的进程被辛弃疾不幸而言中，这是何等的远见卓识！难怪宋末的谢枋得不胜感慨地说："惜乎斯人之不用于斯世也！"①

三、侠骨豪情与铁板铜琶

中国古代的士人并不都是文弱书生。《周礼》所载"六艺"为"礼、乐、射、御、书、数"，其中的"射"、"御"即指射箭和驾车，属于武学的内容。孔子本人身材魁伟，力大能启城门。孔门用作教材的《诗经》中多有颂扬尚武精神的诗篇，如《秦风》中的《无衣》、《大雅》中的《常武》等。屈原的《九歌》中，既有"身既死兮神以灵，魂魄毅兮为鬼雄"的壮烈勇士（《国殇》），又有"青云衣兮白霓裳，举长矢兮射天狼"的英武日神（《东君》）。陶渊明虽是一位隐士，但他对"雄发指危冠，猛气冲长缨"的侠客荆轲倾慕不已，既致憾其"奇功遂不成"，又赞叹其"千载有馀情"（《咏荆轲》）。至于李白，简直就以侠客自居。如果说"十步杀一人，千里不留行"（《侠客行》）的诗句尚是虚写想象中的侠士，那么"少任侠，手刃数人"则是

① 谢枋得《江东运司策问》，载刘埙《隐居通议》卷二十，《丛书集成初编》本，中华书局1985年版，第202页。

时人对其行迹的真实记录（魏颢《李翰林集序》）。就是杜甫，在裘马轻狂的青年时代也不乏豪侠气概，“痛饮狂歌空度日，飞扬跋扈为谁雄”（《赠李白》）的诗句，就是他为自己与李白二人的共同写照。即使到了老病交加的晚年，杜甫还倚着醉意骑马飞奔：“白帝城门水云外，低身直下八千尺。”坠马跌伤后诸人前来慰问，他竟口出狂言：“何必走马来为问？君不见嵇康养生被杀戮！”（《醉为马坠群公携酒相看》）苏轼是一介文士，却也曾“老夫聊发少年狂”，不但“亲射虎，看孙郎”，而且热切地盼望着“会挽雕弓如满月，西北望，射天狼”（《江城子》）。然而，从总体上看，古代文士毕竟是文弱者居多，进退揖让多半会减损尚武精神，舞文弄墨也会疏远刀枪剑戟。正如唐人李贺所感叹的：“寻章摘句老雕虫，晓月当帘挂玉弓。不见年年辽海上，文章何处哭秋风！”（《南园十三首》之六）在宋代的词坛上，这种情况更加严重。试看晏几道、秦观诸人的词作，几乎不见丝毫的雄豪之气，真可谓“词为艳科”了。在这样的历史背景下，辛弃疾以雄鸷之姿横空出世。范开在《稼轩词序》中评辛弃疾说：“公一世之豪，以气节自负，以功业自许，方将敛藏其用以事清旷，果何意于歌词哉，直陶写之具耳。”又说：“器大者声必闳，志高者意必远。”辛弃疾挟带着战场的烽烟和北国的风霜闯入词坛，纵横驰骋，慷慨悲歌。词坛上从此有了一位叱咤风云的英雄，他孔武有力、长于骑射，他胸怀大志、满腹韬略，他的性格中没有丝毫的柔弱，他胸中的壮志豪情倾泻而出，形成长短句六百余首，以黄钟大吕之音在词坛上异军突起，终于使铁板铜琶的雄豪歌声响彻词史。

据辛弃疾亲撰的《济南辛氏宗图》记载，辛氏本居狄道(今甘肃临洮)，至北宋真宗时方迁至济南。辛氏祖先中多出将帅，如汉代的辛武贤、辛庆忌，唐代的辛云京等①。辛弃疾自称“家本秦人真将种”（《新居上梁文》），洪迈在《稼轩记》中称他为“辛侯”，皆非虚言。值得注意的是，古人所谓“将种”，稍带贬义。据《晋书》记载，晋武帝的贵嫔胡芳出身将门，偶拂帝意，“帝怒曰：‘此固将种也！’芳对曰：‘北伐公孙，西距诸葛，非将种而何？’帝甚有惭色。”到了崇文抑武的宋代，人们对“将种”一词更是避之惟恐不及，然而辛弃疾却公然以“将种”自称。正因如此，他对汉代名将李广的同情比其他诗人更加强烈，他夜读《李广传》，激动得终夕难眠，乃作《八声甘州》：

> 故将军饮罢夜归来，长亭解雕鞍。恨灞陵醉尉，匆匆未识，桃李无言。射虎山横一骑，裂石响惊弦。落魄封侯事，岁晚田园。　　谁向桑麻杜曲，要短衣匹马，移住南山。看风流慷慨，谈笑过残年。汉开边，功名万里，甚当时健者也曾闲？纱窗外，斜风细雨，一阵轻寒。

这是在咏李广，还是在自抒怀抱？也许是兼而有之。辛弃疾是多么钦佩那位长臂善射、身经百战的英雄，又是多么同情其落魄不偶、健者赋闲的命运！一位合格的军人，其性格中理应有刚强烈性和勇武侠气，否则他怎能上阵杀敌，又怎能为国捐躯？辛弃疾曾作《永遇乐·戏赋辛字》赠其族弟辛茂嘉：

> 烈日秋霜，忠肝义胆，千载家谱。得姓何年？细参辛字，一笑君

① 参看邓广铭《辛稼轩年谱》，三联书店 2007 年版，第 111 页；巩本栋《辛弃疾评传》第二章，南京大学出版社 1998 年版，第 42 页。

> 听取。艰辛做就，悲辛滋味，总是辛酸辛苦。更十分向人辛辣，椒桂捣残堪吐。　　世间应有，芳甘浓美，不到吾家门口。比着儿曹，累累却有，金印光垂组。付君此事，从今直上，休忆对床风雨。但赢得，靴纹绉面，记余戏语。

虽是“戏赋”，但辛弃疾的性格中确有“烈日秋霜，忠肝义胆”的因素。无论是青年时代的亲冒矢镝，出生入死，还是壮年以后的直言献策，勇于任事，辛弃疾都是一位勇武刚强的血性男儿。同样，无论是回顾早年戎马生涯的军旅题材，还是抒写退隐情趣的田园内容，辛弃疾的词作都洋溢着侠气和豪情。梁启超在《读陆放翁集》中说：“诗界千年靡靡风，兵魂销尽国魂空。集中十九从军乐，亘古男儿一放翁！”此话用来评价陆游的诗，稍有溢美之嫌。如果移用来评说辛词，则是千真万确。纵观整部古典诗词史，只有辛弃疾一人堪称真正的军旅诗人，是他召回了消沉已久的兵魂与国魂，是他唤回了中华民族的尚武精神。

南宋的诗坛和词坛上，主战的声音并不罕见，但多数作品仅是纸上谈兵。辛弃疾则有“马上击贼”的亲身经历，他的词中回荡着壮烈的军声，旋律悲壮有似号角，节奏激烈宛如战鼓。例如寄给陈亮的《破阵子》：

> 醉里挑灯看剑，梦回吹角连营。八百里分麾下炙，五十弦翻塞外声。沙场秋点兵。　　马作的卢飞快，弓如霹雳弦惊。了却君王天下事，赢得生前身后名。可怜白发生！

恰如作者在小序中所说，这是一首“壮词”！在这样的壮词中，不但婉约词的脂粉香泽一洗而空，而且连五七言诗中常见的伤春悲秋、叹老嗟卑等低沉情绪也一扫而空。这是沙场战士的高昂呼声，这是末路英雄的浩然长叹，这是洋溢着壮烈情怀和英风豪气的军旅文学。这样的作品最能代表南宋军民的爱国热忱与不屈斗志。它居然不是出现在古文或五七言诗中，而是在词苑中横空出世，这是辛弃疾对词史的重大贡献。

这样的壮词，在辛词中触目皆是，而且渗透在各类题材中。一般人作寿词，无非颂扬主人功德，或祝愿其长寿，能够免除庸俗已属不易。辛弃疾却作《水龙吟》以寿韩元吉：

> 渡江天马南来，几人真是经纶手？长安父老，新亭风景，可怜依旧！夷甫诸人，神州沉陆，几曾回首？算平戎万里，功名本是真儒事，君知否？　　况有文章山斗，对桐阴满庭清昼。当年堕地，而今试看，风云奔走。绿野风烟，平泉草木，东山歌酒。待他年，整顿乾坤事了，为先生寿。

祝寿本是私人之事，此词却劈空而下，直从国事说起。上片诉说对国势的担忧，情怀沉郁，从而引出平戎万里的人生理想，这既是对韩元吉的勉励，也是作者的自勉。下片转入祝寿本意，但连用裴度、李德裕和谢安三位功业彪炳的古代贤相的故事，结尾又自然转入“整顿乾坤”的主题。这是何等抱负，何等气概！

一般人作送别词，无非诉说离情别恨，难免情绪低沉。辛弃疾却作《木兰花慢》送张坚说：

> 汉中开汉业，问此地，是耶非？想剑指三秦，君王得意，一战东

归。追亡事，今不见，但山川满目泪沾衣。落日胡尘未断，西风塞马空肥。　　一编书是帝王师，小试去征西。更草草离筵，匆匆去路，愁满旌旗。君思我，回首处，正江涵秋影雁初飞。安得车轮四角，不堪带减腰围。

送别诗词的正常顺序是从眼前说起，此词却一反常态，时间上偏从古代说起，空间上偏从远方说起。原因何在？当是因为张坚将往汉中任军政长官，而汉中不但是刘邦开创大汉王朝的基地，而且是南宋抵抗金兵的战略重镇。一句“汉中开汉业”，不但摆脱了送别词的窠臼，而且高屋建瓴，气势非凡。作者的思绪全与国事有关，即使是下片中的离愁别恨，也被置于寥廓的山川和潇洒的秋色之中。这是何等胸襟，何等眼界！

作者的眼光，必然会沾染作品中的物象。作者的情怀，必然会外现为作品的意境。一部辛词，便是最好的证明。山水清丽的南平双溪，在辛弃疾眼中是雄奇伟岸：“举头西北浮云，倚天万里须长剑。人言此地，夜深长见，斗牛光焰。我觉山高，潭空水冷，月明星淡。待燃犀下看，凭栏却怕，风雷怒，鱼龙惨。”（《水龙吟》）幽静安宁的隐居之地，在辛弃疾笔下却气势飞动：“叠嶂西驰，万马回旋，众山欲东。正惊湍直下，跳珠倒溅；小桥横截，缺月初弓。老合投闲，天教多事，检校长身十万松。吾庐小，在龙蛇影外，风雨声中。”（《沁园春》）于是在辛词中，铁马秋风替换了杏花春雨，沙场烽火替换了罗帐银灯。辛词的主人公不再是多愁善感的文弱书生，更不是由词人代言的闺阁佳人或歌儿舞女，而是一位上马能杀贼、下马能草檄的英武战士，是一位有胸襟、有担当的堂堂正正的男子汉。有了辛词，谁还能说词就是“艳科”？谁还能规定“唱歌须是玉人，檀口皓齿冰肤”（李鹰《品令》）？ 当年苏轼尝试着写作豪放风格的词，有幕士对他说：“学士词须关西大汉，执铁板，唱‘大江东去’。”（俞文豹《吹剑续录》）其实东坡的豪放词仅是偶一为之，只有辛词才真正配得上铁板铜琶，况且辛弃疾本人就是一位“关西大汉”！

读者也许会有疑问：难道辛弃疾就没有情绪低落的时候吗？ 他始终没有郁闷和痛苦要抒发吗？ 当然有，而且还不少。 但是辛弃疾的郁闷是壮志难酬的失意，他的痛苦是英雄末路的悲怆，与那些风流词客的闲愁幽恨不可同日而语。 独宿村店的凄凉梦境，在辛弃疾笔下展现为辽阔的空间：“平生塞北江南，归来华发苍颜。 布被秋宵梦觉，眼前万里江山。”（《清平乐》）好友睽离的孤独之感，在辛弃疾词中出之以铁石心肠：“我最怜君中宵舞，道男儿到死心如铁。”（《贺新郎》）柳永送别词的名句是“今宵酒醒何处？ 杨柳岸，晓风残月”（《雨霖铃》），欧阳修送别词的名句是“平芜尽处是春山，行人更在春山外”（《踏莎行》）。 到了辛弃疾，则变成了：“将军百战声名裂，向河梁，回头万里，故人长绝。 易水萧萧西风冷，满座衣冠似雪，正壮士悲歌未彻。 啼鸟还知如许恨，料不啼清泪长啼血。 谁共我，醉明月！”（《贺新郎》）沉郁与慷慨互相渗透，便成为辛词贯穿始终的主体风格。 请看两个最明显的例子。

淳熙元年（1174），辛弃疾任江东安抚使参议官，在建康登赏心亭，眺远怀古，作《水龙吟》：

楚天千里清秋，水随天去秋无际。遥岑远目，献愁供恨，玉簪螺髻。落日楼头，断鸿声里，江南游子。把吴钩看了，栏干拍遍，无人会，登临意。　　休说鲈鱼堪脍，尽西风，季鹰归未？求田问舍，怕应羞见，刘郎才气。可惜流年，忧愁风雨，树犹如此。倩何人，唤取红巾

> 翠袖,揾英雄泪。

此年辛弃疾三十五岁，虽然正值壮年，却壮志难酬，空度年华，故岁月流逝的感受格外深切。他在断鸿声里登上名胜赏心亭，那潇洒明净的秋色却难以引起愉悦感，竟觉得像美人螺髻般的远山向人献上的只是愁恨。他拔剑细看，猛拍栏干，但是有谁理会其中的一番心意？下片转入怀古。虽然西风劲吹，但故乡远在沦陷的北国，难像张翰那样归隐。要像许汜那样贪图私利，更非所愿。于是他只能慨叹流年之迅速，并询问谁能为自己一揾英雄之泪？

开禧元年（1205），年已六十六岁的辛弃疾正在知镇江府任上。此时距离他铁骑渡江已有四十三年了，恢复之志始终未能实现，自己却在宦海风波和乡村闲居中耗尽了岁月。如今人已老矣，朝廷里正在紧锣密鼓地筹划北伐，可惜执政的韩侂胄轻举妄动，并无胜算。春社之日，辛弃疾登上北固亭，凭栏北眺，慷慨怀古，写了一首《永遇乐》：

> 千古江山,英雄无觅,孙仲谋处。舞榭歌台,风流总被,雨打风吹去。斜阳草树,寻常巷陌,人道寄奴曾住。想当年,金戈铁马,气吞万里如虎。　　元嘉草草,封狼居胥,赢得仓皇北顾。四十三年,望中犹记,烽火扬州路。可堪回首,佛狸祠下,一片神鸦社鼓。凭谁问,廉颇老矣,尚能饭否?

时局如此，人生境遇又如此，难免感慨良多。但是辛弃疾缅怀的历史人物是吴大帝孙权和刘宋的开国君主刘裕，孙权以江东一隅与魏、蜀鼎足三立，刘裕则亲率大军北伐，一度收复了洛阳和长安，堪称功业彪炳。如此怀古，字里行间洋溢着英雄之气，冲淡了沧桑之感。他又自比人老心不老的名将廉颇，慨叹自己没有机会实现恢复之志。廉颇晚年，当着赵国使者的面，“一饭斗米，肉十斤，披甲上马，以示尚可用”（《史记·廉颇列传》）。廉颇如此，辛弃疾又何尝不是如此！他的豪侠精神至死不衰，他生生死死都是一位勇武的军人，他的词作是对消沉已久的军魂的深情呼唤。

四、跳动心灵在山水田园中的安顿

淳熙年间，转任各地的辛弃疾一来倦于宦游，二来畏于朝臣的攻讦，在信州带湖购地筑屋，以作退隐之计。淳熙六年（1179），新居中的“稼轩”落成，正在湖南转运副使任上的辛弃疾作《带湖新居上梁文》以庆之。文中不无壮志未酬的惆怅：“京洛尘昏断消息，人生直合在长沙？欲击单于老无力！”但更主要的则是退隐归耕的欣慰：“百万买宅，千万买邻，人生孰若安居之乐？一年种谷，十年种木，君子常有静退之心。”两年之后，辛弃疾被劾落职，归隐带湖，成为名副其实的“稼轩居士”。这位龙腾虎跃的豪侠之士果真要急流勇退了？他果真要放弃驰骋疆场的理想而息影林下、躬耕陇亩了？大家谁都不信。辛弃疾曾请洪迈为稼轩作记，洪迈在《稼轩记》中说：“使遭事会之来，挈中原还职方氏，彼周公瑾、谢安石事业，侯固饶为之。此志未偿，顾自诡放浪林泉，从老农学稼，无亦大不可欤！”洪迈之兄洪适在《题辛幼安稼轩》一诗中也说：“济时方略满心胸，卜筑山城乐事重。岂是求田谋万顷，聊因学圃问三农。高牙暂借藩维重，燕寝未须归兴浓。且为君王开再造，他年植杖得从容。”他们都看出了辛弃疾壮志未灭，都坚信辛弃疾不会甘心老于林泉。是啊，淳熙八年（1181）辛弃疾四十二岁，正值大有作为的壮年，他怎么可能彻底放弃恢复中原的雄心壮志！

然而，事情都有两面性。辛弃疾中年退隐虽是不得已之举，但他对隐居生活的热爱是发自肺腑的。中华民族是热爱和平的民族。儒家并不轻视军事，儒家强调增强国防的重要性："不教民战，是谓弃之。""善人教民七年，亦可以即戎矣。"（《论语·子路》）但是儒家的核心价值是"和为贵"（《论语·学而》），这是以农耕为主要生产方式的中华民族先民的集体选择，因为农耕需要和平的生存环境和稳定的生存空间，而面临着游牧民族侵扰的农耕文明也必需足以抵御侵略的力量。辛弃疾深谙此理。他生逢河山破碎、国土沦丧的时代，故以杀敌雪耻、收复中原为终生不渝的目标。但是在内心深处，他热爱和平，热爱安定平和的农耕生活。说到底，辛弃疾所以要坚持抗金复国的大业，其根本目的就是恢复汉民族赖以生存的大片国土，让人民在不受外族侵扰的和平环境里从事农桑。当他看到江南安宁、平静的农村生活时，不由得感到由衷的喜爱。请读其《清平乐》与《鹊桥仙》：

茅檐低小，溪上青青草。醉里吴音相媚好，白发谁家翁媪？大儿锄豆溪东，中儿正织鸡笼。最喜小儿无赖，溪头卧剥莲蓬。

松冈避暑，茅檐避雨，闲去闲来几度？醉扶怪石看飞泉，又却是前回醒处。　　东家娶妇，西家归女，灯火门前笑语。酿成千顷稻花香，夜夜费一天风露。

景色如此秀丽，人情如此美好，这是词境中难得一见的吟咏田家乐主题的佳作。更值得注意的是，词人自身也心醉于这个安宁、美好的环境，他从农村生活中发现了充沛的美感和诗意。于是，辛弃疾的笔下出现了此前词坛上很少看到的乡村景物："明月别枝惊鹊，清风半夜鸣蝉。稻花香里说丰年，听取蛙声一片。”（《西江月》）“陌上柔桑破嫩芽，东邻蚕种已生些。平冈细草鸣黄犊，斜日寒林点暮鸦。”（《鹧鸪天》）在此前的词坛上，有谁曾如此真切地描写过桑麻风光？又有谁曾如此深情地欣赏乡村生活？没有。只有认为“人生在勤，当以力田为先”的辛弃疾，才能说出“城中桃李愁风雨，春在溪头荠菜花”（《鹧鸪天》）的至理名言。

热爱农耕生活的辛弃疾必然会热爱陶渊明，他仰慕陶渊明的高洁情怀：“须信采菊东篱，高情千古，只有陶彭泽。”（《念奴娇》）他表示学陶的意愿：“便此地结吾庐，待学渊明，更手种门前五柳。”（《蝶恋花》）他还自愧学陶太迟：“我愧渊明久矣，犹借此翁湔洗，素壁写归来。”（《水调歌头》）他甚至在梦中与陶渊明亲切相晤：“老来曾识渊明，梦中一见参差是。”（《水龙吟》）他对这位隐逸诗人之宗给予最崇高的评价：“若教王谢诸郎在，未抵柴桑陌上尘！”（《鹧鸪天》）无可否认，辛弃疾对陶渊明的敬慕是虔诚的。然而，在辛弃疾涉及陶渊明的篇章中，有一点不同寻常的消息值得关注：“看渊明，风流酷似，卧龙诸葛。”（《贺新郎》）为何说陶渊明与诸葛亮是同样的风流人物呢？这是指陶渊明素怀功业之心有如诸葛亮，还是指诸葛亮躬耕隆中、不求闻达有如陶渊明？都有可能。更重要的是，在辛弃疾看来，躬耕陇亩、终老林泉的陶渊明与鞠躬尽瘁、卒于军中的诸葛亮是同样的风流人物，不过人生境遇不同而已。也就是说，在辛弃疾的心中，退隐躬耕与建功立业可以并存于一个人的人生追求中，两者并不矛盾。

退居带湖、瓢泉的辛弃疾并未忘怀世事，并未抛弃雄心，一有机会便会尽情宣泄。淳熙十五年（1188）冬，陈亮到信州访问辛弃疾。陈亮是豪气盖世的狂士，曾以布衣身份多次上书朝廷力主抗金，深受辛弃疾的器重。两人惺惺相惜，痛饮狂歌，千杯恨少。相别之后，辛弃疾又作词寄赠，以后反复唱酬，词意慷慨激烈。请看辛弃疾的《贺新郎》：

> 老大那堪说。似而今，元龙臭味，孟公瓜葛。我病君来高歌饮，惊散楼头飞雪。笑富贵千钧如发。硬语盘空谁来听？记当时，只有西窗月。重进酒，换鸣瑟。　　事无两样人心别。问渠侬，神州毕竟，几番离合？汗血盐车无人顾，千里空收骏骨。正目断，关河路绝。我最怜君中宵舞，道男儿到死心如铁。看试手，补天裂。

湖海豪士陈元龙和著名豪侠陈孟公的典故，既切合陈亮之姓氏，更凸现了陈亮“推倒一世之智勇，开拓万古之心胸”的品性。而“臭味”、“瓜葛”云云，正说明二人志同道合，气味相投。病中会客，尚能高歌狂饮，尚能硬语盘空，若非豪杰，孰能如此？一位罢官之人与一位布衣之士，却在商讨神州离合的大事，倾诉怀才不遇的悲怆，若非英雄，孰能如此？可见辛弃疾正是一位“男儿到死心如铁”的铮铮铁汉，纵使落魄不偶，纵使处在注定无可作为的环境中，他依然怀着“补天裂”的雄心，至死不渝。

然而，辛弃疾南归以后，对南宋朝廷的真实情况已相当熟悉，对抗金复国事业的艰难已了然于胸。他披肝沥胆写成的《美芹十论》和《九议》虽未石沉大海，但并未达到震动朝野的效果。他流宦各地显示的过人才干和泼辣作风虽未被完全抹煞，但也引起不少朝臣的攻讦。辛弃疾清楚地认识到，少时铁马渡江的那段经历已成旧梦，如今的真实处境则是有志难酬，报国无路。他在《满江红》中说：

倦客新丰，貂裘敝，征尘满目。弹短铗，青蛇三尺，浩歌谁续？不念英雄江左老，用之可以尊中国。叹诗书万卷致君人，翻沉陆。
休感慨，浇醽醁。人易老，欢难足。有玉人怜我，为簪黄菊。且置请缨封万户，竟须卖剑酬黄犊。甚当年，寂寞贾长沙，伤时哭。

一位满目征尘的江湖倦客，一位弹铗浩歌的失意豪杰，这是辛弃疾的自画像。他熟读诗书，满腹经纶，本可建功立业，拜将封侯，如今却卖剑买犊，行将归耕。人生失意，莫此为甚。他不禁追问：贾谊为何要流涕痛哭？言下之意是，自己也像贾谊一样伤时忧国，但又有谁明白自己的一腔忧愤？

辛弃疾性情豪爽，相交满天下。但是在苟安局面已经养成的南宋小朝廷里，他深感知音难觅。他曾在《青玉案》一词中寄寓此意：

东风夜放花千树。更吹落，星如雨。宝马雕车香满路。凤箫声动，玉壶光转，一夜鱼龙舞。　蛾儿雪柳黄金缕，笑语盈盈暗香去。众里寻他千百度，蓦然回首，那人却在，灯火阑珊处。

从表面上看，这是一首传统题材的婉约词。词中描写了上元灯节的绮丽风光，以及游人熙攘的热闹场景。一对男女乘此佳节密约幽会，在稠人广众中互相寻觅。但是后代读者莫不认为词中别有寄托。原来主人公心仪的对象并不在火树银花的热闹之处，反在灯火阑珊的冷清角落。王国维在《人间词话》中说这是人生的最高境界，读者当然可以从中获得类似的联想。但是梁启超的评论更加准确：“自怜幽独，伤心人别有怀抱。”（《艺蘅馆词选》）所谓的“那人”，只是一个象征，其实也就是词人自我。她不愿随波逐流，不愿趋炎附势，因此甘于寂寞，孤芳自赏。

正因如此，辛弃疾的内心深处存在着一种深刻的寂寞之感。曲高和寡，才高遭忌，像辛弃疾那样英才盖世的人物注定是寂寞的。在尝遍人生百味、见惯人间百态之后，辛弃疾甚至感到连诉说忧愁都是多此一举，请看其《丑奴儿》：

少年不识愁滋味，爱上层楼。爱上层楼，为赋新词强说愁。
而今识尽愁滋味，欲说还休。欲说还休，却道天凉好个秋！

下片似乎是对上片的否定，其实却是深化。“识尽愁滋味”，意味着阅世已深，对人世的忧愁有了最真切的感受。然而愁到极处，反至无言。不是不想说，而是深广的忧愁根本无法言说。秋季本是令人伤感的季节，从宋玉以来“悲秋”便成为传统的主题。辛弃疾作此词时人到中年，正是最易伤秋的年龄，可是满腹忧愁无法倾诉，只好说一声“天凉好个秋”！

那么，辛弃疾能到何处去安顿那颗跳荡不安的灵魂？“倩何人，唤取红巾翠袖，揾英雄泪”（《水龙吟》）吗？“有玉人怜我，为簪黄菊”（《满江红》）吗？显然不行。一位冲锋陷阵的战士，岂能像柳七郎那样到温柔乡里寻找归宿！经过上下求索，辛弃疾终于找到了人生的归宿，那就是自然。晚年的辛弃疾退居田园，寄情山水，在大自然的怀抱里消磨岁月，也消磨雄心。在铅山瓢泉的别业里，他写了好几首《贺新郎》来题咏山水或亭阁，如积翠岩、悠然阁等。下面这首题咏的是停云亭：

甚矣吾衰矣。怅平生，交游零落，只今余几？白发空垂三千丈，

> 一笑人间万事。问何物能令公喜？我见青山多妩媚，料青山见我应如是。情与貌，略相似。　　一尊搔首东窗里。想渊明，停云诗就，此时风味。江左沉酣求名者，岂识浊醪妙理？回首叫，云飞风起。不恨古人吾不见，恨古人，不见吾狂耳。知我者，二三子。

此时辛弃疾年近花甲，与他志同道合的友人陈亮、韩元吉等皆已去世，难怪开篇就是一声长叹！他坐在以陶诗篇目命名的停云亭中悠然独酌，不免想到陶渊明这位异代知己。可是交游零落，还有谁能让自己欣然开怀呢？环顾宇内，只剩大自然而已。于是他喜极而呼：“我见青山多妩媚，料青山见我应如是！”“妩媚”一语，本是唐太宗评价直臣魏徵的话，故可用来形容男性风度之可爱。青山巍然屹立，雄深秀伟，有着崇高壮伟的美学品质，这在辛弃疾眼中正是妩媚之极。而辛弃疾本人相貌奇伟，英才盖世，有着堂堂正正的人格精神，他坚信自己在青山眼中肯定也是同样的妩媚。词人与青山达成了深沉的共鸣，英雄在自然的怀抱里找到了默契和抚慰。谁说壮志未酬、赍恨没世的辛弃疾未能实现人生的超越？他的人生分明像一首宏伟雄壮的交响诗，战马嘶叫和鸣镝呼啸是其第一乐章，飞湍瀑流和万壑松涛便是其最后的乐章。

第八章　宋代的其他词人

一、欧阳修与晏几道

欧阳修与晏几道都是北宋前期的重要词人，他们的词在主题倾向上仍与五代词风比较接近，但也体现出一些新的风气，为此后宋词的发展作出了贡献。

欧阳修（1007—1072），字永叔，庐陵（今江西吉安）人。欧阳修是北宋著名政治家，政治上勇于进取，且以直言进谏、刚正不阿的风节名垂青史。他在古文、五七言诗的写作上享有盛名，在经学、史学、金石学等方面成就卓著。欧阳修善于培养、识拔人才，苏洵父子、曾巩、王安石等皆出其门下，是名副其实的文坛盟主。

欧阳修是北宋婉约词派中的重要词人，今存词作二百余首，词集称为《六一词》，又称《醉翁琴趣外编》。欧阳修在古文和五七言诗歌中表现的自我是刚正严肃、不苟言笑的政坛重臣或儒家学者，但其词作则与诗文大异其趣，经常描写恋情、相思、惜春、离别，在题材和风格上都深受五代词人冯延巳的影响，流露出绵邈深情和宛转柔肠。要说北宋前期的词与诗文会展示同一个作者的不同面目，欧阳修堪称最典型的例证。正因如此，欧阳修词集中某些抒写男女恋情比较大胆直露的作品，竟被后人认为是伪作，甚至是仇人故意栽赃的结果，其实毫无根据。试看其《南歌子》：

凤髻金泥带，龙纹玉掌梳。走来窗下笑相扶，爱道画眉深浅入时无？　弄笔偎人久，描花试手初。等闲妨了绣工夫，笑问双鸳鸯字怎生书？

无论这是新婚夫妻，还是一对情人，此词都是爱情题材的佳作。词中对柔情蜜意的刻画细腻真切，生动感人。一个天真、妩媚的少妇形象栩栩如生，其活泼、俏皮的话语如在耳边。这样的情感倾向和人物形象正体现了婉约词的传统，它们在欧阳修的诗文中当然是绝无踪影的。诗词异趣，欧阳修对这两种诗体的区分相当严格。

欧词中写得更出色的婉约主题是男女相思，例如咏闺情的《蝶恋花》：

庭院深深深几许？杨柳堆烟，帘幕无重数。玉勒雕鞍游冶处，楼高不见章台路。　雨横风狂三月暮。门掩黄昏，无计留春住。泪眼问花花不语，乱红飞过秋千去。

虽然仍是描写闺中思妇，但意境远比花间词为胜。它不是单纯的景物描写或外表刻画，而是借暮春黄昏、风狂雨骤这个特定的情境来烘托楼头思妇的内心苦闷。问花而花不语，泪眼但见乱红飞去，用笔极为细腻。

再如咏离情的《踏莎行》：

> 候馆梅残，溪桥柳细。草薰风暖摇征辔。离愁渐远渐无穷，迢迢不断如春水。　　寸寸柔肠，盈盈粉泪。楼高莫近危栏倚。平芜尽处是春山，行人更在春山外。

上片写男性离家远行，他骑马摇辔，虽是梅残柳细的春季，却无心观赏春景，只觉得离愁越来越浓。用春水来比喻连绵不断的离愁，这是虚写。下片写女性倚楼望远，她登楼远眺，只见芳草连绵，直到天边，而平芜尽处则是起伏的春山，行人早已行至春山的那边。说春山遮挡着思妇眺远的目光，这是实写。春山春水本是最平常的景物，但如此写法，精彩顿现。

还有一首描写男女密约佳期的《生查子》：

> 去年元夜时，花市灯如昼。月上柳梢头，人约黄昏后。
> 今年元夜时，月与灯依旧。不见去年人，泪湿春衫袖。

连绵复沓的句法，通俗明快的语言，都继承了吴歌、西曲的民歌情调。上片对黄昏相约、月上柳梢的细节描写，堪称此类主题中的经典片断。下片由物是人非而产生的怅惋，也情真意挚，感人至深。

当然，欧阳修对词体的最大贡献还在于，他毕竟是一位名臣、名儒，他的词风不是花间、南唐词风所能牢笼的，他在诗文中抒发的怀抱、感慨也会渗透到词作中来。例如《朝中措》：

平山栏槛倚晴空，山色有无中。手种堂前垂柳，别来几度春风。
文章太守，挥毫万字，一饮千钟。行乐直须年少，尊前看取衰翁。

欧阳修在政治上多次遭到挫折，但他并未就此沉沦，他在地方官任上清廉勤勉，政声甚佳，并在流连风月、啸傲江湖之中展现了乐观、洒脱的情怀。滁州的醉翁亭，扬州的平山堂，便是他吟赏湖山胜景的实物记录。此词就是题咏平山堂的，虽有年华易逝的感叹，但并未坠入颓唐，渗透全词的是及时行乐的人生态度和通脱、豪爽的人生精神，这已经对婉约词风有很大突破。

欧阳修晚年退居颍州后写的一组《采桑子》也是他突破婉约词风的标志性作品，尤其是题咏颍州西湖的前十首，例如其四：

群芳过后西湖好，狼藉残红。飞絮濛濛。垂柳栏干尽日风。
笙歌散尽游人去，始觉春空。垂下帘栊。双燕归来细雨中。

曲终人散，帘垂燕归，不免有一缕悼春的伤感。但全词的基调是明朗清空的，这样的词风已经在婉约情调中渗入疏隽清朗之气，昭示着北宋婉约词的发展前景。

晏几道，生卒年不详。字叔原，号小山，临川（今江西抚州）人。他是晏殊的幼子，人称“小晏”。晏几道虽然生长在富贵之家，但本人仕途屯蹇，晏殊去世后更是家道式微。虽然他保留了名门贵胄的傲气和任性，但落拓不偶的命运毕竟使他饱尝了世态炎凉和穷困潦倒的滋味，这给其词作带来了整体性的悲凉情调。

晏几道性格单纯，忠厚善良，但又孤高自傲，行为疏放，黄庭坚甚至称他“其痴亦自绝人”（《小山词序》）。晏几道词的主要内容仍然恪守婉约词的传统，闺妇离怨和游子别恨的题材占了较大的比重，例如《蝶恋花》和《阮郎归》：

> 醉别西楼醒不记。春梦秋云，聚散真容易。斜月半窗还少睡，画屏闲展吴山翠。　衣上酒痕诗里字。点点行行，总是凄凉意。红烛自怜无好计，夜寒空替人垂泪。

> 旧香残粉似当初。人情恨不如。一春犹有数行书，秋来书更疏。衾凤冷，枕鸳孤。愁肠待酒舒。梦魂纵有也成虚，那堪和梦无。

前者从男性的角度来写，后者从女性的角度来写。一样的相思之苦，一样的孤独凄凉，只在不经意间暗示着抒情主人公的不同性别和身份。前者写到衣上的酒痕和诗笺上的墨迹，应是一位男性的游子。后者写到香粉与衾凤枕鸳，应是留在闺中的女性。前者都是自怨自怜，“红烛”二句分明出于杜牧《赠别》的“蜡烛有心还惜别，替人垂泪到天明”，应是借来吟咏对歌妓的恋情。后者则含有埋怨对方薄情之意，不但明言“人情恨不如”，而且数落对方书信日渐稀疏，都像是出于女性的口吻。这样的词虽然在主题上并无创新，但无论是描写的细致，还是抒情的真切，都达到了新的高度。此外，小晏词虽然写到歌妓舞女，但字句清新，绝无猥亵之嫌，反倒类似抒怀述情之作。

晏几道词对婉约词风的最大革新是他笔下的男女恋情大多与其身世之感相结合，虽然仍是男女相思的传统主题，但同时也叙述自己的生活经历，以及由此产生的伤感哀怨。晏几道并未对自己由相门之贵坠入贫困落拓的具体过程进行描述，他只是将早年的诗酒风流与如今的寂寞孤独进行对比，从而抒发深沉的人生感慨。例如《鹧鸪天》：

彩袖殷勤捧玉钟，当年拚却醉颜红。舞低杨柳楼心月，歌尽桃花扇底风。　　从别后，忆相逢。几回魂梦与君同。今宵剩把银釭照，犹恐相逢是梦中。

此词描写一对情人久别重逢的情景，是从男子的角度来叙述的。上片追忆在酒宴上初次见面时的情景：歌女殷勤地捧杯劝酒，词人开怀畅饮，为了取悦对方而宁愿一醉方休。歌女的轻歌曼舞是如此美妙，观赏者则久看不厌，以至歌扇风尽，明月低沉。三、四两句锻词炼字精工华丽，而且气象雍容华贵，是描写歌舞艺术的名句。下片写别后相思：几回在梦中相见，总是疑以为真。及至今宵果真重逢，却反而怀疑是梦。七、八两句的意思是虽然手执银灯相照，明明看到对方就在眼前，却依然惟恐这又是一次梦境。运笔回环宛转，写尽其痴情缠绵的情态，刻画又惊又喜的复杂心理，极为逼真。

再如《临江仙》：

梦后楼台高锁，酒醒帘幕低垂。去年春恨却来时。落花人独立，微雨燕双飞。　　记得小蘋初见，两重心字罗衣。琵琶弦上说相思。当时明月在，曾照彩云归。

此词抒写失恋之痛，堪称回肠荡气。“落花”二句虽是借用五代诗人翁宏《春残》一诗中的成句，但一经点化，则精彩百倍。花落纷纷，词人独自痴痴地站立着。在细微的春雨中，燕子成双成对地飞来飞去。意境之凄美，衬托之贴切，无与伦比。更值得注意的是，词人的相思对象不是类型化的某些歌女，而是一个真实的“伊人”。她名唤“小蘋”，她善弹琵琶，她曾穿着绣有心字图案的罗衣，她曾在琵琶声中传递相思之意。晏几道曾在《小山词跋》中交代说："始时沈十二廉叔、陈十君宠家有莲、鸿、蘋、云，品清讴娱客。每得一解，即以草授诸儿，吾三人持酒听之，为一笑乐。"此词中的"小蘋"，当即名"蘋"之歌女。"小蘋"原是别人家里的歌女，晏几道只是在酒席上与她偶然相逢，但两人一见钟情，从此种下相思。这样的爱情词，与作者的身世之感密切结合，所抒之情真诚纯洁，这是晏几道词超越温庭筠等花间词人的同类作品的奥秘所在。失恋、相思虽是婉约词派中相当常见的主题，但像晏几道这样集中写此类主题，而且写得如此凄美感人的并不多见。就主题倾向而言，晏几道可说是宋代最擅长写失恋主题的词人。

二、柳　永

柳永（987?—1054?），初名三变，字景庄，后改名永，字耆卿，崇安（今福建武夷山）人。仁宗景祐元年（1034）进士及第，此时年已五十许，曾任睦州推官等，官至屯田员外郎，世称"柳屯田"。排行第七，亦称"柳七"或"柳七郎"。虽然柳永一生潦倒，但他生活在宋仁宗朝繁荣稳定的社会环境里，享受着安闲的都市生活。柳永生性浪漫，中年以前常居汴京，时时出入秦楼楚馆，恣情宴乐，喜为歌妓写作新词，他作为风流浪子的名声广为流传。当时文人中流行倚声填词，即使朝廷重臣如晏殊、欧阳修等人也写过男女相思的词作，但词作毕竟不能像诗文那样可以公然示人，而只能在第宅内府的舞筵歌席上传唱，自娱自乐。柳永却与晏、欧背道而行，他公然出入妓馆，公然写词让妓女歌唱，这就不能为统治者所容。柳永应试落第后曾作《鹤冲天》：

黄金榜上，偶失龙头望。明代暂遗贤，如何向？未遂风云便，争不恣游狂荡？何须论得丧。才子词人，自是白衣卿相。　烟花巷陌，依约丹青屏障。幸有意中人，堪寻访。且恁偎红依翠，风流事，平生畅。青春都一饷。忍把浮名，换了浅斟低唱。

相传此词传入宫廷，仁宗大为不满。后来柳永再次应试，本可得中，但仁宗亲自将他除名，说："且去浅斟低唱，何要浮名？"柳永并未随之改变态度，索性自称"奉旨填词"。柳永入仕后的生活态度稍为收敛，随着年龄的增长，也随着漂泊江湖经历的丰富，词作中关于羁旅行役的主题逐渐增多，但男女相思的主题仍时时出现。总之，柳永的生活态度和创作态度都与当时的士大夫大异其趣，他是北宋词坛上的一个另类。

柳永在词艺上贡献甚大。北宋市井新声竞起，词调得到较大幅度的扩充。知音识曲的词人更多了，许多人都能创制新的词调。柳永在制调方面获得了巨大的成就，尤其是在慢词方面。他的《乐章集》中共有二百余种词调，其中有一百多调是首先见于柳永笔下的。柳永不但把小令扩展成长调，而且探索了符合长调慢词的新的艺术表现手法。柳永的慢词善用铺叙手法，将叙事、抒情、写景等功能熔于一炉，达到了淋漓酣畅、曲尽其妙的境界。这就与花间和南唐词人在小令写作中追求余韵的倾向拉开距离，形成了宋词发展的新趋势。

柳永词中以艳情题材为最多，他熟悉歌妓们的生活，了解她们的隐衷和心曲，他善于真实地表现歌妓或民间女子的心态和生活，例如《定风波》：

自春来，惨绿愁红，芳心是事可可。日上花梢，莺穿柳带，犹压香衾卧。暖酥消，腻云亸，终日厌厌倦梳裹。无那。恨薄情一去，音书无个。　　早知恁么，悔当初，不把雕鞍锁。向鸡窗，只与蛮笺象管，拘束教吟课。镇相随，莫抛躲。针线闲拈伴伊坐。和我，免使年少光阴虚过。

词中的抒情主人公身份难以确定，多半是青楼女子。她的情人一去不归，音信全无，故而她独自居家慵懒度日。春色如许，在她眼中却是“惨绿愁红”。尽管花繁莺舞，她却只是蒙头大睡，甚至连梳妆也懒得对付。下片转入自叙心事。早知今日相思之苦，当初就不该放他离去。如果那样的话，如今两人形影不离，终日相伴，那该多么美好！词中的字句颇有俗艳的倾向，如“暖酥消”二句写身体变瘦，头发蓬乱，都是文人雅词中难以见到的。全词的风格倾向也体现出市井格调，与晏、欧之作大异其趣。相传柳永曾因受到不公待遇而向晏殊诉说不平，晏殊问道：“贤俊作曲子么？”柳永回答说：“只如相公亦作曲子。”晏殊说：“殊虽作曲子，不曾道‘彩线慵拈伴伊坐’。”（张舜民《画墁录》）说明柳永的词风不像士大夫词作那样典雅、高华，而是通俗、浅近，反映着市民阶层的审美习尚。正因如此，柳永的词不为文人雅士所喜，但在民间则受到热烈的欢迎，甚至在邻国西夏都有这样的传说：“凡有井水饮处，皆能歌柳词。”（叶梦得《避暑录话》）柳永的艳情词中颇有传诵一时的名篇，例如《蝶恋花》：

伫倚危楼风细细，望极春愁，黯黯生天际。草色烟光残照里，无言谁会凭栏意。　　拟把疏狂图一醉，对酒当歌，强乐还无味。衣带渐宽终不悔，为伊消得人憔悴。

虽然亦是艳情主题，但这个主题只在全词最后两句才予点明。前面的大半笔墨只是从各个角度叙说“春愁”：登楼凭栏，无言眺远，勉强对酒当歌，却依然感到无味，等等。直到最后才点明是“为伊”才如此百无聊赖！正因如此，此词虽写艳情，却并无脂粉香泽，故王国维可以用最后两句来比喻人生“成大事业、大学问者”的第二境界（《人间词话》）。

然而，从词史的角度来看，柳永词中最有价值的作品还推羁旅行役之作。柳永一生浪迹天涯，四处漂泊，曾到过西安、扬州、杭州、苏州等地，人生漂泊感与男女相思两重主题融合一体，形成了柳词的大部分名篇。例如《雨霖铃》：

> 寒蝉凄切，对长亭晚，骤雨初歇。都门帐饮无绪，方留恋处，兰舟催发。执手相看泪眼，竟无语凝噎。念去去千里烟波，暮霭沉沉楚天阔。　　多情自古伤离别。更那堪，冷落清秋节。今宵酒醒何处？杨柳岸，晓风残月。此去经年，应是良辰好景虚设。便纵有千种风情，更与何人说。

上片描写临别时的情景。起首三句写离别时周围的景物，不仅点明时间、地点，而且为后面的“无绪”心情作了铺垫。苍茫秋色，凄切鸣蝉，饯别的恋人欲饮无绪，欲留不能。兰舟催发，离别到了最后的时刻，恋人却反而“无语凝噎”。此时的无语不是真的无语，只是词人黯然神伤而说不出话。虽然无语，但心中早已心潮起伏，思绪万千，故下句以“念”字领起，设想种种别后情景，让“凝噎”的话语得到尽情的倾泻。“千里烟波，暮霭沉沉楚天阔”，情调凄恻而境界阔大，虽是写景，实亦抒情，景无边而情无限，衬托出离别之后茫然不知所归的心绪。下片换头以抒情起，仍然承接着上片“念”字之意，叹息自古到今离情之可哀，设想自己在清秋时节的寂寞冷落。“今宵”二句是更深一层的设想，却又是以景寓情，融情入景，写出了一个冷落凄清的动人意境。总之全词层层铺叙，处处点染，极尽形容，生动地展现出词人离别时的心理和情感，成为宋词中刻画离愁别恨的名篇。

与《雨霖铃》齐名的有《八声甘州》：

> 对潇潇暮雨洒江天，一番洗清秋。渐霜风凄紧，关河冷落，残照当楼。是处红衰翠减，苒苒物华休。唯有长江水，无语东流。　　不忍登高临远，望故乡渺邈，归思难收。叹年来踪迹，何事苦淹留？想佳人，妆楼颙望，误几回、天际识归舟。争知我，倚阑干处，正恁凝愁。

上片写景，通过秋雨过后的萧瑟景象来表现内心的羁旅愁思。下片抒情，以登高临远的实情与想象中佳人妆楼凝望的虚景进行对照，来反衬想念家乡与恋人的心情。此词中用以领起全句的衬字极有特色。上片先用去声的“对”字领起开头两句，暗示自己凭栏面对着萧瑟秋景。接着又用去声的“渐”字承上启下，引出满眼秋色。下片以“望”字兴起思乡之念，以“叹”字转入目前处境，最后以“想”字生发佳人妆楼盼望归舟的情景。这些领字都是仄声字，都是一字顿，它们使得词意起伏跌宕，也使得全词声调苍凉激越。词中的其他修辞手段也值得注意，比如“潇潇”、“苒苒”等叠字，“清秋”、“冷落”等双声字，“长江”、“阑干”等叠韵字，以及“渺邈”这个双声叠韵词，它们使得全词声情摇曳，富有声情之美。此外，此词文字工致，意境优美，“渐霜风凄紧”三句气势阔大，语言凝练，深得苏轼称赏，认为它们“不减唐人高处”（《侯鲭录》卷七）。

从整体上说，柳永的羁旅行役之词巧妙地将人生漂泊与男女相思这两个重要主题融合在一起，双重的失意、孤寂之感叠加、交融，相得益彰，达到了特别浓烈的程度。柳词描写男女恋情时本有过于绮靡的缺点，漂泊江湖的凄清落寞正好冲淡了这个倾向，达到了中和之美的佳境。在艺术上，柳永长于铺叙、点染，善于将叙事、抒情、写景三种手段交叉运用等特征，也在此类主题中得到最佳的表现。于是，柳永词中羁旅行役主题的名篇特别多，后代读者喜爱柳词，主要的原因即在于此。

柳永不仅长于描写羁旅、艳情，也善写皇都的壮丽和都市的繁华。柳永曾在汴京居住过较长时间，亲眼目睹了京城繁华兴盛、富丽堂皇的生活场景，并在词中进行了真切的描绘，例如《迎新春》描写汴京的元宵节风光："列华灯，千门万户。遍九陌罗绮，香风微度。十里然绛树。鳌山耸，喧天箫鼓。"此类题材中最著名的词当推《望海潮》：

> 东南形胜，三吴都会，钱塘自古繁华。烟柳画桥，风帘翠幕，参差十万人家。云树绕堤沙。怒涛卷霜雪，天堑无涯。市列珠玑，户盈罗绮，竞豪奢。　重湖叠巘清嘉。有三秋桂子，十里荷花。羌管弄晴，菱歌泛夜，嬉嬉钓叟莲娃。千骑拥高牙。乘醉听箫鼓，吟赏烟霞。异日图将好景，归去凤池夸。

此词主旨是描绘杭州的湖山美景和繁华市景。上片先点明钱塘的地势，然后写城中街景，再把视线投向钱塘江的大潮。词人以铺张的笔法，全景式地写出了杭州地形险要、山川雄伟的地理特点，以及物阜民康、繁荣兴盛的都市景象。下片专写西湖美景和游人嬉戏，以渲染歌舞升平、百姓安居乐业的景象，间接赞扬地方长官的政绩。"千骑"几句写长官风流儒雅、与民同乐，虽为应酬之语，但仍归结为对杭州的赞美。这是词史上首次出现的赞美一个城市的作品，其词调《望海潮》也是出于柳永首创，可见其开创意义。相传此词日后流传到金国，引起了金主亮的“投鞭渡江之志”，事或不可靠，但可见其影响之大。

三、秦　观

秦观（1049—1100），字太虚，后改字少游，号淮海居士，扬州高邮（今江苏高邮）人。元丰八年（1085）进士及第，曾任太学博士、国史院编修等官。绍圣元年（1094）被贬至郴州（今湖南郴县）、横州（今广西横县）、雷州（今广东海康）。建中靖国元年（1100）放还，行至藤州（今广西藤县）卒。秦观师事苏轼，名列“苏门四学士”，且与苏轼同样经历了仕途风波，屡遭贬斥。但是他的个性不像苏轼那样坚强、旷达，在贬谪生涯中坠入忧伤的深渊，难以自拔，贬谪后的词作感伤、凄凉，有浓重的身世之感。例如名作《踏莎行》：

雾失楼台，月迷津渡。桃源望断无寻处。可堪孤馆闭春寒，杜鹃声里斜阳暮。　驿寄梅花，鱼传尺素。砌成此恨无重数。郴江幸自绕郴山，为谁流下潇湘去。

寂寥萧瑟之景与凄凉迷惘之情互相映衬，字里行间寄寓着词人的身世之感，意境深邃，有一唱三叹之妙。末二句向称名句，不说山川阻拦着自己的归途，无法顺着潇湘北归，偏问郴江本自环绕郴山，为何顺势流向潇湘？以郴江北去，反衬自身逗留此地欲归不能。言辞平淡，意味深永。这两句得到苏轼的激赏，秦观死后，苏轼手书二句于扇，叹息说：“少游已矣，虽万人何赎？”（《冷斋夜话》）

秦观才华杰出，擅长古文、诗、赋、词等各种文体，但以词的成就为最大，是北宋婉约词派的中坚人物。他虽是苏轼的学生，但作词并未受到苏轼多大的影响，仍是走着婉约的传统之路。秦观词远绍南唐，近受柳永的影响，擅长以长调抒写柔情，同时也擅长在艳情中渗入个人的身世之感，形成了独特的风格。例如《满庭芳》：

山抹微云，天粘衰草，画角声断谯门。暂停征棹，聊共引离尊。多少蓬莱旧事，空回首，烟霭纷纷。斜阳外，寒鸦数点，流水绕孤村。

销魂。当此际，香囊暗解，罗带轻分。谩赢得，青楼薄幸名存。此去何时见也？襟袖上，空惹啼痕。伤情处，高城望断，灯火已黄昏。

此词抒写男女间的离愁别情，同时寄托自己的人生感慨。上片写离别的场面：开头两句写暮霭中的远山和衰草，暗示着因离别而生的无限愁绪，对仗工切，下字精炼，形象鲜明生动，一时传为名句。相传时人称秦观为“山抹微云君”，可见人们对此句的推重。“多少蓬莱旧事”，既指旧日情事，又有自己的身世，一齐浮现心中，故不忍回首，只觉得一片迷惘，颇似暮色中的“烟霭纷纷”。极目远望，但见寒鸦孤村，更衬以斜阳，顿觉秋意萧瑟，离情凄楚。这些出色的写景营构了天涯沦落的氛围，前途茫茫的人生感慨也见于字里行间。下片直以情起。“销魂”二字虽是出于江淹《别赋》中的“黯然销魂者，唯别而已矣”，但以二字成句，语气斩绝，发人深省，题旨顿现。接下去细写自己与情人分离之情状，缠绵悱恻，别情依依。“青楼”一句点明双方的身份，也暗示着自己的落拓不偶。“此去何时见也”一句有问而无答，意即根本没有答案，也即一别之后再难相见，故襟袖上沾有再多泪痕也是徒然。既如此，登高远望，只能看到灯火黄昏而已。此词的意境与章法都极似柳永的《雨霖铃》，情深意浓，声律柔婉，情、景、事三者融汇一气，是北宋婉约词的典范之作。

秦观写恋情的词虽然也涉及青楼妓女，但不像柳永词那样带有市井文学的通俗倾向，相反，秦观词的风格以清丽、雅洁为主要特征，例如《南歌子》：

玉漏迢迢尽，银潢淡淡横。梦回宿酒未全醒，已被邻鸡催起怕天明。　　臂上妆犹在，襟间泪尚盈。水边灯火渐人行，天外一钩残月带三星。

相传此词是秦观赠给妓女陶心儿的，末句即暗示"心"字的形状（见《高斋诗话》）。即便如此，此句自身只是描写黎明时分的星月景象，文字清丽，意象清新，绝无脂粉香泽。全词选择清冷的夜间为离别的背景，纵然写到了臂上的妆痕和襟上的泪痕，但旖旎而不香艳，况且银河横斜，晨鸡初鸣，在清幽冷淡的夜景的笼罩下，全词显得清新、纯净，这是柳永词中少有的境界。

再如《鹊桥仙》：

纤云弄巧，飞星传恨，银汉迢迢暗度。金风玉露一相逢，便胜却人间无数。　　柔情似水，佳期如梦，忍顾鹊桥归路。两情若是久长时，又岂在朝朝暮暮。

七夕是中国古代的"情人节"。古人传说天上的牵牛星与织女星原是一对夫妇，名唤牛郎与织女，后来为天帝所迫，分居在银河两边，终年不得相会。只有在七夕晚上，无数的喜鹊在银河上搭成一座"鹊桥”，让牛郎与织女走过鹊桥来相会。 秦观此词就是运用这个美丽的传说，来歌颂人间的爱情。 上片咏牛郎、织女相会。 长空寥廓，银汉茫茫，牛郎与织女历经多少艰辛才能渡过银河去相会一次！ 然而，两人真心相爱，忠贞不贰，虽然每年只能相会一次，过了七夕之夜便要各自回归原处，但这样的相会要胜过人间的多少相伴厮守。 下片咏牛郎、织女相别。 一个夜晚当然非常短促，很快两人被迫分手。 离别之际，他们依依惜别，怎能忍心回头观看鹊桥那条归路！ 然而，真正的爱情是永世长存的，是海枯石烂不会改变的，只要两情久长，又何必一定要朝暮相对！ 此词以立意奇警著称，上、下两片的结句皆称警句，但其风格倾向也很值得注意。 一首爱情词的风格如此清新，是北宋婉约词派中少见的现象。

秦观有些小令吟咏文人雅士的生活细节与心理感受，具有浓郁的生活气息，例如《浣溪沙》和《如梦令》：

漠漠轻寒上小楼，晓阴无赖似穷秋。淡烟流水画屏幽。　　自在飞花轻似梦，无边丝雨细如愁。宝帘闲挂小银钩。

遥夜沉沉如水，风紧驿亭深闭。梦破鼠窥灯，霜送晓寒侵被。无寐，无寐，门外马嘶人起。

词人选取生活中的两个细节为题材。 前者咏春愁，这种感觉细微幽约，难以捉摸，词中只对一系列的物象进行细致的描绘，竟把春愁写得生动具体，亲切可感。 “自在飞花”二句用抽象的事物来比喻具体的物象，手法新奇，却又合情合理，堪称“无理而妙”。 后者咏旅愁，全词对于心中愁绪不着一字，只是对环境进行描写：夜色风声，饥鼠窥灯，霜气寒意，人语马嘶。全词仅寥寥七句，但内容丰富，所及的感官包括听觉、肤觉、视觉等，从而营构出一个孤寂凄冷的境界，而作者在羁旅途中的心理感受也就跃然纸上。这样的小令，深得唐人绝句之妙境，是宋代婉约词中最能体现文人雅致的作品。如果说北宋婉约词派在审美情趣上有雅、俗两种趋势，那么秦观和柳永正是这两方面的代表词人。秦观词更受士大夫群体的欢迎，原因就在这里。

四、周邦彦

周邦彦（1056—1121），字美成，号清真居士，钱塘（今浙江杭州）人。元丰六年（1083）向朝廷献《汴都赋》，受到神宗赏识，任太学正。后任庐州（今安徽合肥）州学教授、溧水（今江苏溧水）县令等职。哲宗朝还京，任国子监主簿、校书郎。徽宗时提举大晟府，专事制礼作乐。

周邦彦被誉为北宋词坛上集大成式的人物，这主要是就他在词的艺术形式上的贡献而言。周邦彦的词在题材走向上依然沿着婉约派的老路，在柳永、苏轼词中出现的新题材并未得到周邦彦的重视，周词的主要题材仍是春愁秋恨、相思赠别、咏物写景等。但是周邦彦在词体的艺术形式上很有开创精神，这主要体现在以下几个方面：

首先，周邦彦擅长音乐，精通词律。他以古代精通音乐的周瑜自比，自取堂名为“顾曲堂”。在周邦彦之前，词的格律尚未十分严格，同一词调的作品常有长短不同的情况，柳永集中的两首《轮台子》就相差二十七字。平仄格律也未完全定型，即使苏轼、秦观这样的大词人也是如此。周邦彦则对词律进行了系统的整理，不但每个词调的字数、句读、平仄都作了严格的规定，而且仄声中的上、去、入三声也不容相犯。到了周邦彦的手中，词律才真正规范化了。不但如此，周邦彦还善于自创新调。他认为旧有词调的音调过于和婉，就有意创制了一些“涩调”，以增强词乐的顿挫之感，例如《浣溪沙慢》、《粉蝶儿慢》、《玲珑四犯》、《六丑》等，都是体现着这种创新意识的新调。周邦彦晚年曾提举大晟府，大晟府就是国家最高级的音乐机构，其职能包括搜集古调和创制新调。他们创制的曲调即“大晟乐”，依新调填写的词即“大晟词”。周邦彦身为大晟府的官员，他创制新调的努力在词坛上产生了很大的影响。周邦彦创制的新调，后来遵循的词人不是很多，但就其本人的作品而言，确实在词坛上开拓了新的艺术境界。例如《六丑》：

> 正单衣试酒，怅客里光阴虚掷。愿春暂留，春归如过翼，一去无迹。为问花何在，夜来风雨，葬楚宫倾国。钗钿堕处遗香泽。乱点桃蹊，轻翻柳陌，多情为谁追惜？但蜂媒蝶使，时叩窗槅。　　东园岑寂，渐蒙笼暗碧。静绕珍丛底，成叹息。长条故惹行客，似牵衣待话，别情无极。残英小，强簪巾帻。终不似、一朵钗头颤袅，向人欹侧。漂流处，莫趁潮汐。恐断红尚有相思字，何由见得。

此词的小序说：“蔷薇谢后作。”可见它是一首咏物词，对象是凋谢的蔷薇花。蔷薇枝上有刺，容易钩住人的衣服，“长条故惹行客，似牵衣待话，别情无极”即抓住了这个特点。这种写法超越了一般的拟人手法，它不但为物体注入人的情感，而且注入词人独特的身世之感。生动有趣，情深感人。全词都是如此，虽是一首咏物词，但作为抒情主人公的词人身影无处不在。这是一位萍踪漂泊的词客，他多愁善感，身世飘零。正像李商隐赞叹杜牧所说的“刻意伤春复伤别”（《杜司勋》），此词的主题也是“伤春复伤别”。人在客中，正为光阴易逝而伤感，又逢暮春时节，落红成阵，情何以堪？ 词人独自走进岑寂的东园，看到蔷薇枝头徒剩棘刺，不由得连连叹息。 忽然看到尚有一朵小小的残花，便信手摘下簪上头巾。 珍藏心底的一个记忆片断突然闪现：一朵蔷薇插在美人的钗头，随着她的凌波微步而微微地颤动。 写到这里，伤春已转变成伤别，词人看着漂流在水中的落花，痴痴地劝它们切勿随着潮汐漂去，他惟恐花瓣上有情人题写的相思文字。《六丑》是周邦彦的自度曲，据说取名的立意是：“此犯六调，皆声之美者，然绝难歌。 昔高阳氏有子六人，才而丑，故以比。”（周密《浩然斋词话》）如今乐谱已失，但仅从音节来看，全词押入声韵，声促情急，颇似抽噎之声，“难歌”的效果不难想象，是谓涩调。 词意则千回百折，回肠荡气。 这种千锤百炼的创作态度，这种精细入微的艺术手法，在此前词坛上是相当罕见的。 此调在周邦彦之后少见人作，当是难于仿效之故。

其次，周邦彦善于吸取前人在诗、词两方面的艺术经验，并融会贯通，从而形成缜密精丽、浑厚典雅的独特风格。 在词体方面，周邦彦对花间词的富艳精工，晏、欧词的清丽典雅，柳永词的铺叙展衍，秦观词的情致缠绵等特点，都有所借鉴，并有所发展创造，进而自成一体。在诗体方面，周邦彦善于化用前人诗句入词，一方面增进了词的文学意味，加强了词与文学传统的密切联系，另一方面则扩展了词的文学背景。 周邦彦最喜化用唐人诗句，尤其是李贺、李商隐、温庭筠、杜牧等中晚唐诗人的清辞丽句。 例如名篇《西河》：

佳丽地，南朝盛事谁记？山围故国绕清江，髻鬟对起。怒涛寂寞打孤城，风樯遥度天际。　　断崖树，犹倒倚，莫愁艇子曾系。空余旧迹郁苍苍，雾沉半垒。夜深月过女墙来，伤心东望淮水。　　酒旗戏鼓甚处市？想依稀、王谢邻里。燕子不知何世，向寻常巷陌人家，相对如说兴亡，斜阳里。

全词主要隐括唐人刘禹锡的《石头城》：“山围故国周遭在，潮打空城寂寞回。淮水东边旧时月，夜深还过女墙来。”以及《乌衣巷》：“朱雀桥边野草花，乌衣巷口夕阳斜。旧时王谢堂前燕，飞入寻常百姓家。”此外还有“佳丽地”隐括了南朝谢朓《入朝曲》中的“江南佳丽地”，“莫愁艇子曾系”暗用南朝乐府《莫愁乐》中的“艇子打两桨，催送莫愁来”。化用成句如此之多，却能融化如同己出，不露针缝线迹。由于化用了精炼、典丽的前人佳句，词人在金陵怀古时的沧桑之感就格外深沉，读者阅读时不但能体味周邦彦的感慨，而且能感受更加悠远的历史文化积淀。

其三，周邦彦具有很高的艺术修养和语言技巧，他善于灵活自如地驾驭文字，描摹物态穷极工巧，言情写意曲尽其妙，同时又善于融入身世之感，真正达到了情景交融的程度。例如《兰陵王》：

柳阴直，烟里丝丝弄碧。隋堤上，曾见几番，拂水飘绵送行色。登临望故国，谁识京华倦客？长亭路，年去岁来，应折柔条过千尺。

闲寻旧踪迹，又酒趁哀弦，灯照离席。梨花榆火催寒食。愁一箭风快，半篙波暖，回头迢递便数驿。望人在天北。　凄恻，恨堆积。渐别浦萦回，津堠岑寂。斜阳冉冉春无极。念月榭携手，露桥闻笛。沉思前事，似梦里，泪暗滴。

此词小序曰“柳”，全词确是一首咏柳词，词中虽然只在开头有一个“柳”字，但是“寒食”、“别浦”、“津堠”、“月榭”等词语皆与柳有关，始终紧扣题面。可是它又不是单纯的咏柳词，而是抒写了自己怀才不遇、四处漂泊的失意情怀。古人有折柳送别的习俗，此词句句咏柳，又句句写送别，就是这个原因。全词从隋堤柳色说起，此处的柳树屡经送行者攀折，曾送走多少行客。然后切入自身这个京华倦客。词人在寒食时节离开汴京，灯光中的离席迷离有如梦境，哀怨的琴声更使人情难以堪。他沿着汴河乘舟南下，风快波暖，舟行顺利，可是词人却反而忧愁起来。原来如此迅速地离去，意味着距离送行者愈来愈远，顷刻之间便“人在天北”。第三叠是写别后相思。词人回首旧事，当初与送行者曾有携手闻笛的亲密行为，如今却天各一方，故泪珠暗滴。词话中说此词的写作与周邦彦爱恋汴京名妓李师师之事有关，当是附会，但词中确实包含着一段爱情故事。仕途的失意与情场的失恋这双重的失落之感互相交融，并一起糅入咏柳主题之中，遂使此词富有感染力，当时便传唱遍于京都。

周邦彦词的一大长处是善于抒写微妙幽约的内心情感，这种情感可能是一个仕途多舛的落拓文人的苦闷，也可能是一个失恋者的怅惘。前一方面的代表作有《苏幕遮》和《满庭芳》：

燎沉香，消溽暑。鸟雀呼晴，侵晓窥檐语。叶上初阳干宿雨，水面清圆，一一风荷举。　　故乡遥，何日去。家住吴门，久作长安旅。五月渔郎相忆否。小楫轻舟，梦入芙蓉浦。

风老莺雏，雨肥梅子，午阴嘉树清圆。地卑山近，衣润费炉烟。人静乌鸢自乐，小桥外，新绿溅溅。凭栏久，黄芦苦竹，拟泛九江船。

年年。如社燕，飘流瀚海，来寄修椽。且莫思身外，长近尊前。憔悴江南倦客，不堪听、急管繁弦。歌筵畔，先安簟枕，容我醉时眠。

两首词都是吟咏夏日情怀，结构也基本相同，都是上片写景，下片抒情。前者是词人青年时代初入汴京之作。上片描写京城的夏景，语言清丽，写荷花的神态尤其传神。下片抒情，当时词人刚入仕任太学正，职务清闲，故所抒之情只是淡淡的乡愁。后者是词人任溧水县令时在溧水的无想山中度夏时所作。上片写景。时令是初夏，虽然春光已逝，但梅肥叶茂的夏景也颇可赏玩。况且山中寂静，足以怡情养性。下片转为抒情。词人非本地人氏，他只是在溧水任职，况自觉有如暂时寄居的候鸟。县令的微职使他觉得宦情淡薄，故自称“江南倦客”。虽然身为地方官员，不乏筵席歌舞的物质享受，但词人觉得索然寡味，故交代在歌筵畔安排枕席，让他即醉即眠。两首词对读，可见周邦彦的苦闷心情是随着年岁和阅历逐步深化的。但即使是后者，所抒之苦闷仍是淡淡的，难以言表的。这种情愫适宜用曲折的章法和朦胧的字句来表达。

第二方面的代表作有《少年游》和《蝶恋花》：

并刀如水，吴盐胜雪，纤手破新橙。锦幄初温，兽香不断，相对坐调笙。　　低声问，向谁行宿？城上已三更。马滑霜浓，不如休去，直是少人行。

月皎惊乌栖不定。更漏将残，轳辘牵金井。唤起两眸清炯炯，泪花落枕红绵冷。　　执手霜风吹鬓影。去意徊徨，别语愁难听。楼上阑干横斗柄，露寒人远鸡相应。

两首词都是咏男女离别之际的情态。前者上片写两人相亲相爱的细节，破橙、吹笙，显然都是女性在款待情人。氛围温馨，情意绵绵。

下片写情人即将离去，她只得含羞挽留情人，说路上积霜正浓，绝无人踪，不如留下别走。这几句话宛肖女性口吻，宛转真切，非常感人。后者开头即渲染天色将明，离别的时刻已经来临。床上的女性终宵未眠，但不想让情人担心，一直在装睡。所以被唤起时双眸炯炯有神，泪湿衾枕。下片写两人同至室外，握手相别，霜风吹动鬓发。行者彷徨无主，告别的话语更是不忍倾听。行人去后，她伫立楼头，此时斗柄低斜，远处鸡声互应，行人已经不见踪影。这两首小令受篇幅的限制，未能展衍铺叙，语言也多用白描，不像周邦彦的慢词那样精致典雅，但也因此比较清新自然。借用王国维的术语来说，周邦彦的部分慢词因过于典雅，不免稍有“隔”的倾向，而像上面两首小令则绝无此病。

总之周邦彦的词在艺术上典丽工整，为南宋的格律词派开创了先河。

五、李清照

李清照（1081—1155?），号易安居士，济南（今山东济南）人。其父李格非是著名的学者、古文家。母亲亦善文藻。李清照自幼受到良好的教育，少年即有诗名。后与太学生赵明诚结婚，赵出身相门，擅长金石。夫妇俩情投意合，共同校勘古籍，鉴赏书画金石，并唱和诗词，生活美满。靖康事变后，他们匆匆南渡，受尽颠沛之苦。不久赵明诚病亡，李清照孤身一人四处漂泊，多年积聚的金石书画丧失殆尽。后来她辗转流离于杭州、越州（今浙江绍兴）、台州、金华一带，不仅被诬通敌，还因改嫁而横遭非议，晚年境遇凄凉孤苦。

李清照是宋代最著名的巾帼词人，也是中国文学史上少有的杰出女作家。由于婉约词派的题材本来就偏向女性生活，所以男性词人的创作其实是“男子而作闺音”，多少存在着性别的错位。李清照以女性特有的敏感和细腻来现身说法，她在婉约词的写作中取得压倒须眉的成就是顺理成章的。

靖康之乱使李清照的生活前后判若云泥，也使其创作发生了巨大的变化。南渡之前，李清照生活稳定，词中多描写自然景物，以及女性的日常生活，包括爱情经历。例如两首《如梦令》：

常记溪亭日暮。沉醉不知归路。兴尽晚回舟，误入藕花深处。争渡，争渡，惊起一滩鸥鹭。

昨夜雨疏风骤，浓睡不消残酒。试问卷帘人，却道海棠依旧。知否，知否，应是绿肥红瘦。

前者写春日郊游，兴尽而返，却因醉酒而误入藕花深处。虽仅寥寥数句，却已安排了一个情节的跌宕。而争渡之人惊起了一滩鸥鹭的景象，表面上为寂寞的暮景增添了几分生气，其实更好地刻画了环境的清幽、僻静。后者写春睡初醒，宿醉未消，却已在关心窗外经过一夜风雨的海棠。主人与侍女的一番对话，简洁生动，趣味盎然，并以侍女的粗心反衬主人平日观察物理之细致，以及对花红易衰的伤感。在如此短小的篇幅中巧妙地安排了丰富的生活场景和复杂的心理活动，造语工巧而又浅近，形象鲜明而又独特，是宋代小令中不可多得的佳作。

再如《一剪梅》和《醉花阴》：

红藕香残玉簟秋。轻解罗裳，独上兰舟。云中谁寄锦书来？雁字回时，月满西楼。　　花自飘零水自流。一种相思，两处闲愁。此情无计可消除，才下眉头，却上心头。

薄雾浓云愁永昼。瑞脑消金兽。佳节又重阳，玉枕纱厨，半夜凉初透。　东篱把酒黄昏后。有暗香盈袖。莫道不消魂，帘卷西风，人比黄花瘦。

据词话记载，这两首词都是李清照寄给赵明诚的作品。前者写清秋时节，红莲将残，独自一人泛舟遣闷。她又登上西楼望月，怅恨长空雁飞，却不见有书信寄来。尽管夫君杳无音信，但词人深信对方定与自己同样忍受着相思之苦，“一种相思，两处闲愁”的语气是如此肯定，既表现了对丈夫的信任，也反衬出自己对爱情的执着和忠贞。最后三句独抒心事，“才下眉头，却上心头”两句，对仗工巧却不避重字，语言清丽而又浅近，富有民歌情调，极为形象地刻画出一位深受相思之苦的妻子的心底微澜。后者把思念丈夫的情景设定在重阳佳节，重阳本是唐诗名句“每逢佳节倍思亲”的时间背景，故词中专用“佳节又重阳”一句郑重点出。词人独自在家过节，凡是重阳节的生活内容应有尽有：炉内点着名香，碧纱厨与玉石枕透着清凉，篱边赏菊，暗香盈袖。但是词人心中非但没有任何喜悦，反而在开篇就说“薄雾浓云愁永昼”！云雾弥漫的天气，漫长无际的白日，使词人满怀忧愁。于是节俗的所有细节都变得毫无意绪，佳节也就徒具空名。最后三句向称名句。相传当时李清照把这首词寄给赵明诚，明诚极为赞赏，自愧不如，又想与之争胜，就精心仿作了五十首，把李清照的原作混在其中，以示友人陆德夫。德夫细读再三，说只有三句极佳。明诚追问，德夫说：“莫道不消魂，帘卷西风，人比黄花瘦。”的确，这三句从菊花着眼，原是重阳主题的固有内容。但是将人花相比，则想落天外。菊花耐寒傲霜，本会给人以瘦削的印象。词人却说她比黄花更瘦！对相思之苦的渲染，堪称无以复加。一般来说，女性对伴侣的相思格外深沉。李清照在这两首词中展现了女性词人特有的敏感和细腻，这是仅知锻炼字句的男性词人难以企及的。

李清照的小令以构句精警取胜，慢词则以描写深入见长，请看其《凤凰台上忆吹箫》：

香冷金猊，被翻红浪，起来慵自梳头。任宝奁尘满，日上帘钩。生怕离怀别苦，多少事，欲说还休。新来瘦，非干病酒，不是悲秋。

休休。这回去也，千万遍阳关，也则难留。念武陵人远，烟锁秦楼。惟有楼前流水，应念我、终日凝眸。凝眸处，从今又添，一段新愁。

主题也是写对丈夫的思念，但与上面两首小令的写法判若二手。上片直叙独处闺房的慵懒无聊：炉中香冷，床上被乱，词人在床上辗转反侧一番之后，总算起床了。但起床之后仍然懒得梳妆。日上三竿，照亮了帘钩，再看案头宝奁，竟已积满灰尘，可见她懒于梳妆已经不止一日。如此慵懒，竟为何来？下面点出原因是离怀别苦。至于具体的内容，则欲言又止。从镜中窥见自己的容貌越发消瘦，她深知原因既不是病酒，也不是悲秋。那么究竟是什么呢？她不忍再说。整个上片的写法是层层推进，推到最后却戛然而止，真是此时无声胜有声。下片先回忆分别时的情景。“休休”者，无可奈何之辞也。因为纵使唱上千万遍《阳关三叠》，也留不住丈夫的离去，只好徒唤奈何。如今行人已远在山重水复的远方，而自己居住的小楼则被烟雾锁闭，凝眸远眺，也是一无所见。但她仍在楼头终日凝眺，楼前流水都被感动了吧。每日远眺，今又远眺，心中的愁绪也与日俱增。下片的写法仍是层层推进，但不再依靠物象或动作的不断更新，而是运用语气的急迫及章法的递进，比如“念武陵人远”以下的三大句，就是一种变形的顶真格，从而生动地表现出心头的层层波澜。

靖康事变使李清照的创作发生了本质的变化。南渡不久，她就变成一个无家可归、无人可依的孤苦寡妇。在古代社会，寡妇本来就是孤苦无依的人，在兵荒马乱时代就更加悲惨了。个人生活的大起大落与家国命运的天翻地覆使李清照心中充满了哀伤愤怨，她用女性特有的视角在词中作出了深沉的反映。例如《武陵春》：

风住尘香花已尽，日晚倦梳头。物是人非事事休，欲语泪先流。

闻说双溪春尚好，也拟泛轻舟。只恐双溪舴艋舟，载不动许多愁。

表面上仍是伤春主题，也仍是写慵懒的闺中生活，但内蕴的情感已今非昔比。“物是人非事事休”一句，语淡情深，蕴含着多少感慨和哀怨！国破家亡，整个生活环境已彻底改变。此句中的“事事”，究竟何指？此词乃绍兴五年（1135）作于浙江金华，此时李清照不但丧偶，而且已经历过文物散失、被诬通敌、再嫁受辱等一系列事变。这些人生变故使她万念俱灰，自觉一切都已完结。因此欲语先泣，实乃不想再说，也不能再说。下片意转：听说双溪春色尚佳，颇想泛舟遣愁。但心中的愁绪极其深重，只怕一叶扁舟根本无法承载！若四句连读，便可明白整个下片都是一种欲抑先扬的虚拟写法，其实词人的愁绪根本无法消解，她也根本就不想出去泛舟消愁。构思的巧妙、思绪的细腻都不减从前，但词中的情感则从惆怅变成悲哀，令人不忍卒读。

这种哀哀欲绝的情感在李清照晚期的慢词中表达得更为充分，例如

《声声慢》：

> 寻寻觅觅，冷冷清清，凄凄惨惨戚戚。乍暖还寒时候，最难将息。三杯两盏淡酒，怎敌他、晚来风急？雁过也，正伤心，却是旧时相识。
>
> 满地黄花堆积。憔悴损，如今有谁堪摘？守着窗儿，独自怎生得黑？梧桐更兼细雨，到黄昏，点点滴滴。这次第，怎一个愁字了得？

正如词调所云，此词真是声声抽泣，声声哽噎。开头连用七对叠字，且多为齿声字，短促轻细，读来有一种凄清冷涩的语音效果，生动地刻画出词人若有所思、恍有所失，不断寻觅而一无所获的愁绪。全词九十七字，齿音四十一字，舌音十六字，两种音调交错运用，形成一种幽咽悲凄的基调。全词中问句多达四处，而且全用口语，仿佛是一位孤苦无依的老妇人的自言自语。她喃喃不停地说，又絮絮叨叨地问，然而无人回答，只有窗外的风声雁唳与之呼应。到了黄昏，更有细雨滴在梧桐叶上，发出点点滴滴的声响。于是词人发出最后一问："这次第，怎一个愁字了得？"意思是此情此景，如许深广的哀伤愤怨，单凭一个"愁"字怎能包含、概括？其实就算写上千万个"愁"字，又怎能了得？婉约词中抒写女性愁苦的佳作甚多，但写得如此生动、如此深刻的作品相当罕见。只有当女性身份、杰出才华与独特身世这三个条件结合在一位词人身上，才能达到这样的艺术境界。所以就此类主题的词作而言，李清照取得压倒须眉的成就是历史的必然。

李清照虽是女性，但颇有豪迈的气概，她的《渔家傲》即使置于豪放词派的作品中也毫不逊色：

> 天接云涛连晓雾，星河欲转千帆舞。仿佛梦魂归帝所。闻天语，

> 殷勤问我归何处。　　我报路长嗟日暮，学诗谩有惊人句。九万里风鹏正举。风休住，蓬舟吹取三山去。

场景壮阔，气魄雄大。词人在梦境中飞升上天，且与天帝对答，由此表现乘风高举、直趋蓬莱的志愿。这个主题已经不属于一般的游仙之作，而是展现了词人对远大理想的追求。

当宋室南渡且苟安于江南一隅之后，李清照曾作诗予以讥刺，其《夏日绝句》云："生当作人杰，死亦为鬼雄。至今思项羽，不肯过江东。"借古讽今，力透纸背。她还在诗中直接抒写故国之思，其《上枢密韩肖胄诗》云："子孙南渡今几年，漂流遂与流人伍。欲将血泪寄山河，去洒东山一抔土。"沉郁悲凉，感人至深。可惜她对词体的性质仍持婉约派的观念，坚持"词别是一家"之说，所以其爱国主义的情怀未能在词中得到充分的展现。但她在南渡后描写一般生活情景的作品，也充溢着浓厚的故国之思和身世之感，例如《永遇乐》：

> 落日镕金，暮云合璧，人在何处？染柳烟浓，吹梅笛怨，春意知几许？元宵佳节，融和天气，次第岂无风雨？来相召，香车宝马，谢他酒朋诗侣。　　中州盛日，闺门多暇，记得偏重三五。铺翠冠儿，捻金雪柳，簇带争济楚。如今憔悴，风鬟雾鬓，怕见夜间出去。不如向帘儿底下，听人笑语。

场景不再是梧桐细雨和秋窗独守，而是"元宵佳节"与"融和天气"，还有酒朋诗侣的车马相召。然而词人依然难解心头愁结，宁肯独守深闺，自我排遣。此词最值得注意的是对比和反衬手法的运用。开头三句就暗含着对比：如此美丽的傍晚，本应好好观赏，然而人在何处呢?

丈夫赵明诚早已幽明相隔，自己也是漂泊天涯。即使梦中相寻，又怎能知道确切的地点？所以前两句对美景的描画，很好地反衬了词人心中的孤寂之感。到了“元宵佳节”等三句，又暗含着一层对比：佳节逢上好天气，可称双美，可是词人偏要相问：正是阴晴不定的初春，怎知不会有突然而来的风雨？联想到词人美满幸福的生活被靖康事变突然中断的经历，这是她心中固有的忧惧。整个下片都是对比：词人回忆当年在中原家乡欢度元宵的情景，装扮齐整，热闹非凡。转瞬之间人已憔悴，虽是火树银花的不夜天，自己却害怕出门，只好躲在家里听听窗外的欢声笑语。此词的哀伤情绪不像《声声慢》那样剧烈，但对避乱南渡的士人群体而言，显然具有更强的普遍性。换句话说，此词流露的怀旧思绪具有更加典型的意义。无怪宋末爱国词人刘辰翁阅读此词后深受感动，“为之涕下”，“每闻此词，辄不自堪”(《须溪词》卷二)。

总之，李清照是宋代词坛上绝无仅有的一位女性大词人，也是整个中国文学史上最杰出的女性文学家。

六、张元干与张孝祥

靖康之变的突然发生，击碎了婉约词赖以生存的基本土壤，词人们再也无法继续酒边筵下的浅吟低唱了，他们必须对烽火遍地、国破家亡的现实作出反映，张元干和张孝祥便是最早体现这种时代趋势的词人，后人称他们为爱国词人。

张元干（1091—1170），字仲宗，号芦川居士，永福（今福建永泰）人。北宋徽宗时为太学上舍生。靖康初，任李纲幕僚，参加抗金。李纲罢官，张元干株连获罪。南渡后主和派当政，张元干弃官而去，闲居二十余年。其间因作词赠别胡铨，遭到秦桧的迫害，削籍下狱。到秦桧死后才回到临安。后客死异乡。

张元干在北宋末年就以词知名，其词作沿袭婉约派作风，多写离愁别恨，亦不无绮罗香泽之作。靖康事变的突然发生，中原沦陷、汴京残破的惨祸，使张元干深感震惊，词风亦随之大变：题材转与国事相关，风格转以慷慨沉郁为主。他用词表现对业已消逝的繁华故国的留恋，抒写国破家亡的忧伤悲凉，如《兰陵王》：

卷珠箔，朝雨轻阴乍阁。阑干外，烟柳弄晴，芳草侵阶映红药。东风妒花恶，吹落梢头嫩萼。屏山掩，沉水倦熏，中酒心情怕杯勺。

寻思旧京洛。正年少疏狂，歌笑迷著。障泥油壁催梳掠。曾驰道同载，上林携手，灯夜初过早共约，又争信飘泊？　　寂寞，念行乐。甚粉淡衣襟，音断弦索，琼枝璧月春如昨。怅别后华表，那回双鹤。相思除是，向醉里，暂忘却。

此词小序是“春恨”，词中的字句、意象也与传统的婉约题材甚为相似，但浓厚的悲凉情愫渗透全词，所谓的“春恨”也超越了男女相思的旧主题，而含有太平繁华的生活无可挽回的悲愁。第三叠中运用丁令威化鹤归来的故事，当然蕴含着“城郭如故人民非”的意思，表露了眷恋故国的隐痛。在这样的词作中，婉约词的传统已得到夺胎换骨的改造，这是时代背景给张元干词带来的深刻变化。

南渡以后，以宋高宗为首的南宋小朝廷只求苟且偷安，不顾国家民族的根本利益，对外向金国称臣称侄，屈膝求和；对内则打击主战派，迫害爱国军民。但是爱国的士大夫没有因此退避消沉，苦难的时代和黑暗的政局反而激发了他们的爱国热忱和英雄气概，张元干就是这种时代精神在词坛上的卓越代表。请读《石州慢》：

雨急云飞，惊散暮鸦，微弄凉月。谁家疏柳低迷，几点流萤明灭。夜帆风驶，满湖烟水苍茫，菰蒲零乱秋声咽。梦断酒醒时，倚危樯清绝。　　心折。长庚光怒，群盗纵横，逆胡猖獗。欲挽天河，一洗中原膏血。两宫何处？塞垣只隔长江，唾壶空击悲歌缺。万里想龙沙，泣孤臣吴越。

词人直面中原沦陷、二帝被俘的残酷现实，抒写了由国耻家仇引起的满怀悲愤。塞垣本在漠北，而今却只有一江之隔。而一国之君徽宗、钦宗则被俘北上，关押于万里之外的龙沙。这是国家和民族的奇耻大辱，自会引起爱国士人的满腔悲愤。上片由写景入手，那萧瑟凄凉的秋景正是词人心境的外化。下片转写时局危急，国运屯蹇，词人虽有恢复之志，却报国无门，只能空击唾壶，慷慨悲歌。全词紧紧围绕抗金复国的主题，气势磅礴，沉郁苍凉，读之使人振奋。在建炎三年（1129）也即宋室南渡之初，张元干率先在词作中如此倾诉爱国情怀，可谓得风气之先。

随着南宋小朝廷苟安局面的形成，宋高宗与秦桧主持的投降路线渐占上风，朝政越来越黑暗，爱国将领与士大夫纷纷受到打击、迫害，主战的呼声逐渐消歇。张元干对此痛心疾首，经常在词作中倾吐愤激之情，其中以两首《贺新郎》最为著名，其一曰：

曳杖危楼去，斗垂天，沧波万顷，月流烟渚。扫尽浮云风不定，未放扁舟夜渡。宿雁落，寒芦深处。怅望关河空吊影，正人间，鼻息鸣鼍鼓。谁伴我，中宵舞？　　十年一梦扬州路。倚高寒，愁生故国，气吞骄虏。要斩楼兰三尺剑，遗恨琵琶旧语。谩暗涩，铜华尘土。唤取谪仙平章看，过苕溪尚许垂纶否？风浩荡，欲飞举。

绍兴八年（1138），秦桧二次入相，罢免主战的赵鼎，主和派更加得势。当年七月，派遣王伦使金，和议渐成。正在福州的李纲上书反对和议，被革去观文殿大学士等衔，罢归长乐。张元干闻之，作词寄之。上片从自己写起。词人夜半不寐，独自曳杖登上危楼，意欲何为？当然是心怀隐忧，耿耿难眠。词中并未明言忧愤心情，只是描绘秋夜之景。然而风吹浮云，雁落寒芦，是何等的空漠寒寂。词人远望关河，想到故土已经陷于异族之手，只能远远地凭吊其影，内心又是何等的忧愤交加。可是世人皆在酣睡，鼻息有如鼍鼓。有谁能知晓自己的心事，来陪伴我一起中宵起舞呢？晋代的祖逖与刘琨都是一心报国的志士，曾一同闻鸡起舞，以自勉奋励。此处用典，一则以古讽今，慨叹知音难得；二则暗逗下片，因为李纲正是词人的知己，他们是志同道合的爱国之士。下片便直接从时局说起。建炎初年，金兵南侵，高宗先是南逃至扬州，后又渡江逃至杭州。扬州作为宋金交战的战场，屡经兵燹，几成空城。“十年一梦扬州路”在句法上模仿杜牧的“十年一觉扬州梦”，内涵则与杜牧原诗完全不同，词人的感叹绝不是杜牧那样的风流自赏，而是慨叹扬州迭遭兵祸，南宋失去了抵抗金兵的最佳时机，自己也空度岁月。然而志士虽老，其志不衰，更何况还有沦陷的大好河山需要光复？我辈自当奋发图强、消灭骄虏，像汉人傅介子那样立功绝域，剑斩敌酋。可是事与愿违，事实上却是朝廷偏安一隅，觍颜事敌，遂使得宝剑上沾满了尘土。于是词人向李纲发问：你这位谪仙人有什么主意，形势允许你到苕溪一带隐居垂钓吗？李纲本是梁溪人，曾自称愿在苕溪一带隐居，故张元干有此一问。当然，词人的言外之意是呼吁李纲不能退隐，应出来主持抗金大业。此词的意绪相当复杂，但主旨十分清晰，这是对李纲抗金复国的立场表示声援，也是代表南宋爱国军民发出的正义呼声。

第二首《贺新郎》曰：

梦绕神州路。怅秋风，连营画角，故宫离黍。底事昆仑倾砥柱？九地黄流乱注，聚万落千村狐兔。天意从来高难问，况人情老易悲难诉。更南浦，送君去。　凉生岸柳催残暑。耿斜河，疏星淡月，断云微度。万里江山知何处？回首对床夜语。雁不到，书成谁与？目尽青天怀今古，肯儿曹恩怨相尔汝？举大白，听金缕。

绍兴八年（1138），宰相秦桧专主和议，副相孙近附和秦桧，王伦则数次出使金国求和。时任枢密院编修官的胡铨怒不可遏，奋不顾身地上书反对和议，并请斩秦、孙、王三人之头，兴师伐金。秦桧恼羞成怒，贬胡铨监广州盐仓。到了和议已成定局的绍兴十二年（1142），秦桧又进一步迫害胡铨，将他除名编管新州（今广东新兴）。秦桧的爪牙押解胡铨离开福唐（今福建福清）前往新州，人们畏惧秦桧的凶焰，竟无人敢与胡铨立谈。张元干激于义愤，当胡铨途经福州时，挺身而出饯别胡铨，且作此词送行。开头一句石破天惊，直接从沦陷的中原写起。中原本是大宋故土，如今却成为敌国江山，词人只能在梦中前往。当然，对神州魂牵梦绕的还有胡铨，此句堪称是二人共同心事的写照。然而他们在梦中看到了怎样的景象呢？满地皆是敌军的兵营，画角声散入阵阵秋风。而宋朝的故宫则禾黍离离，已成荒芜。词人悲愤交加地喝问：为什么昆仑山和砥柱山都会倾覆，黄流泛滥洪水遍地，千万个村落杳无人烟，聚集着狐狸和野兔？可惜天意难知，人生易老，种种悲愤到哪里去诉说！在如此悲凉的氛围中，词人来到水边送别胡铨。下片转写别筵上的情景。初秋时分，凉气初生，月淡星稀。胡铨即将前往新州，那是一个远在岭外的荒凉之地。胡铨此去，将走过万里江山，他的踪迹究竟在何处？ 词人不禁揣想，别后的胡铨定会回首今夕的对床夜语，可是新州是大雁都无法飞到的地方，纵使写成书信，又让谁来递送呢？ 幸好二人都是豪侠之士，胸怀宽广，情怀磊落，他们仰望青天，所关心的都是古今成败，怎能像小儿女那样悲悲切切，只关心个人恩怨？ 于是词人举起大杯劝酒，主客同听这首《金缕曲》。 张元干作此词九年之后，终于被人告发，遭到秦桧的疯狂报复。 早就挂冠林下的张元干以莫须有的罪名被追赴大理寺，出狱后即被削籍，成为一介草民。 在以往的词史上，从未有过因作词受到政治迫害的先例。 当年苏轼遭遇“乌台诗案”，御史们百般勘问，只是追究其诗文，未有一语及于其词。 因为人们普遍认为词只是小道，不会与国事朝政发生关系。 张元干因词得祸的事实说明，他的词作已发生本质的变化，这首《贺新郎》已具备明确的政治指向和激愤的政治感情，从而在功能上与诗文完全合流。 张元干的两首《贺新郎》以英雄胸襟取代了儿女情怀，以英风豪气取代了柔媚婉约，感情激越苍凉，风格豪迈雄壮，成为南宋豪放词派的先驱。

张孝祥（1132—1169），字安国，号于湖居士，历阳乌江（今安徽和县）人。 绍兴二十四年（1154）应进士试，因词翰俱美，被高宗亲自擢为第一，压过了秦桧之孙，大受秦桧忌恨，牵连其父张祁被诬入狱。幸而当年十二月秦桧病死，张祁方得出狱，孝祥也得任秘书省正字。历任中书舍人、知静江府兼广南西路经略安抚使、荆湖南路提点刑狱、荆湖北路安抚使等职。 张孝祥力主抗金，常受朝臣攻讦，曾因力赞张浚北伐而被免职。 年仅三十八岁就请求致仕，不久病逝。

张孝祥是南渡之后的著名词人，其词大多感情强烈，气势磅礴，直抒胸臆，不事雕琢。 张孝祥生活的年代正是宋金对峙，和战未定的时期，抗金复国是时代的最大需要。 张孝祥一登仕途，就满怀恢复失地的愿望，坚决主张抗战，反对投降。可是南宋小朝廷的君臣怯懦无能，文恬武嬉，极为腐败。张孝祥根本没有一展胸襟、报效国家的机会，满腔的忠愤之气只能在词作中喷射而出，从而形成了豪荡俊迈的独特词风。

绍兴三十一年（1161），金主亮南侵，在采石矶被虞允文击败，捷报传来，张孝祥援笔疾书，作《水调歌头》：

雪洗虏尘静，风约楚云留。何人为写悲壮，吹角古城头。湖海平生豪气，关塞如今风景，剪烛看吴钩。剩喜燃犀处，骇浪与天浮。

忆当年，周与谢，富春秋。小乔初嫁，香囊未解，勋业故优游。赤壁矶头落照，淝水桥边衰草，渺渺唤人愁。我欲乘风去，击楫誓中流。

此词意境阔大，感情饱满，神采飞扬，气势凌厉。虽然“小乔初嫁，香囊未解”二句稍涉绮艳，但那只是古代名将周瑜和谢玄的生活细节，是英雄人物在勋业优游之余的风流韵事，丝毫不影响全词的英风豪气。词中对赤壁和淝水两处古战场的怀念，既是对周瑜、谢玄两位名将的呼唤，也是对虞允文英勇战绩的歌颂。末两句用晋代爱国志士祖逖击楫中流的典故，抒发了誓死恢复中原的决心，堪称南宋爱国军民抵抗侵略的战歌。

隆兴二年（1164），主战大臣张浚视师江淮，受张浚推荐，张孝祥任都督府参赞军事，并领建康留守。此时宋金之间和战未定，去年宋师北伐，曾收复宿州，但随后即在符离溃败，主和的大臣乘机大肆攻击主战派，并遣使向金求和，朝廷内外充满了压抑的气氛。一日张孝祥在建康参加张浚的宴请，席上作《六州歌头》：

长淮望断，关塞莽然平。征尘暗，霜风劲，悄边声，黯消凝。追想当年事，殆天数，非人力。洙泗上，弦歌地，亦膻腥。隔水毡乡，落日牛羊下，区脱纵横。看名王宵猎，骑火一川明。笳鼓悲鸣，遣人惊。

念腰间箭，匣中剑，空埃蠹，竟何成。时易失，心徒壮，岁将零。渺神京。干羽方怀远，静烽燧，且休兵。冠盖使，纷驰骛，若为情。闻道中原遗老，常南望、翠葆霓旌。使行人到此，忠愤气填膺，有泪如倾。

上片写中原沦陷区的荒凉萧瑟。当时宋金以淮河为界，词人在建康城楼上举目北眺，只见江淮之间是一片莽莽平野，这居然就是作为边境屏障的关塞。烽火不断，战尘暗天。江淮之间本是宋朝领域内的万顷良田，如今却成了悄无人声的边鄙荒地，不由得使人黯然销魂。词人追怀往事：靖康祸起，北宋灭亡，也许是天意如此吧？要不一个堂堂的大国，怎会在顷刻之间便土崩瓦解？将兴亡归于天意，本是古人的思维习惯。但张孝祥这样说，似乎另有深意。他其实是在诘问，到底是谁该为国家倾覆负责。相传周平王东迁以后，镐京荒废。有周朝大夫路经镐京，看到宗庙宫殿里长满了庄稼，不胜感慨，作诗说："悠悠苍天，此何人哉？"（《诗·王风·黍离》）这是明知故问，这是愤怒的追究。张孝祥也是一样，他当然知道北宋灭亡的过程，知道那正是昏君奸臣荒政误国的结果。所谓"非人力"者，不忍再去回顾也，或不便直言也。中原沦丧，连孔子讲学的洙泗之滨也被游牧民族的腥膻之气玷污了。如今淮水以北即为敌国，那边的良田沃土竟成了毡帐之乡，而且布满了土堡哨所。金国的酋长们夜晚打猎，骑兵举着火把，照亮了一马平川。笳鼓之声悲壮凄凉，使人心惊。下片转入抒情。腰间的长箭和匣中的宝剑，本是用来杀敌的武器，可是它们长久未用，尘封虫蛀。时机很容易消逝，纵然雄心不灭，怎奈岁月不待人！朝廷里主和派当政，借口“布文德以怀柔远人”，对金屈膝求和。边境上的烽火台久不举火，而双方的使者则络绎不绝。词人愤怒地责问这些以求和为宗旨的使者，你们难道不觉得羞愧吗？词人的思绪又转向沦陷区的人民：听说中原的遗民经常向南盼望宋军北伐，可是年年岁岁，他们总是失望。于是词人悲愤填膺，泪流如倾。据词话记载，张孝祥写成此词，同在席上的张浚读后郁郁不乐，罢席而入。张浚是南宋著名的主战派大臣，曾亲自率军在川陕大破金兵，后因反对秦桧和议而废居二十年。秦桧死后，张浚复出，负责经营两淮，力主抗金。张浚十分赏识张孝祥，曾数度向朝廷推荐之。可以肯定，除了才华学识以外，共同的爱国思想是二张惺惺相惜的重要原因。这首《六州歌头》所以能感动张浚，正是其中蕴含的爱国情怀触动了他心中的忠愤之气。一首词作使朝廷重臣如此感动，这是词史上前所未有的新气象，也是南宋豪放词派杰出成就的最好证明。清人陈廷焯评此词“淋漓痛快，笔酣墨饱，读之令人起舞”（《白雨斋词话》），绝非虚言。

张孝祥的词作中，登临怀古也是最重要的主题。乾道二年（1166），正在知静江府兼广南西路经略安抚使任上的张孝祥被朝臣谗毁，落职北归，途经湘江和洞庭湖，写下两首名篇。前者是《水调歌头》：

濯足夜滩急，晞发北风凉。吴山楚泽行遍，只欠到潇湘。买得扁舟归去，此事天公付我，六月下沧浪。蝉蜕尘埃外，蝶梦水云乡。

制荷衣，纫兰佩，把琼芳。湘妃起舞一笑，抚瑟奏清商。唤起九歌忠愤，拂拭三闾文字，还与日争光。莫遣儿辈觉，此乐未渠央。

行遍了吴山楚泽，面对着潇湘云水，词人缅怀湘灵，也追思屈子。值得注意的是，屈原的《九歌》本是对民间祭神曲词的改写，至南宋朱熹才指出《九歌》中寓有“忠君爱国眷恋不忘之意”（《楚辞集注》）。张孝祥此词却直截了当地称道“《九歌》忠愤”，这是对屈原精神的深刻阐发。忠君爱国，志怀高洁，却受到谗毁诬陷，张孝祥感到自己与屈原志同道合，故引为异代知己。他赞美屈原身处浊世而决不同流合污的高洁情操，也是对自身遭遇的抚慰。此词视野阔大，想象丰富，清丽隽秀的文字、时空交错的思绪，把泛舟湘江所见的实景与湘妃起舞的幻境融为一体，组成一幅清旷幽洁的优美景象，深切地展示了词人的高洁胸怀。

后者是《念奴娇》：

洞庭青草，近中秋，更无一点风色。玉鉴琼田三万顷，着我扁舟一叶。素月分辉，明河共影，表里俱澄澈。悠然心会，妙处难与君说。

应念岭表经年，孤光自照，肝胆皆冰雪。短发萧骚襟袖冷，稳泛沧溟空阔。尽挹西江，细斟北斗，万象为宾客。扣舷独啸，不知今夕何夕！

在洞庭湖与青草湖相连的地方，在中秋临近的时节，浩淼的湖水与无际的月光交相辉映，形成奇特的清澈、明丽之境。词人在此时此地泛舟月下，觉得整个天地都是一片晶莹透澈，而自身的高洁品行也与之相符，连体内的肝胆都像冰雪一样清冷澄明。唐人王昌龄受人诬陷，作诗自表心迹说：“寒雨连江夜入吴，平明送客楚山孤。洛阳亲友如相问，一片冰心在玉壶。”（《芙蓉楼送辛渐》）张孝祥显然继承了这种手法，但无论是所写景色之幽静秀美，还是所用比喻之生动贴切，都是青出于蓝而胜于蓝。词人幕天席地，独泛沧溟，气概是何等雄豪！挹西江，斟北斗，请天地间的万物为宾客，想象是何等奇特！词人本是爱国志士，善于高唱振奋人心的时代强音。但当他在现实中无法实现理想时，也善于在山水美景中寻找寄托。此词意境阔大，笔势雄奇，豪放与潇洒兼而有之，很好地继承了苏轼词风的传统。近人王闿运评此词“飘飘有凌云之气，觉东坡《水调》，犹有尘心”（《湘绮楼词选》），语或稍过，但指出此词与苏词的传承关系则是十分准确的。

张孝祥是南宋豪放词派中最能避免粗豪习气的词人，可惜天不假年，未能尽其才华，否则必定能取得更大的成就。

七、姜　夔

姜夔（1155—1221），字尧章，号白石道人，鄱阳（今江西鄱阳）人。曾应科举不第，后虽被荐而不起，漂泊江湖，终老布衣。早年随父旅居汉阳（今湖北武汉），父死依姊。著名诗人萧德藻欣赏其才，把侄女嫁给他。曾四处漫游，后旅居浙东、嘉兴、金陵等地。为人清介，虽与范成大、杨万里等朝臣交往，但只是以文会友，未沾染当时盛行的江湖谒客习气。清贫一生，卒于杭州。

姜夔的词在题材与风格上基本上属于婉约一派，但他善于审音协律，与周邦彦同流，故又被看作格律派词人。姜夔与辛弃疾有交游，曾作词唱和。其《永遇乐次稼轩北固楼韵》中有句云：“中原生聚，神京耆老，南望清淮金鼓！”这显然是受到辛词爱国精神的影响。与辛弃疾不同的是，姜夔性格柔弱，其词即使涉及国事，也缺乏辛词的热情和豪气。例如其名作《扬州慢》：

淮左名都，竹西佳处，解鞍少驻初程。过春风十里，尽荠麦青青。

自胡马窥江去后，废池乔木，犹厌言兵。渐黄昏，清角吹寒，都在空城。　杜郎俊赏，算而今，重到须惊。纵豆蔻词工，青楼梦好，难赋深情。二十四桥仍在，波心荡，冷月无声。念桥边红药，年年知为谁生！

宋金对峙，地处淮南江北的扬州是首当其冲的战场，迭遭兵燹。辛弃疾曾在词中说："四十三年，望中犹记，烽火扬州路。"姜词则情绪低沉，没有辛词那种直书时事的雄豪，但也在哀伤愤怨中表达了浓烈的爱国之情。他将扬州昔日的繁华与此时的荒凉进行鲜明的对比，从而控诉了侵略者发动战争、毁灭文明的罪行，寄托了深沉的故国之思。在爱国倾向这一点上，姜夔与辛弃疾是一致的，这是社会和时代对文学的深刻影响。当然，由于姜夔只是弱不禁风的一介文士，他在生活中不能像辛弃疾那样跃马横枪驰骋疆场，在词作中也不能像辛词那样叱咤喑呜。但是姜词同样体现出时代的气息，这是风雨飘摇的时局在南宋词坛上的另一种反映。

姜夔词的主要内容仍是恪守婉约派的传统，吟咏爱情和咏物是主要的题材走向，他的创新精神主要体现在艺术形式上。姜夔是著名的诗人，深得萧德藻、杨万里、范成大等人的欣赏。他对当时盛行的江西诗派的作品下过很深的功夫，尤其钦佩黄庭坚。他的诗风颇近黄庭坚，写词时也以江西诗派清劲瘦硬的风格来改造靡曼软媚的词风，人称"以健笔写柔情"。在姜夔手中，黄庭坚诗风与温、韦乃至周邦彦的词风融为一体，形成了清空骚雅的新风格。所谓"清空"，意即变秾丽为清幽；所谓"骚雅"，意即提升词的格调，使之偏离绮靡软媚而靠拢骚人雅趣。所以即使是传统的恋情主题，在姜夔笔下也出以清刚的笔调，例如《鹧鸪天》和《踏莎行》：

肥水东流无尽期，当初不合种相思。梦中未比丹青见，暗里忽惊山鸟啼。　　春未绿，鬓先丝。人间别久不成悲。谁教岁岁红莲夜，两处沉吟各自知。

燕燕轻盈，莺莺娇软，分明又向华胥见。夜长争得薄情知，春初早被相思染。　　别后书辞，别时针线，离魂暗逐郎行远。淮南皓月冷千山，冥冥归去无人管。

词人曾在合肥恋上一位善弹琵琶的歌女，后来劳燕分飞，相隔天涯，但词人对她的相思始终如一，这是上面两首词的共同本事。前者直接点明合肥的地名，词人的相思之情像肥水一样日夜东流，无休无止。早知今日，何必当初？词人深悔当年不该种下这相思的种子，惹起如今绵绵无尽的烦恼和痛苦。这是真的追悔往事吗？不是，这是更深一层的表现手法，是形容深受相思之苦的煎熬。同样，“人间别久不成悲”也是更深一层的手法。一般来说，分别长久后悲伤心情会逐渐淡漠，就像北宋陈师道的诗句所说：“去远即相忘。”（《示三子》）姜词则是用世人往往如此来反衬自己即使久别依然成悲，故末尾即明言“两处沉吟各自知”。“红莲夜”指元夕，本是张灯结彩万众欢乐的日子，词人却独自沉吟，并想象恋人也在他乡独自沉吟。语淡情悲，感人至深。后者整首都是描写梦境。恋人轻盈的体态与娇柔的语音又在梦中重现，一个“又”字，可见已经无数次在梦中相逢。“夜长”一句即是词人在梦中所闻的娇软之音，恋人问道：我在漫漫长夜里的相思之苦，你这个薄情郎又怎么得知？“春初”一句当是词人的回答：我早就沾上相思之病了！下片以恋人的口吻叙述她在梦中追随词人的情形，书信上的点点文字，衣服上的行行针线，都伴随着情郎远行。而今我的梦魂也追随而去，直至天涯海角。可是梦总是要醒的，梦中情事是不能长久的，我终于在梦中回归地处淮南的合肥。清冷皓洁的月光照耀着千万座山峰，梦魂在一片幽暗中独自飞翔，有谁怜惜？恋情本是婉约词最重要的主题，恋情词中渗入词人的亲身经历，也是晏几道、秦观等婉约词人的传统手法，但是姜词推陈出新，力辟新境。姜词中没有罗帐、银灯等传统的恋情意象，也没有洒泪、执手等习见的恋人行为，姜词把恋情和相思置于幽冷凄恻的场景，出语冷隽幽艳，风格瘦硬清奇，这就使传统主题焕发出新的生命。姜词还善用比兴寄托来从侧面形容爱情，例如“金陵路，莺吟燕舞，算潮水知人最苦”（《杏花天影》），“相思血，都沁绿[illegible]枝”（《小重山令》）等，这就冲淡了恋情词中常有的柔媚熟腻之气，使爱情显得更为朴素清纯。以健笔写恋爱，以硬语写柔情，这是姜夔对传统婉约词风的一大突破。

在艺术上，姜夔既以婉约词风为主，又接受苏、辛豪放词风的一定影响，同时又融入江西诗派的手法，从而在前代大家之外另辟一境，即以精雕细琢、典雅峭拔的语言来表现清幽凄寂的意境，并以遗貌取神、虚处着笔的手法来写情咏物，形成了自成一家的独特词风。戈载《七家词选》中评姜夔风格为“清气盘空，如野云孤飞，去留无迹”，相当准确。我们很难说姜夔的词风属于婉约还是豪放，它是一种个性很强的新风格，它与周邦彦的词风比较接近，但在典雅、峭奇方面则远胜周词。例如写景词《点绛唇》：

燕雁无心，太湖西畔随云去。数峰清苦，商略黄昏雨。　第四桥边，拟共天随住。今何许？凭栏怀古，残柳参差舞。

此词作于路经吴松江时。太湖一带本以山清水秀著称，但姜夔对山水的具体状貌不着一辞，全用虚写：南飞的燕子和鸿雁伴随着天边云彩而南飞，它们本无情志，就像随风飘荡的云朵一样。几座山峰默默无言地站立在暮色中，似乎正在酝酿着一番雨意。上片表面上纯属写景，其实却全是抒情。燕雁无心，反衬词人之有意也。数峰清苦，烘托词人之心境也。一反一正，皆属比兴之体。下片直接抒情。第四桥即吴江城外的甘泉桥，原是唐代高士陆龟蒙的隐居之地。姜夔仰慕陆龟蒙的高洁品行，故想随之共住。可是时隔千载，如今能到何处去寻觅那位天随子的踪迹呢？于是词人凭栏怀古，只看到凋残的杨柳在风中摆舞。全词并未正面写景，却生动地刻画出一个寂寥、萧瑟、清苦的黄昏图景，而词人高洁清旷的情怀也跃然纸上。这是“清空”词风的典型体现。

再如抒写离情的《长亭怨慢》：

渐吹尽，枝头香絮。是处人家，绿深门户。远浦萦回，暮帆零乱向何许？阅人多矣。谁得似，长亭树。树若有情时，不会得青青如此。　日暮。望高城不见，只见乱山无数。韦郎去也，怎忘得、玉环分付。第一是早早归来，怕红萼、无人为主。算空有并刀，难剪离愁千缕。

此词通篇写离别之情，但是运用托物起兴的手法，借垂柳而抒离情，因此全词处处与柳有关。上片用“香絮”点明柳树，又通过“远浦”、“长亭”，将垂柳与离别联系起来。“阅人”以下数句，翻用庾信《枯树赋》中所载桓温之语：“昔年种柳，依依汉南。今看摇落，凄怆江潭。树犹如此，人何以堪！”而情意更加沉郁，构辞造句也别出心裁。下片由长亭之柳转到折柳赠别的情景，对赠别者的嘱咐之语絮絮道来，反复渲染，层层烘托，词人内心浓烈的愁苦得到充分的表达。在这样的词中，婉约词家习见的绮艳、秾丽一扫而空，取而代之的是清淡、深远和峭拔。这是对柳永、晏几道、秦观等婉约大家的传统手法的彻底疏离。

姜夔追求清空幽洁、古雅峭拔的风格，喜爱运用侧面烘托、遗貌取神的手法，这种倾向最显著地体现在他的咏物词中，《暗香》和《疏影》是这方面的代表作。林逋诗云："疏影横斜水清浅，暗香浮动月黄昏。"（《山园小梅》）这是宋代咏梅诗的名句。姜夔用其语词为两首自度曲的调名，主题则为咏梅。先看《暗香》：

旧时月色，算几番照我，梅边吹笛。唤起玉人，不管清寒与攀摘。何逊而今渐老，都忘却春风词笔。但怪得竹外疏花，香冷入瑶席。

江国，正寂寂。叹寄与路遥，夜雪初积。翠尊易泣，红萼无言耿相忆。长记曾携手处，千树压、西湖寒碧。又片片吹尽也，几时见得？

上片回忆少时赏梅的韵事：冷月、笛音、花香、倩影，构成了清丽幽静的境界。梁代诗人何逊曾有咏梅花的诗篇，故词人以之自比，说自己垂垂老矣，风情顿减，已经忘却了生花妙笔。既然如此，为何竹外疏花还要送来阵阵幽香呢？下片写南北隔绝的情景。"江国"即南方的水乡，也即词人寓居的石湖一带。因路途遥远，加上夜雪，故无法折梅相寄。于是词人回忆起曾与情人在西湖边上携手同游，共赏梅花的情景。然而好景不长，花红易衰，很快就会落花片片，终归于尽，几时才能再得相见呢？"几时见得？"这是在问梅花何时再开，还是问情人何时再见？多半是语含双关。有人说这首词蕴含着对沦陷区的关切，似乎有点过度阐释。其实只把它看作咏梅词，也已臻高妙之境。

全词句句都不离梅花，但又句句都是抒写情怀。少年的旧事，情人的旧踪，既若隐若现，又生动细致，词人惆怅、凄凉的心情也得到微婉而真切的表现。

再看《疏影》：

> 苔枝缀玉，有翠禽小小，枝上同宿。客里相逢，篱角黄昏，无言自倚修竹。昭君不惯胡沙远，但暗忆、江南江北。想佩环，月夜归来，化作此花幽独。　　犹记深宫旧事，那人正睡里，飞近蛾绿。莫似春风，不管盈盈，早与安排金屋。还教一片随波去，又却怨、玉龙哀曲。等恁时，重觅幽香，已入小窗横幅。

此词中运用了一系列的典故成语，除了明用汉代王昭君和番、南朝宋寿阳公主梅花落于额上的故事外，还暗用杜甫《佳人》诗“天寒翠袖薄，日暮倚修竹”、杜甫《咏怀古迹》诗“环佩空归月夜魂”等句意，使得旨意朦胧，笔致曲折。后人多以为词中寓有家国之恨，因为北宋倾覆后，宋室后妃被俘北上，沦落胡地，与昭君和番甚为相似。这种阐释不无道理，姜夔对于家国兴亡确有深切的感受，曲笔寓意，确有可能。但即使只把它看作普通的咏梅词，并通过咏梅寄寓怀人之情，也未尝不可。全词与梅花主题不即不离，既形象刻画了梅花高洁且遗世独立的形象，又充分展现了一个充满哀怨色调的黄昏意境，而词人的怀旧情愫与家国之感都蕴含其中。这样的词，也许旨意稍嫌晦涩，就像王国维所说的“隔”，但其艺术水平无疑达到了很高的水准，情、境俱深，耐人咀嚼。应该承认，婉约词风发展到姜夔手中，已经产生了质的飞跃，达到了更加深婉典雅的境界。

姜夔词的小序也值得关注。词有小序，早已有之。但姜夔的词序往往不是简单的一两句话，而是一篇具有独立美学价值的小品文，例如《念奴娇》的小序："予客武陵，湖北宪治在焉。古城野水，乔木参天。予与二三友日荡舟其间，薄荷花而饮，意象幽闲，不类人境。秋水且涸，荷叶出地寻丈，因列坐其下，上不见日。清风徐来，绿云自动，间于疏处窥见游人画船，亦一乐也。朅来吴兴，数得相羊荷花中，又夜泛西湖，光景奇绝，故以此句写之。"又如《一萼红》的小序："丙午人日，予客长沙别驾之观政堂。堂下曲沼，沼西负古垣，有卢桔幽篁，一径深曲。穿径而南，官梅数十株，如椒如菽，或红破白露，枝影扶疏。著屐苍苔细石间，野兴横生，亟命驾登定王台，乱湘流，入麓山。湘云低昂，湘波容与，兴尽悲来，醉吟成调。"即使让它们脱离词的本文，也清丽可诵。如果将姜夔的小序与词文对照着读，或可看出散文与韵文的差异究竟何在，比如前文所举的《扬州慢》，其小序也值得一读：

> 淳熙丙申至日，予过维扬。夜雪初霁，荠麦弥望。入其城，则四顾萧条，寒水自碧。暮色渐起，戍角悲吟。予怀怆然，感慨今昔。因自度此曲，千岩老人以为有黍离之悲也。

序意或与词文稍有重复，但表现方式不同，春兰秋菊，相得益彰。姜夔也许是词史上对小序写作最为着意的词人。

八、吴文英的《莺啼序》

吴文英（1200—1260），字君特，号梦窗，四明（今浙江宁波）人。他一生未第，曾在苏州、浙江一带任幕僚。词作甚多，存词三百余首。吴文英的词学源自周邦彦，他把周邦彦、姜夔所开创的格律派的手法变得更加细密、纯熟，尤其擅长慢词。像篇幅最长的词调《莺啼序》，全部宋词中只有十五首，吴文英一人便独作三首，其中有一首向称名篇：

> 残寒正欺病酒，掩沉香绣户。燕来晚，飞入西城，似说春事迟暮。画船载、清明过却，晴烟冉冉吴宫树。念羁情游荡，随风化为轻絮。
> 十载西湖，傍柳系马，趁娇尘软雾。溯红渐、招入仙溪，锦儿偷寄幽素。倚银屏、春宽梦窄，断红湿、歌纨金缕。暝堤空，轻把斜阳，总还鸥鹭。　幽兰旋老，杜若还生，水乡尚寄旅。别后访、六桥无信，事往花委，瘗玉埋香，几番风雨。长波妒盼，遥山羞黛，渔灯分影春江宿。记当时，短楫桃根渡。青楼仿佛，临分败壁题诗，泪墨惨淡尘土。
> 危亭望极，草色天涯，叹鬓侵半苎。暗点检、离痕欢唾，尚染鲛绡，亸凤迷归，破鸾慵舞。殷勤待写，书中长恨，蓝霞辽海沉过雁，漫相思、弹入哀筝柱。伤心千里江南，怨曲重招，断魂在否？

吴文英词向称晦涩，沈义父说吴词“其失在用事下语太晦处，人不可晓”（《乐府指迷》），张炎更指斥其“如七宝楼台，眩人眼目，拆碎下来，不成片段”（《词源》），语皆过当。比如此词，虽然意绪繁复迷离，意脉似断复连，但仔细解读，并无太大的理解障碍。经后代词学家反复考证，此词的主旨已基本清楚，这是吴文英为追悼一位杭州妓女而作。全词分四叠，正是叙事的四个阶段，层次分明。第一叠写词人暮春时节伤春病酒的心情。清明刚过，乍暖还寒，正是难于调养的时节。词人正当病酒，尤其感到残寒欺人，只得掩上绣户，闭门不出。但是燕子是不受门户限制的，词人虽然闭户不出，仍能见到它们的身影。呢喃燕语，翩翩燕影，好像是来报道春光已老。言下之意是燕子飞入屋庐，催促自己从速出门赏春，否则春事就要迟暮了。于是词人勉强出游，来到湖边。可是毕竟已是春晚，湖上的画船已将清明时节游人如织的热闹场景运载而去，只剩下吴宫草树，映照着湖面上冉冉升起的缕缕晴烟。柳絮轻扬，自己的羁情也像柳絮一样随风飘荡。刘永济说此叠是写词人的“独居情事”（《微睇室说词》），甚为精当。春寒加上病酒，情绪恶劣。虽有燕子多情，催促自己出门赏春，可是春光已残，春景萧索，反而增添了几分惆怅。词中的主人公就是词人自己，他分明是一个闭门幽居的孤独之人，春光消逝更使他愁上加愁。羁情本是沉重的，为何会像柳絮一样随风飘荡？显然词人心犹未死，故思绪飘扬，于是便引起次叠对往事的追忆。章法之细密，无以复加。

次叠追忆昔年在杭州与意中人相逢相爱的旧事。词人曾在西湖之畔生活过一段岁月，“十载”当然是个约数，正如唐人杜牧诗中的“十年一觉扬州梦”（《遣怀》），“十载西湖”就是词人对自己青春岁月的概括。“傍柳系马，趁娇尘软雾”，暗示着词人曾有冶游的经历。否则的话，即使是风光旖旎的西湖，尘何以能“娇”？雾又何以能“软”？“溯红渐、招入仙溪”是用刘晨、阮肇入天台遇神女的传说，来叙说自己至青楼寻访意中人的经过。“锦儿”是钱塘名妓杨爱爱的侍儿，此处用以代指为自己与意中人传书送信的丫环。这种用典故来叙事的手法，虽然会造成一些扑朔迷离的意味，但也增添了内涵的丰富性，读来联想无穷。可惜好景不长，佳期苦短，词人与意中人的欢聚并不长久。故下文转写别后的凄凉，这是从对方的立场来叙说的：她斜倚在镶银的屏风上，觉得好梦易醒，竟比转瞬即逝的春天更加短促。于是她泪湿罗衣，也沾湿了歌扇和舞衣。待到暝色渐浓，游人散去，只剩下自在飞舞的鸥鹭，“夕阳无限好”的美景便让鸥鹭独占。这一叠是对爱情经历的回忆，本是爱情词的题中应有之义，但写法非常奇特。寥寥数句，却笔分两头，前一节写自己的冶游寻美，后一节写恋人的别后相思。前者用典故来烘托，后者用细节来渲染。手法多变，引人入胜。

第三叠写旧地重游、物是人非的悲怆。岁月易逝，年华难驻。幽兰与杜若都是在春季最为繁茂的芳草，本应荣枯同步，为何说“幽兰旋老，杜若还生”呢？这是用的互文手法，意即幽兰与杜若都是忽枯忽荣，也即春去春来，代谢迅速。而词人却依然羁旅在水乡泽国。总算有机会故地重游，再度来到西湖的苏堤六桥，却再也打听不到恋人的消息。原来她早已香消玉殒了！词人伤心之余，觉得恋人就像娇柔的鲜花，仅有短暂的明媚鲜妍，随即凋零枯萎，埋入黄土。“几番风雨”的诘问，语意双关。既可解作追问恋人如此早逝，生前经历了几度的风雨摧残？也可能是追问恋人长眠于墓地，已经历了几度风雨？词人面对着湖山美景，恋人的秀丽容貌恍然目前：那长长的潋滟湖波，定会妒忌恋人的眼波转盼。那青黛色的隐约远山，或会羞见恋人的修长蛾眉。可是物是人非，今非昔比，词人独宿江边，只看到渔灯点点，不禁想起这里正是当年送别恋人的渡口。晋人王献之有妾名桃叶，其妹名桃根，王献之曾送桃叶、桃根渡江，作诗曰：“桃叶复桃叶，渡江不用楫。”又曰：“桃叶复桃叶，桃叶连桃根。”后人名此渡口曰桃叶渡。此处称桃根渡，当即桃叶渡之别名。词人又来到当年恋人所居之青楼，看到败壁上依稀存有自己临别时的题诗，只是尘土掩盖，墨色惨淡，仿佛是和泪写成。后人探索此词本事，或说是哀悼亡妾。但从词意来看，词人的恋人似乎只是杭州的一个妓女，并无纳其为妾的线索。刘永济说：“杭妓未及娶归，当时确有迎娶之约，至因何未及即娶，事不可知。或梦窗客游，不及如约而妓病亡，故念之悲切。”（《微睇室说词》）这是比较合理的推测，因为符合吴词的原文。

第四叠总束全词，并进一步抒发悼亡之哀。词人沉沦下僚，流宦各地，身世之感倍觉凄凉，悼亡之悲也异于常人。他伫立在危亭之上举目远眺，只见芳草萋萋，直至天涯，不由得叹息年华老去，头已半白。点检往事，回想昔年的爱情经历，取出恋人所赠的种种信物细细察看，觉得鲛绡手帕上还留着离别时的泪痕和欢会时的娇唾，而金钗上的凤凰则迷失归路，铜镜上的鸾鸟也懒得起舞，因为欢情不再，旧梦永逝。想要把满怀愁绪写入书信，可是云海茫茫，雁影渺渺，又能请谁来传书呢？这是委宛的说法，其真实意思是人已亡故，写成书信又能往何处递送呢？于是词人回心转意，要把满腹相思寄于丝竹。他在筝上弹奏出一曲哀伤的曲子，模仿古人的仪式来为亡者招魂。他心中涌现出《楚辞·招魂》中的句子："目极千里兮伤春心，魂兮归来哀江南。"可是恋人的断魂究竟在哪里？在这余音袅袅、不绝如缕的乐曲声中，全词终结。而"断魂在否"的一声诘问，仍会长久回荡在读者耳边，因为这是地老天荒永无尽头的人生遗恨。

《莺啼序》一词的章法，深受后人赞叹。试看几例。蔡嵩云说："此词第一遍，写湖上羁人又当春暮。第二遍，写昔日湖游遇艳情景。第三遍，写重来湖上，物是人非，追寻昔游，都成陈迹。第四遍，伤高叹老，抚时悲逝，总写感怀。竟体固章法井然，而三、四遍用大开大合之笔，纯自屯田、清真二家脱化而出。大力包举，一气舒卷，尤为仅见。"（《柯亭词论》）刘永济说："词共分四段，从声律上看，前后各以两段为一组，作此调者，非有极丰富之情事，不易充实。非有极矫健之笔力，不能流转。梦窗此词，总的说来，不出悲欢离合四字。前两段主要是写生离，后两段主要是写死别。中间复以羁旅之情，今昔之感，回环往复出之，极穿插错杂之能事。"（《微睇室说词》）陈洵说：“第一段伤春起，却藏过伤别，留作第三段点睛。燕子画船，含无限情事；清明吴宫，是其最难忘处。第二段‘十载西湖’提起，而以第三段‘水乡尚寄旅’作钩勒。‘记当时短楫桃根渡’，‘记’字逆出，将第二段情事尽销纳此一句中。‘临分’、‘泪墨’、‘十载西湖’，乃如此了矣。临分于别后为倒悬，别后于临分为逆提，渔灯分影于水乡为复笔，作两番钩勒，笔力最浑厚。‘危亭望极，草色天涯’，遥接‘长波妒盼，遥山羞黛’，‘望’字远情，‘叹’字近况，全篇神理，只消此二字。‘欢唾’是第二段之欢会，‘离痕’是第三段之临分。‘伤心千里江南，怨曲重招，断魂在否’，应起段‘游荡随风，化为轻絮’作结。通体离合变幻，一片凄迷，细绎之，正字字有脉络，然得其门者寡矣。”（《海绡说词》）说法虽有不同，旨意却是相通，都是说此词的章法既复杂多变，又井然有序。全词虽分四叠，但并非各自隔绝，而是意脉通贯，浑然一气。词中多用伏笔，前后照应，草蛇灰线，似断实连，断而复续，形成一个完备的整体。全词在时间和空间两个维度上都安排了倒置、闪回、交错等手法，又全都出之以意象，颇似西方文艺中的“意识流”，恰到好处地表现了迷离恍惚的意境与如痴如迷的心境。从此词看来，前人指责吴词“拆碎下来，不成片段”，实为误解。其实吴文英作词，最重章法。他在柳永、周邦彦的基础上对长调的章法进行了大幅度的改进，使之能胜任复杂的叙事，并胜任复杂的抒情。如以此词为例，我们完全可以说吴词是一座设计细巧、结构紧密、部件精美的“七宝楼台”，即使拆碎下来，也仍是一堆精美的珠玉珍宝，何况它还环环相扣不易拆碎?更何况我们阅读文学作品，尤其是阅读篇幅并不很长的诗词作品，当然应从整体着眼，何必一定要把它拆碎了看？所以“七宝楼台”的说法，实在不足为吴文英词之病。

人们常说“爱”与“死”是西方文学的两大主题，其实它们也是中国古典文学的两大主题，尤其是宋代婉约词的重要主题。吴文英的《莺啼序》就是一个明证。词中叙述爱情经历极为生动，尽管词体的篇幅限制使它不可能详细展示爱情的具体过程，但细节的描写、气氛的渲染都极其成功。至于全词的风格朦胧隐约，则正符合爱情主题的自身性质，因为爱情本是一种复杂的心理感受，不是逻辑和理性所能阐释的对象。词中抒写由死亡而造成的悲伤也极为真切感人，生离虽然痛苦，毕竟还给希望留下了余地，死别则使一切化为乌有。吴词最后一句“断魂在否？”堪称是千古一问。美人化为黄土，爱情徒留回忆，这是人生的最大缺憾，这是人间的永久遗恨。吴文英的《莺啼序》就是抒写“爱”与“死”这两重主题的杰作，它惊心动魄，感人肺腑。无论是主题走向还是艺术水准，它都称得上是宋词中的精品，更是宋代婉约词当之无愧的一件代表作。